MIX
Papier aus verantwortungsvollen Quellen
FSC® C012536
www.fsc.org

Lektorat: Barbara Lösel
Umschlag und Satz: Jürgen Schütz
Umschlagbild: © Shutterstock
Druck und Bindung: Buch Theiss GmbH
Printed in Austria

ISBN: 978-3-99120-001-7
www.septime-verlag.at
www.facebook.com/septimeverlag | www.twitter.com/septimeverlag

Salih Jamal

Das perfekte Grau

Roman

Das ist beinahe die Geschichte, die sich bald nach Ereignissen auf einem Dach zugetragen hat.

Sie ist der Freundschaft gewidmet.

01-01-21

für Natascha

♡ Salih

1. DAS LEISE SIRREN

Ich sah den Rost an der Heizung. Er fraß sich von den Rändern durch die weiße Emaille immer weiter über die einst so glänzenden Flächen. Ein neuer Sommer stand in der Tür und wartete nur darauf, eintreten zu können, um mit seinen Geschichten der Vergänglichkeit Widerstand zu leisten. Die Vorbereitungen für die Saison waren in vollem Gange, alles musste hergerichtet werden, obgleich es nie ganz zu schaffen war, das Haus mit der Feuchtigkeit, die über das Efeu in die Mauern und unter die Dachziegel kroch, auf Vordermann zu bringen. Die Seele des Hotels steckte in einem maroden Körper, und mit jeder Schicht Lack, die man auf die abgeschürften und wunden Stellen der Wände oder der Möbel auftrug, mutete dieses Haus wie die Fratzen der verspachtelten und überschminkten Gesichter der alten Damen mit grauen Kurzhaarfrisuren an, die bald begleitet von ihren kleinen Hündchen oder ihren Ehemännern in beigen Windjacken kommen würden. Die Farbe, die jedes Jahr über alles gestrichen wurde, hielt das, was sich schon vor Zeiten auflösen wollte, zusammen. Ohne den ganzen Kleber wäre wohl nicht nur das Hotel, sondern sicher auch der Rest des Ortes schon vor langer Zeit zerfallen.

Ich konnte machen, was ich wollte. Das Seebad erinnerte mich in seinem morbiden Zustand an den Ort meiner Kindheit. Ich komme aus einem kleinen, entlegenen Dorf, gar nicht so weit von hier. Ein Postamt, eine Kirche, der kleine Laden direkt daneben und der Blaue Krug. Dort trafen sich die Leute nach der wenigen Arbeit, die es gab, und fühlten sich in den aufbrechenden neuen Zeiten nicht mehr so fremd. Zu uns führte keine wirkliche Straße. Die Autobahn wurde an den Häusern vorbei gebaut, ohne eine Ausfahrt, die man hätte nutzen können. So blieb nur das Rauschen und das leise Sirren der Lkw-Reifen auf dem Flüsterasphalt hinter dem hohen Damm, der an manchen nicht enden wollenden Tagen wie eine unüberwindbare Wand zu einer unbekannten, anderen Welt erschien. Ein Wall, der vor den Geräuschen der Straße schützen und alles versteckt halten sollte.

Ich war ein Einzelkind und wohnte mit meinen Eltern einen Steinwurf vom Dorf entfernt. Dort, wo die Felder weit waren und die Schallschutzwand das Licht und das Land bis in den Himmel teilte. Das Haus stand etwas hinter dem Punkt, an dem der neue Straßenbelag aufgebraucht war und noch die alten Waschbetonplatten aus schlechteren Zeiten auf der Fahrbahn aneinandergereiht lagen. Es war klein, mit kleinen Zimmern, kleinen Fenstern und niedrigen Decken. Der graugelbe Putz bröckelte von der Fassade, genau wie die Zuversicht schleichend zerfiel, die die Leute nach dem großen Umbruch im Land einst ergriffen hatte und sie von neuen Richtungen zu weiten Horizonten träumen ließ. Damals, als die Autobahn ausgebaut wurde. Doch die großen Veränderungen fuhren auf den Ladeflächen der Lastwagen hinter der Lärmschutzwand an ihnen vorbei. Hin zu anderen Träumen von anderen Menschen.

Seit diesen Tagen spüre ich dieses nicht lokalisierbare Pochen. Ich erinnere mich an das beklemmende Gefühl meiner ersten aufkommenden Rastlosigkeit – immer dann, wenn ich in meiner Kammer lag und plötzlich in der Nacht mit einer so realen Angst aufwachte und hörte, wie sich das Flüstern der Straße an der Schnittstelle zwischen alter und neuer Fahrbahndecke zu einem Trommeln veränderte. Ein Schlagen, das sich dunkel in mich fraß und zu meinem hinkendem Pulsschlag wurde. Während die Reifen über die Bitumennaht der alten Straßenplatten holperten, wartete ich auf ein unbestimmtes Ereignis, welches sich stolpernd heranschlich. Wenn ich im Bett lag, dann zählte ich das Schlagen wie bei einem Countdown, der aus dem Takt geraten war und nie bei null ankam. Der etwas Neues ankündigte. Stillstand und Langeweile konnte ich noch nie aushalten. Schließlich lief ich fort, um alles hinter mir zu lassen. In dem Dorf, in dem ich aufgewachsen war, bin ich nie wieder gewesen. Die tiefen Wurzeln machten mir Angst.

Heute weiß ich es besser: Du kannst noch so starr nach vorne blicken, dich noch so verbissen der Erinnerung verweigern und noch so schnell laufen – irgendwann schaust du dich um, blickst zurück und stellst fest, dass der ganze Weg, den du gegangen oder gerannt bist, dich nur einen Steinwurf weit von deiner Herkunft fortgeführt hat. Man kann seine Heimat verlassen, aber es gibt keine Gegenwart ohne Herkunft. Niemals und nirgends.

Im Frühjahr des letzten Jahres kam ich hierher. In diesen Küstenort, der früher einmal ein prominenter Kurort am Meer war, aber dann über die Jahre seinen Glanz verloren hatte und nun nur noch im Sommer alte Leute oder vereinzelt nachwachsende Familien beherbergte, die nichts Besseres wussten. Ich hatte gehört, dass es hier Arbeit und Unterkunft gab, und weil auch ich nichts Besseres wusste, als in einem alten Seebad den besten Ausgangspunkt für all die Wege zu suchen, die ich noch nehmen würde, ohne mich zu früh festlegen zu müssen, fuhr ich hin. Im Herbst hatte ich immer noch kein Ziel gefunden, das mich interessiert hätte, und so verpasste ich es, abzureisen. Die Schönheit des Sommers, der in dieser Gegend mit seinen Farben sein Bestes gab, während ich nach getaner Arbeit ein Bier trank, das Meer betrachtete und mich von den herüberwehenden Brisen in meine Gedanken entführen ließ, genügte mir für den Moment. Kein Tagtraum war groß genug, mich am nächsten Morgen mit gefassten Entschlüssen aufwachen zu lassen. So verbrachte ich meine Zeit, während ich dem Dasein im Wettstreit meine eigene Gleichmut entgegenwarf. Fürs Erste war ich mir mit dem Ort genug, und der Ort hatte nichts gegen mich.

2. ZIMMER 13

Die Besitzerin des Hotels, Frau Schmottke, eine verwitwete, sehr resolute Frau in ihren Sechzigern, hatte in diesem Jahr neue Läufer spendiert. Die alten Teppiche mit ihren durchgetretenen und zerfransten Löchern mussten ausgetauscht werden. Doch noch saß ich vor den röchelnden Heizkörpern und pinselte über die rostigen Stellen, ohne diese vorher geschliffen und grundiert zu haben.

Bald würde es Mai werden und die ersten Gäste waren schon da. Die üblichen Frühankömmlinge, die irgendeinen Vorteil darin sehen, vor den anderen die Ersten zu sein. Am Supermarktregal, im Büro oder hier im späten Frühjahr an der Küste. »Morgenstund hat Gold im Mund« und »der frühe Vogel fängt den Wurm« – das sind ihre Leitmotive. Ich war schon immer der Meinung, dass dem späten Wurm der frühe Vogel den Buckel runterrutschen kann. Also saß ich jetzt, um circa zehn Uhr dreißig, in Zimmer 13 auf dem Boden zwischen Heizkörper und Bett. Die 13 war das kleinste Zimmer und war früher ein Teil der 12 gewesen, als die noch eine stolze Suite war. Irgendwann, als die große Zeit der Suiten vorüber war, wurde die 12 zerteilt, so dass das neue Zimmer 13 entstand. Man sah es an der zu schmalen Tür, die knapp neben dem Fahrstuhl in die Wand gepresst worden war.

Auf dem Weg vom Keller nach oben hatte ich mir, mit Lackdose, etwas Verdünner, Lappen und Pinsel bewaffnet, bei Mimi noch schnell einen Kaffee und zwei Croissants mitgenommen. Der Frühstücksraum wurde immer ab zehn Uhr abgedeckt. Mimi war vor vielen Jahren, so erzählte man mir, mit ihrer zu großen Brille und auf ihren stöckeligen Schuhen im Grand Hotel angekommen. Sie blieb und wurde trotz ihrer gleichbleibend jungen Klamotten jedes Jahr etwas älter. Mimi war mir bei all den zufriedenen Momenten auch immer eine Warnung, nicht den Absprung zu verpassen. Aber es ging gerade erst in meine zweite Saison und eigentlich war nichts zu befürchten. Mit ihrer viel zu dünnen Statur, ihren Absatzschuhen, den zu großen und bunten Brillen, zu engen Pullovern, den leicht aus der Zeit gefallenen zu kurzen Röcken und ihrer Doris-Day-Frisur war Mimi in diesem kleinen Küstennest beinahe eine Attraktion. Das wäre sie aber ganz sicher auch in Paris gewesen. Abends sah man sie oft mit rot angemalten Lippen und aus einer Zigarettenspitze rauchend bei einem Teller Austern an der Promenade sitzen und aufs Meer blicken. Sie kam aus England, und als ich sie einmal in der Küche fragte, wie sie hierhergekommen sei, erhielt ich keine Antwort. Überhaupt sagte Mimi nicht viel. Sie war hier das Mädchen für alles und führte unter dem Kommando der Schmottke den ganzen Laden. Sie machte Frühstück und auch sehr oft die Betten, und sie ging einkaufen, während die Chefin in ihrem schwarzen Wickelkittel fett hinter dem Rezeptionstresen in einem bequemem Stuhl saß und Anweisungen durch den Flur herrschte:

»MIMI! Wo ist dies? MIMI! Wo ist das? MIMIIIEE!! Hol mir sofort das soundso. MIMI, hast du mir meine Eclairs mitgebracht?«

»DANTE! Neue Gäste sind an-ge-kommen. DIE KOFFÄÄR!«

Frau Schmottke hatte sich aus gefräßiger Faulheit, die sie träge und immer dicker werden ließ, schon längst eine ein Hotel gebietende Diskretion und Zurückhaltung abgewöhnt.

Ante … Meine Eltern gaben mir diesen Namen. In Kroatien eine ziemlich beliebte Kurzform von Anton. Aber seit ich denken kann, nennen mich die Leute Dante. Wie der mit dem Inferno. Mir gefiel das und es passte auch irgendwie. Wenn ich ehrlich mit mir bin, ist alles, was ich bis jetzt hinterlassen habe, nichts anderes als so ein Inferno – Pleiten, Misserfolg und Schiffbruch. Vielleicht bin ich damals nur deshalb den zweiten Sommer geblieben und nicht weitergezogen, weil sich nichts ereignete, das mich erschüttert und somit aufgescheucht hätte. Hier war mein inneres Pochen einfach leiser und so träumte ich mich durch die Tage. Ich hatte schon viele Träume gehabt. Träume, die verblassten oder zerrannen. Andere, die ausgeträumt waren oder die mir genommen wurden.

Es ist nicht die Physik, die die Erde dreht. Es sind die Träume, die alles bewegen und uns zum Leben drängen. Und dennoch bringen dich manche Träume um. Meist sind es die, denen du nachjagst oder die dich verfolgen. Ich wollte keinen neuen Traum, der mich ins Ungewisse führen würde. Ich wollte mir Zeit nehmen, bis sich etwas Richtiges ergab. Zu oft zündeln Träume in der Hitze eines einzigen Momentes, schwelen unbemerkt und heimlich und entfachen neues Feuer, bis man an ihnen zu Asche verbrannt ist.

Die Gelassenheit des Ortes tat mir gut und brachte mich zur Ruhe. Wegen nichts und niemand lief man Gefahr, sich aus einer Laune heraus das Leben zu versauen. Nur Stillstand, Starre und begrabene Fantasie.

Mit Frauen hatte ich seit dieser Geschichte von damals nichts am Hut. Ich schaute nur, und ab und an machte ich es mir selbst. Ansonsten waren sie für mich wie scharf gekochte Gourmetspeisen, die ich durch die Schaufenster feiner

Restaurants bei Kerzenschein auf den Tellern von anderen sah. Und das war gut so. Von mir aus konnte alles so bleiben, wie es war. Hier war ich sicher. Nicht anders und ebenso träge wie die Schmottke hinter ihrem Tresen. Nur während sie wie eine Spinne auf Gäste lauerte, wartete ich, ohne es damals gewusst zu haben, auf mein nächstes Inferno.

Mit dem Pinsel in der Hand, im engen Gang unter dem Fenster sitzend, hörte ich draußen auf der Straße Lärm. Eine Frau fluchte in einem vulgären Ton. Ich zog mich am Sims des Fensters etwas hoch, um mir die Szene anzuschauen. Normalerweise war das hier beinahe ein ruhiger Ort, in dem noch nicht einmal mehr die alten Kellner schimpften. Selbst das Schreien der Möwen klang eigenartig gelangweilt. Aber jetzt stand eine junge Frau vor unserem Hotel und wuchtete umständlich ihre Koffer aus dem Heck eines Taxis, während sie den Fahrer aufs Übelste beschimpfte. Dabei warf sie schäumend jedes Gepäckstück in Richtung des armen Kerls. Eine der Taschen öffnete sich und ihr Zeug verteilte sich. Der Wind, der immer vom Meer herüberblies, wehte ihre Unterwäsche durch die Gegend. Slips, Strümpfe, schwarze Herrensocken und Shirts flatterten über den Gehsteig.

»Was fällt dir ein, du Schmierarsch! Man sollte dir die Eier abschneiden oder den Schwanz zuknoten. Warum denkt ihr Typen immer aus der Hose?«

Der Taxifahrer stand verdattert neben ihr auf der Straße und versuchte, sie zu beruhigen. Doch jedes Mal, wenn er einen Schritt auf sie zumachte, schleuderte sie ihm neue Flüche entgegen. Sie schubste ihn zurück, spuckte ihn an, schlug nach ihm und versuchte, ihn ins Gesicht zu kratzen. Dabei sprang ihr die Wut aus den Augen und ich wartete darauf, dass sie über den Mann herfiel. Sie schnaubte und Reste von ihrem Ausgespuckten hingen an ihrem Kinn.

»Ihr Kerle seid Dreck! Verdammter, klebriger, stinkender Dreck! Und euren Schmutz … euren Schmutz … diesen verfickten Dreck, … den ihr … mit euren Schwänzen … Ihr seid verfluchte Schweine. SCHW-E-E-I-NE.«

Sie schnappte nach Luft und fuchtelte mit ihren Armen. Dann sah sie entsetzt auf die Menschen, die stehen geblieben waren, erstarrte, sank auf die Knie und fing an zu schluchzen und zu weinen. Dabei versuchte sie, auf allen vieren ihre Wäsche wieder zusammenzukehren, griff nach einem Teil, krallte und presste es zuerst gegen ihre Brust und wischte dann damit über ihr Gesicht, als ob sie gleichzeitig etwas von sich abputzen und sich verstecken wollte. Ihre Tränen verschmierten Mascara und Lippenstift zu einem verlaufenden Bild aus Schwarz und Rot. Sie japste nach Luft und aus ihrer Wut wurde Verzweiflung, die sie irgendwie zu beruhigen und zu trösten schien. Der Fahrer schüttelte den Kopf, ließ sie auf dem Gehsteig sitzen, stieg in sein Taxi und brauste davon. Ich kannte ihn vom Sehen. Ich sah mir das Schauspiel von oben noch eine Weile an. Die Schmottke hatte sich nach draußen bequemt, und Mimi versuchte als Einzige, das Häufchen Elend aufzurichten. Sie setzte sich zu ihr auf die Kante des Trottoirs und kramte eine Zigarette hervor, die sie sich ansteckte und zweimal tief an ihr sog. Dann reichte sie sie wortlos zu der Frau hinüber, deren Strumpfhosen zerrissen waren, und legte ihren Arm um ihre Schulter. Diese Wildkatze, die eben noch wie eine Furie den Taxifahrer beschimpft und mit ihren Sachen um sich geschmissen hatte, bibberte nun wie ein kleiner zerbrechlicher Vogel mit viel zu schnellem Herzschlag in Mimis Arm.

Als nichts mehr weiter geschah und nur noch die beiden Frauen zwischen den Koffern unten an der Straße saßen, zwängte ich mich wieder nach unten zu Lackdose und Pinsel. Nicht besonders sorgfältig überpinselte ich die rostigen Krater an den Lamellen der Heizung und vergaß dabei Mimi und die kleine Szenerie da draußen. Ich war müde und ein unbemerktes Nickerchen war fest eingeplant. Schließlich legte ich mich auf die Tagesdecke des Bettes und schlief tatsächlich ein. Wenn die Schmottke etwas wollte, dann hätte sie nach mir durch den Flur gebrüllt, und so war die Gefahr, entdeckt zu werden, nicht besonders groß. Wenn, dann wurde ich von Mimi oder von einem der Zimmermädchen erwischt, die zwar mit mir schimpften, weil ich ja das gemachte Bett wieder in Unordnung gebracht hatte. Aber das war nicht so schlimm und auch nie wirklich böse gemeint.

Hier am Meer war ich immer schläfrig. Es lag nicht an der Luft oder an der Langeweile. Auch nicht an der Vergänglichkeit, die schon vor Jahren allen Stolz dieses einstmals schönen Fleckchens Erde gebrochen hatte und der man sich wie von selbst ergab. Der Grund für meine Müdigkeit am Tag war ein anderer. Meine Gedanken in der Nacht verwehrten mir den Schlaf. In der nächtlichen Ruhe hörte ich immer noch dieses leise und lockende Trommeln meiner Kindheit. Ich spürte mein fast erloschenes Lebensverlangen, und wie neue Träume in mir anbrandeten und Unrat hinterließen. Wenn es still und dunkel war, donnerten rastlose Gedanken durch meinen Kopf. Wie bei einem Bahnhof fuhren Erinnerungen ein und nahmen alle Fragen, die ich schon längst für beantwortet hielt, wieder mit, um neue zu hinterlassen, die hektisch auf versteckten Fahrplänen nach besseren Antworten suchten. Diese Ruhelosigkeit ist tief in mir, ohne sie kann ich, so scheint es, nicht von mir selbst loskommen. Ich bin wie ein Flüchtling, der vor sich selbst abhaut, weil er den Alltag nicht ertragen kann. Immer wenn mir das Leben mit seinen nie aufhörenden Aufgaben zu viel wird, und das passiert für gewöhnlich sehr schnell, mache ich mich davon. Ich flatterte im Wind wie eine der zerrissenen Fahnen unten am Pier. Nichts hatte sich geändert, und meine innere Unruhe wollte nicht vergehen. Ich fühlte, dass ich auf etwas wartete: auf einen neuen Zusammenstoß. Bei rasender Fahrt über einer engen Küstenstraße. Im Mondschein. Vor mir auf kurviger Strecke die Sterne, unter mir das tosende Meer und hinter mir die dunkle Nacht.

Dann wachte ich auf. Ich stieß tatsächlich mit etwas zusammen. Oder vielmehr stieß mich etwas in den Rücken.

»Verdammt! Dante!« Mimi stand am Bett und rammte mir die untere Seite ihres nassen Schrubbers ins Kreuz. Ich war noch etwas benommen und rappelte mich auf.

»Die neuen Servicekräfte sind da und die Schmottke tobt.« Mimi presste ihre Fäuste an ihre Hüften und schaute streng über den Rand ihrer Brille auf mich hinab. Sie war ungefähr Mitte bis Ende vierzig, vielleicht auch Anfang fünfzig. Ich fragte mich, weshalb sie ihr Leben hier im Hotel verbrachte. Wenn man genau hinsah, war sie eine sehr schöne Frau, und keine Kittelschürze, die sie tagsüber trug, konnte ihr etwas von dieser damenhaften, mondän eleganten und leicht geheimnisvollen Aura entreißen. Mit spitzem und wie immer rot geschminkten Mund zischte sie mich an:

»Los! Nimm deine Farbeimer, wasch dich und mach deine Arbeit.«

»Schon gut, mon General«, sagte ich und sprang vom Bett aus Zimmer 13.

»Was war mit dem Mädchen da draußen?«, fragte ich, als ich meine Malutensilien vom Boden einsammelte.

»Ich weiß nicht. Aber die Kleine ist eine von den Neuen. Sie heißt Novelle. Sie stammt wohl aus dem Elsass.«

»In Frankreich?«

»Kennst du noch ein anderes Elsass?« Mimi rollte mit ihren Augen, die hinter den Brillengläsern und den angeklebten Wimpern wie große, grüne, unendlich tiefe Tümpel aussahen. Auf jeden Fall lag immer etwas geheimnisvoll Beunruhigendes und Dunkles in ihrem Blick. Doch wenn man von Mimis Pupillen zu den Rändern ihrer Iris schaute, veränderte sich das Tief des Grüns von fast schwarz beinahe in einen leuchtenden, hellen Ton.

»Nein, eigentlich nicht«, murmelte ich meine Antwort, »vielleicht noch das Elsass bei Lothringen.«

»Schwachkopf«, zischte sie und warf mir ein Putztuch von ihrem Servicewagen, auf dem alles für das Herrichten der Zimmer bereitstand, entgegen.

»Wieso heißt die wie ein Buch? Novelle? Das ist doch kein Name? Und hat sie der Taxifahrer angefasst oder so?«

»Ich weiß es nicht. Frag nicht so viel. Als wir ins Hotel gegangen sind, war sie jedenfalls zuckersüß, und sie hat sogar vor der Schmottke einen kleinen Knicks gemacht. Als wäre nichts gewesen. Mit der stimmt etwas nicht. Wie ausgewechselt hat sie die Alte um den Finger gewickelt. Sogar die Katze hat sie am Nacken gekrault. Kannst du dir das vorstellen?«

»Echt?« Ich war wirklich überrascht. Die Hauskatze hätte ich allenfalls mit einer Zange gestreichelt.

»Aber ist ja nicht das Schlechteste«, entgegnete ich. »Jemand, der irgendeinen Zugang zu der Schmottke hat. Vielleicht hilft uns das was.«

Wie eine Notgemeinschaft verband uns der Hass auf die fette Wachtel unten am Tresen. Selbst im Winter, wenn kaum oder tagelang gar keine Gäste da waren, saß sie in ihrem Sessel hinter der Rezeption. Ein kleiner Fernseher stand im Eck, die Fernbedienung lag auf der Armlehne und vor sich hatte sie immer einen Teller Eclairs. Zu ihren Füßen schnurrte die Katze. Ein ebenso dickes und heimtückisches Tier wie sie selbst. Mimi richtete das Bett, dann wackelte sie auf ihren Absätzen über den Flur und schob ihren Wagen zum nächsten Zimmer, während ich mit meinem Kram nach unten trabte.

Das Personal wohnte, genau wie ich auch, hinten im Hof in umgebauten Ställen. Nur Mimi lebte in einem der Hotelzimmer. Zwar auf der obersten Etage, aber immerhin. Die Unterkünfte sahen aus wie typische amerikanische Motels. Es mutete alles ein bisschen wie in Hitchcocks Psycho an. Vorne das alte ehrwürdige, große Hotel mit dem kleinen Türmchen und den Holzschnitzereien, die an jedem Balkon anders aussahen. Hinten auf der einen Seite die Garagen mit rostigen und schiefen Toren. Ostzonen-Einheitstod in Waschbeton. Gegenüber die ehemaligen Stallungen, in denen wir lebten. Verbeultes Blech unter einem Flachdach und nach hinten eine kleine Veranda aus morschem Holz, die früher einmal strahlend weiß gestrichen gewesen sein musste. Jetzt war sie bemoost und zerfiel, so als würden Maden allmählich Stücke aus einer herumliegenden Leiche abtragen, bis nur noch ein Gerippe übrig bleiben würde. Wenigstens das. Es waren insgesamt acht Appartements mit separatem Bad und zerschlissenen Möbeln aus den vergangenen Jahren, die den Hotelzimmern nicht mehr zuzumuten waren. Leider galt das auch für die Matratzen. Verwanzte und durchgelegene Dinger. In zwei Wohnungen sogar dreiteilig – noch mit Sprungfedern. Das waren die Unterkünfte der ärmsten Säue, der illegalen Küchenhelfer.

Der letzte, der da war, ein Afghane, war im vergangenen Jahr einfach verschwunden. Zum Glück erst im späten Herbst, so dass ich Mimi nur an den Wochenenden in der Küche helfen musste. Kartoffeln schälen, wischen und Zeugs hin und hertragen, Essensabfälle entsorgen. Nie hätte sich die Schmottke einen Ersatz gesucht, denn der wäre dann teuer gewesen. Es gab im Hotel noch einen fest angestellten Koch. Argor

Polischuk. Neben Mimi die andere feste Größe im Haus. Er hatte zuvor auf einem Frachter aus Sankt Petersburg in der Kombüse gearbeitet. Vermutlich hatte man ihn wegen seiner ekeligen Schmierigkeit, die an seinen Sachen, auf seiner Haut und an seiner Art klebte, in einem Beiboot ausgesetzt und er strandete wie der kleine Moses, aber mit Pest an Bord, hier im Schilf bei Frau Schmottke.

Die Flüchtlinge kamen meist im Frühjahr. Aber eigentlich waren wir alle, die nicht von je her hier lebten oder Urlaub machten, auf der Flucht. Egal ob Zimmermädchen oder Küchenhilfe. Wir waren Ausreißer mit nichts in der Tasche als Sehnsucht. Gefangen in der Gewissheit, dass alles Bleiben sinnlos und vor sich selbst wegzulaufen unmöglich ist. Aber das wusste ich damals noch nicht.

So lernte ich während der Arbeit Mimi etwas besser kennen und, ja, auch ein bisschen zu lieben. Es mag etwas absurd klingen. Mimi war gut fünfzehn bis zwanzig Jahre älter als ich, und dennoch stellte ich mir ab und an vor, es mit ihr zu tun. Danach schämte ich mich jedes Mal ein wenig. Aber sie war eine interessante Frau, und wenn man genau hinsah, war sie auf ihre Art schön. Sie hatte lange Beine, ganz sicher einen wohlgeformten Busen, und ihr Silberblick hinter der Brille über ihrem spitzen Mund war nie ganz zu deuten. Meist beließen wir unsere Unterhaltungen auf der Arbeitsebene. Sie fragte mich nichts, und ich wusste, dass sie mir auch keine wirklichen Antworten geben würde. Sie verrichtete ihr Tagwerk und das war's. Vielleicht hatte sie es sich abgewöhnt, die Saisonkräfte kennenlernen zu wollen, weil es eh nichts brachte. Mimi stand auf eine gleichgültige Art über all den Dingen, die nicht Teil von ihr waren. Sie war fremd in dem

Ort, in dem Hotel, und auch in ihrer Kleidung wirkte sie, als ob sie nicht dazugehören würde. Sie schien hier an diesem Ort festzuhängen und auf irgendetwas zu warten. Also stellte ich keine großen Fragen und nur in meinen Träumen schlich ich ab und an in ihr Zimmer und streifte ihr das Nachthemd ab.

Im vergangenen Winter, als die Schmottke über die Weihnachtsfeiertage weg war – sie besuchte dann ihre Cousine in Frankfurt, die dort mit einem Banker verheiratet in einem dieser großen Häusern mit Vorgarten lebte –, hielt ich meine Kreuzschmerzen nicht mehr aus und tauschte meine Matratze mit einer der neueren aus einem Zimmer im Hotel. Nachts um vier wuchtete ich das unhandliche und bockige Ding durch das Treppenhaus. Dabei stolperte ich über ein Loch in den verschlissenen Läufern, stürzte den ganzen Absatz hinab und landete unter meiner Matratze auf der Zwischenebene der Stiegen. Nachdem ich mich wieder aufgerappelt hatte, sah ich Mimi oben im Flur. Sie saß in einem Pyjama auf den Stufen, rauchte eine Zigarette und schaute vorwurfsvoll auf die Szenerie. Sie trug keine Brille, und jetzt sah ich, dass sie kurze rote Haare hatte, die sie wohl immer unter dieser Doris-Day-Perücke versteckte. Sie sagte nichts, dann drückte sie die Kippe in einer Ecke auf dem Boden aus, ließ sie liegen und ging in ihr Zimmer.

Der Sommer wollte bald kommen und die Tage brachten schon jetzt in gezeitengleicher Regelmäßigkeit ein fortwährendes Ankommen und Abreisen der Gäste. Die neue Küchenhilfe war ein stiernackiger Sudanese, er wohnte tatsächlich in dem Appartement mit den ältesten Möbeln und der verschlissensten Matratze.

Die Neue, Novelle, hatte das Zimmer neben meinem. Wir hatten einen schlechten Start. Während der Arbeit mussten wir alle Namensschildchen tragen. Die Schmottke fand das persönlicher. Als Novelle mit Schürze an ihrem ersten Arbeitstag in die Küche kam, hatte ich für mich ein Schild mit dem Namen »R.OMAN« gebastelt. Für Mimi machte ich eines mit »P.ROSA«, und auch Rofu, der Küchenhelfer aus dem Sudan, hatte ein Schild, auf dem »G.DICHT« stand. Ich fand es spaßig. Mimi verzog ihren Mund, steckte sich das Ding aber an. Novelle fand das zunächst ziemlich lustig. Zuerst kicherte sie darüber und hielt sich dabei vornehm die Hand vor die Zahnlücke in ihrem Mund und legte den Kopf auf die Seite. Danach verfiel sie in schallendes Lachen, ihr Brustkorb und ihre Schultern zuckten immer mehr in ihrem Ringen nach Luft. Sie konnte gar nicht mehr aufhören und wiederholte prustend immer wieder »ROMAAAAN« und gluckste »P Punkt ROSA«. Doch von einem zum anderen Moment erstarrte sie, blieb eine Weile regungslos stehen und spuckte dann vor uns auf den Küchenboden:

»Ich hab mir den Scheißnamen nicht ausgesucht, ihr Wichser. Ihr könnt euch euer literarisches Quartett in eure Ärsche schieben.«

Sehr viel später erzählte sie uns, dass ihre Mutter den Namen bestimmte. Sie hatte einen kleinen Frankreich-Tick und las gerne die Novellen von Maupassant. Und Novelle klang gegenüber einer längst geläufigen Nicole doch viel französischer.

Sie nahm ihr Schild und verließ den Raum. Auch wenn ich es verbockt hatte, Novelle schien ein Talent für schlechte Anfänge zu haben. Der Taxifahrer erzählte mir später einmal bei einem Bier, dass sie damals, als er sie ins Hotel brachte, von einer auf die andere Sekunde ausgerastet sei. Ein Wunder, dass die Schmottke sie an dem Tag nicht wieder weggeschickt hatte.

Jedenfalls herrschte in der ersten Hälfte des Sommers Funkstille zwischen Novelle und mir. Mimi sprach ja eh nicht viel. Also verbrachte ich meine freien Tage damit, nichts zu tun. Ich las sehr viel und empfand Freiheit, die nicht durch unangenehme Pflichten gestört wurde.

Manchmal ging ich abends rüber zu Rofu, dem neuen Hilfskoch. Im Schein unzähliger Teelichter auf den alten Plastikmöbeln seiner Terrasse aßen wir gegrilltes Hühnchen mit sonderbaren Gewürzen. Ich sah, wie gerne mich Rofu bewirtete, wie er sich freute und wie er sich mit dem wenigen, das er hatte und bieten konnte, Mühe gab. Wer sein Obdach teilen kann, besitzt eine kleine Heimat. Wie alle Flüchtlinge sehnte sich Rofu nach Ankommen, nach etwas, das ihm das Verstecken, das Verleugnen, den unruhigen Schulterblick und die Hatz von den Gliedern nahm. Nach einem Zipfel Zuhause, in dem er sicher war und, so wie jeder, der ein Heim hat, seine Lasten in die Ecke stellen konnte, ohne dass er auf sie aufpassen musste.

Es ist egal, wovor du flüchtest. Vor den Dämonen einer Vergangenheit, vor Gewalt, Unfreiheit oder dem Tod. Vor dem Alter, der Justiz oder vor Durst und unstillbarem Hunger. Alle, die weglaufen, um das Land ihrer Sehnsucht zu finden, bezahlen den Preis ihrer Herkunft auf Raten.

Dass Rofu mein Gastgeber sein konnte, gab ihm nach seiner langen Reise ein Stück seiner Heimat und damit etwas von seiner Würde zurück. Die meisten bekommen, wenn von Heimat die Rede ist, ein sentimentales Gefühl, das sich wohlig warm über den Körper verteilt. Mich hingegen schaudert's und es läuft mir kalt den Rücken hinunter. Ich wollte, dass mich keiner wirklich kannte, so wie dort, wo ein Zuhause ist. Weil mein wirkliches Ich zu feige war, genau hinzuschauen, sich seinem Spiegelbild zu stellen, sich zu betrachten, um zu sehen, was da ist. Nur da, wo die Heimat ist, wird man erkannt. Ich versteckte mich lieber.

4. STÜHLE RÜCKEN

Rofu war pechschwarz, bullig und glatzköpfig. Ein Typ, der eine herzliche Offenheit ausstrahlte. Vielleicht war das sein ganz eigener Weg, all dem Grauen, vor dem er einst fortlief und das ihm immer wieder mit anderen und neuen Gesichtern einholte, zu entgehen. Sein Rezept, den Schrecken und das Furchtbare nicht an sich heranzulassen? Auf seiner linken Seite fehlte ihm das Ohr, sein Handgelenk stand, vermutlich durch einen schlecht verheilten Bruch, etwas schief von seinem Arm ab. Außerdem war er gläubig. Schon das alleine ist in der heutigen Zeit suspekt. Zu allem, was er sagte und was ihm wichtig erschien, packte er ein »Allah« entweder vorne oder hinten an seinen Satz, um die Notwendigkeit und die Wichtigkeit des Himmels nochmals zu unterstreichen.

Mimi gesellte sich nie zu uns. Sie ging zweimal die Woche, immer an den gleichen Tagen, auf die Promenade zu ihrem Austernteller mit Weißwein, zog an ihrer Zigarettenspitze und blickte in die Ferne.

Wenn Novelle mit ihrer Arbeit fertig war, fuhr sie die zwanzig Kilometer mit dem Zug in die größere Stadt. Das machte sie beinahe an jedem Abend. Durch die dünnen Wände hörte ich oft, wenn sie nachts nach Hause kam und ihre Schuhe in eine Ecke des Zimmers pfefferte oder über etwas stolperte. Sie war so um die zwanzig Jahre alt. Ich wusste, dass sie sich nicht nur abends, wenn sie ausging, betrank. Sie soff auch tagsüber. Sie stahl die kleinen Schnapsflaschen aus den Minibars. Ich sah sie einmal, als sie aus einem bereits gemachten Zimmer kam und eine Handvoll von Minileergut in dem Müllsack an ihrem Reinigungswagen verschwinden ließ. Jacks, Gins, Beans und eine kleine grüne Piccolo-Flasche.

Wenn ich ihr auf dem Flur begegnete, dann murmelte sie immer etwas Unverständliches vor sich hin. Es hörte sich an, als würde sie in einer fremden Sprache leise flüstern. Es klang klagend, beschwörend und auch ein wenig traurig. Manchmal blitzte ihr Gesicht unter den langen schwarzen Fransen ihres Ponys auf, dann sah man trotz der dicken Kajallinien die harten Drinks, die ihre Augen so trübe machten wie die Anisschnäpse, die sie in sich hineinschüttete.

Freitags wurde im großen Frühstücksraum Bingo gespielt. Ich musste am Nachmittag die Tische rumrücken, das Mikrofon aufbauen und die Lautsprecherkabel so verlegen, dass man sie nicht sah. Rofu half mir bei den Stühlen.

»Hast du Kabel gut versteckt?«

»DAS Kabel«, antwortete ich, während ich mit drei Stühlen balancierte.

»Ja, sag ich ja. Kabel.« Rofu guckte mit seinen großen weißen Augen aus seinem schwarzen Gesicht.

»DAS Kabel, heißt es. Da muss ein Artikel vor das Substantiv.«

Ich ließ die Stühle ab, stützte mich mit einer Hand auf ein Knie und versuchte mit der anderen meinen Rücken einzurenken.

»Hä?« Rofu tat verwundert. »Vorne steht doch das Stativ. Für Mikrofon! Und was für ein Artikel fehlt? Kabel ist da, Mikrofon und auch kleiner Verstärker.«

Ich wusste nicht, ob er mich wegen seiner mangelnden Sprachkenntnisse oder wegen des fehlenden Ohrs nicht verstand.

»DAS Kabel, DAS Mikrofon und DAS Stativ.«

»Verstehe.« Er grinste. »Alles da.«

»Ich meinte SUBSTANTIV. Und ja, alle Artikel sind da. Oder auch nicht«, murmelte ich noch in mich hinein.

»Was ist Sub-Stativ?«

Das hätte jetzt noch ewig so mit meinem Wumbaba gehen können.

»Das Stativ ist völlig okay. Es steht da gut.«

Rofu konnte einen mit seinem auf dumm gestellten Gesicht einfach zu Boden grinsen. Ich mochte den Kerl. Also schleppten wir weiter Stühle, bis ich durchgeschwitzt und fertig war. Ich richtete mich auf und fühlte, wie meine Bandscheiben wieder an ihre richtigen Stellen rutschten. Ich trug immer drei ineinander gestapelte Stühle, was mich an meine Grenzen brachte. Rofu hatte jedes Mal fünf in den Händen. Ich kam mir vor wie ein Würstchen. Herausfordernd und schnaufend sah ich ihn an.

»Weißt du, Rofu, für jeden Arsch gibt es rein rechnerisch eine bestimmte Anzahl an Stühlen. Die Sessel und Sitzgruppen, auf denen mehrere Ärsche Platz nehmen, nicht eingerechnet, sonst wird es unübersichtlich. Es gibt Stühle in Schulen, auf Flughäfen, Bürostühle in den Büros und Konferenzstühle für Konferenzetagen. Stühle stehen in Ämtern, in Hotels, bei mir zu Hause und wer weiß sonst wo. Es gibt Milliarden Stühle. Die der Chinesen noch nicht einmal eingerechnet. Was meinst du, wie viele Stühle ein einzelner Arsch so im Schnitt hat? So überschlägig. Ich habe zum Beispiel bei mir auf der Terrasse zwei und einen in der Küche. Aber ich schätze mal, ich hatte für meinen einzigen bescheidenen Arsch, der gar keine großen Ansprüche stellt, bestimmt zwanzig eigene Stühle und dann noch die, die mir angeboten und bereitgestellt worden sind. Das müssen Hunderte gewesen sein. Bei sechs oder acht Milliarden Menschen kann man sich schon ausrechnen, welch gigantisches Stuhlvolumen da draußen ist und wie viele Ärsche für andere Ärsche genau diese Stühle bis zum letzten Stuhlgang von hier nach dort schleppen. Dabei ist das Sitzen erwiesenermaßen gar nicht so gesund.«

Rofu schaute mich verwirrt an, dann schüttelte er den Kopf, als wäre ich ein bisschen meschugge, und machte kommentarlos weiter. Schließlich richteten wir den Saal her und ich prüfte noch mal, ob die Kabel auch keine Stolperfallen bildeten. Das war der Schmottke besonders wichtig. Wenn die alten Leute einmal hinfielen und sich die Oberschenkelhälse brächen, dann wär's vorbei und die Stammgäste checkten für die nächsten Jahre in Rehazentren oder gleich auf Demenzstationen ein, anstatt hier an der Küste ihr Geld zu lassen, bevor sie es ihren Enkeln vererben.

Ich hasste die Geldgeilheit der alten Wachtel und ich verachtete ihre krummen Finger, die nach jeder Münze griffen, die man ihr vor die Füße legte.

Wenn Gäste auscheckten, schlich sie wie eine hungrige Vogelspinne oft noch vor der Reinigung in die Zimmer, um hingelegtes Geld oder sonst ein Dankeschön, das für die Zimmermädchen bestimmt war, in ihrem Kleid verschwinden zu lassen. Auch was von den Gästen vergessen wurde, konfiszierte sie erst einmal, und für das, was sie freigab, ließ sie sich den Rückversand per Post immer mit dem doppelten Porto im Voraus bezahlen. Wertvolle Sachen behielt sie einfach oder sie tauchten als Gewinne beim Bingo wieder auf. Wegen ihrer Körperfülle konnte sie sich nicht gut bücken. Deshalb streute ich gerne ab und an ein paar Münzen. Nur damit sie sich zum Aufheben anstrengen musste. Dabei ächzte sie und hielt sich mit einer Hand irgendwo balancierend fest, während sie mit der anderen versuchte, die Geldstücke aufzukratzen.

Immer wenn sie knauserig war und uns den kleinen Lohn kürzte, zum Beispiel für ominöse Stromverbräuche unserer überteuerten Kaninchenställe mit Durchlauferhitzer und Nachtspeicheröfen, wollte ich ihr zuraunen, dass das letzte Hemd keine Taschen hat. Aber ich verkniff es mir lieber. Alles in allem war das Leben hier gut, und ich wollte es mir nicht verscherzen.

5. MITTERNACHT

Am Bingoabend verkaufte die Schmottke die Spielscheine für einen Fünfer und verdiente an den Getränken und den kleinen Kanapees, die Argor und Mimi tagsüber zubereitet hatten. Die Preise, die sie auslobte, waren von einem unwürdig niederen Wert. Ein paar Flaschen Spumante, Bootsfahrten nach draußen zu den Austernbänken und ab und an etwas aus der Fundgrube. Es war ein richtiges Schrottwichteln. Die Veranstaltungen waren meist gut besucht. Die Schmottke zog im umgebauten Frühstücksraum die Nummern und las die Zahlen vor.

Novelle stand dabei oft in einer Ecke des Saals und fieberte mit. Außer der Reihe. Sie murmelte wie immer etwas vor sich hin und presste und zerdrückte die Spielscheine, die sie sich heimlich besorgt hatte, in ihren verkrampften Fingern, ohne nach jeder aufgerufenen Zahl nachzuschauen. Sie wirkte dabei immer sehr aufgeregt und es schien, als ob sie die fünfundzwanzig Nummern in ihrer Anordnung auswendig gelernt hatte. Ich sah, wie sie ab und an, und ohne es vorher nachzuprüfen, mit ihrem Mund ein »Bingo« formte und dann den Zettel endgültig zerknüllte und ihn mit enttäuschtem – nein, mit einem unendlich verzweifeltem Blick – in ihrer Tasche unter der weißen Schürze verschwinden ließ. An einem Abend glaubte ich, dass ich sie weinen sah, als ihren Lippen wieder ein lautloses Bingo entwich. Ich ging zu ihr hinüber und ich wusste nicht, ob sie mich wie den Taxifahrer anspringen, kratzen oder beißen würde. Aber wie sie dort stand, in dem Saal voller Leute, in eine Ecke gepresst, und wie sie dort so völlig verloren aussah, konnte ich nicht anders. Seit der Geschichte mit den Namensschildern hatten wir so gut wie kein einziges

Wort miteinander gesprochen. Ich wusste nicht warum, aber ich legte meinen Arm um ihre Schultern. Sie schaute noch nicht einmal zu mir auf. Wir standen nur da, redeten nicht, und das Licht, die Leute und die Stimmen im Raum verschwanden für einen ganz kurzen Moment. Ich traute mich nicht, sie anzuschauen. Es war, als ob ich ein hauchdünnes Glas berührte. Wir standen einfach nebeneinander, doch ich spürte die Nähe, die sie zuließ, und vielleicht machte sie sogar einen kleinen Schritt auf mich zu. Nach einer Weile fragte ich sie leise:

»Was ist mit dir?«

Sie schaute zu Boden und flüsterte: »In meinem Kopf ist fast immer Mitternacht.«

Dann löste sie sich von mir und rannte raus. Später, nach der Arbeit, sah ich sie, wie sie ausgehfertig das Hotel verließ und in der Nacht verschwand.

Ich fand wie immer keinen Schlaf. Wieder hatte ich dieses wattige und gleichsam sinnenscharfe Gefühl, das mich nur nachts heimsuchte. Vor Müdigkeit fielen mir die Augen zu, um kurz danach über den Gedanken wach zu werden, dass es Zeit sei, den Schlaf zu suchen. Als ob ich in eine Zwischenwelt glitt, auf deren Schwelle ich in der dunklen Stille verweilte, mich dort umblickte und an mir herunterschaute. Wie Wasserfarbe verlief die Realität in etwas Abstraktes und dann in etwas Surreales. Erst in der Dämmerung erkannte ich wieder alle Konturen. Dann, als die Träume getrocknet und das Fieber verflogen waren. Stunde um Stunde lag ich im dunklen Zimmer. Von draußen leuchtete es gelblich hinein, und die Lamellen am Fenster zeichneten Streifen aus hellen und dunklen Schatten an die Wand. Der Qualm meiner Zigaretten formte sich im Licht zu Figuren aus Nebel, die kurz miteinander tanzten und sich wieder aus ihrer Umklammerung auflösten, um zu entfliehen.

In der Nacht schreckte ich hoch. Gerade in dem Moment, als ich von dem Dach stürzte, von dem ich damals nicht gesprungen bin. Vor Jahren war das, als mein Leben in Scherben lag und ich leichtfüßig das Wertvollste der Welt verspielte. Ich konnte nicht anders. Nicht vom Hochhaus springen und nicht mehr weitergehen und schon gar nicht zurück. In mir tobte das tiefe Verlangen nach einer selbstbestimmten Ungebundenheit, eine brennende innere Sehnsucht nach Freiheit und gleichzeitig die Scheu vor der damit verbundenen Verantwortung. Nirgends blieb ich länger. In den Jobs, die ich hatte, und auch nicht in den Beziehungen, die ich einging. Es war dieses Wissen um das Erlöschen der Extreme, das Bewusstwerden von Grenzen und die damit einhergehende Bürde all der Pflichten, damit das Leben, das nun mal jeder zu leben hat, überhaupt funktionieren kann.

Damals, als dann alles vorbei war, und ich wieder von dem Dach, auf dem ich alles beenden wollte, heruntergeklettert war und es nichts mehr gab, was mich hielt, stieg ich in einen Zug und fuhr davon. Ohne Ziel. Weil ich keine Wurzeln hatte, konnte ich überall hin. Sieben Jahre war ich fort. Drei davon auf See. Die andere Zeit bei wechselnden Arbeiten in unterschiedlichen Orten mit verschiedenen Bekanntschaften. So wie ich sie jetzt mit Rofu hatte. Immer mit einem gewissen Abstand. Nie wieder wollte ich jemandem so nahe kommen, dass es mir gefährlich werden konnte. So isolierte ich mich lieber. Ich glaubte, den Ruck nicht aushalten zu können, wenn wieder eine Bindung reißen würde. Dabei war es die Bindung selbst gewesen mit all ihren unausgesprochenen Verträgen, die ich nicht ertragen hatte. Ich konnte mich gut verstellen und meine

Emotionen regulieren. Die Leute glaubten, ich sei zugänglich für das, was sie im Innersten trieb, als hätte ich eine Antenne für ihre Dringlichkeiten, Hoffnungen oder Schmerzen. Aber in Wirklichkeit ließ ich nichts und niemanden an mich heran. Zuletzt strandete ich hier an der Küste. Ich hatte nicht viel. Etwas Kleidung, ein paar Bücher. Sie waren der beste Ort für mich, die Poesie entband mich vom Gewicht der Welt.

Ich ging in die Küche und trank aus dem laufenden Wasserhahn. Dann wusch ich mir den Traum vom Fallen aus dem Gesicht, es war mir völlig unmöglich, mich nochmals hinzulegen, um weiterzuschlafen.

Mimi und Novelle waren mir auf ihre unnahbare Weise ähnlich. Wir drei schienen etwas Geheimes hinter uns gelassen zu haben. Wie zufällig waren wir uns in dem Hotel begegnet, das für uns wie ein Wartesaal an einer dieser verlassenen Anlegestellen für die großen Fähren war. Ein Ort im Nichts, in dem wir rasten konnten während unserer Suche nach neuen Routen, hin zu etwas, von dem wir nicht wussten, was oder wer uns erwartete. Wir waren gestrandet, um kurz zu verweilen. Auf einem Weg aus einem Früher, das es nicht mehr gab.

Mimi, die irgendwie zum Inventar des Hauses gehörte, wirkte, als stünde sie vor einem Absprung. Jederzeit bereit zu gehen, ohne eine Erinnerung oder einen Schatten zu hinterlassen. Als ob sie in den ganzen Jahren ihre Koffer nie ausgepackt hätte. Diesen Eindruck hatte ich auch von Novelle. Und ich war sowieso in ständiger Alarmbereitschaft. Die Frage war, wann und wohin und vor allem wie weit wir springen würden? Und ob wir es überleben könnten?

Das beschäftigte mich besonders, wenn ich an Novelle dachte. Man konnte ihr dabei zusehen, wie sie ihre Reserven aufbrauchte. Sie war noch so furchtbar jung. Das Leben sollte nicht gleich zu Beginn grausig mit einem umgehen. Es sollte leuchten, sirren und flackern. Wenn man jung ist, sollte sich an jedem Tag etwas von dem Wunder und all den großen Geheimnissen da draußen offenbaren, die einem die Gewissheit geben, dass man mit weit ausgebreiteten Armen der Welt entgegenspringen kann und dass sie einen tragen wird. Novelle schien in ihr unterzugehen und zu verschwinden.

In den Mitarbeiterbaracken wohnten noch zwei andere Zimmermädchen. Beide hatten ihre erste Saison. Katja aus Österreich und Severine aus der Schweiz. Sie waren Studentinnen auf Weltreise. Katja war der burschikose Typ und studierte Germanistik, Severine hatte Dreadlocks, sie studierte BWL. Ich hatte außer den Dingen, die die Arbeit betrafen, nicht viel mit ihnen zu tun. Meist waren sie an den Abenden für sich oder sie erkundeten die Gegend. Ich versuchte herauszufinden, ob sie ein Liebespaar waren, aber es gab keine Anzeichen.

Dienstags und mittwochs musste je die halbe Belegschaft ihren freien Tag unter sich ausmachen. Da Severine und Katja bereits den Mittwoch für eine gemeinsame Wanderung belegt hatten, beschlossen Rofu und ich, am Dienstag raus zu den Robbenbänken zu fahren. Eine willkommene Abwechslung. Wir wollten dort in der Sonne liegen, in den Tag dösen und den Tieren zusehen. Novelle war noch nicht aus ihrem Zimmer herausgekommen, was so viel bedeutete, dass sie auch den Dienstag als ihren freien Tag für sich beanspruchte. Ich hatte mir am Pier ein einmastiges Catboot gemietet. Rofu war etwas skeptisch, aber ich versicherte ihm, dass ich in einem anderen Leben bereits auf Schiffen gesegelt sei, und letztendlich war seine Neugierde groß genug, um sich auf den kleinen Turn mit mir einzulassen. Dass er eine gewisse Scheu vor Booten hatte, konnte ich nur zu gut verstehen. Rofu hatte mir von der langen Fahrt erzählt, die er von der libyschen Küste aus in einem überfüllten Schlauchboot angetreten war. Wie er gesehen hatte, als Kinder ertranken, und wie Panik und Furcht die Menschen in dem überfüllten Boot lähmte oder sie elektrisierte. Wie einige Männer das Zuviel an Frauen und Kinder in dem schrecklichsten Moment, als die Wellen zu hoch und das Boot zu instabil wurden, einfach über Bord warfen. Er hatte von der Schuld des Schweigens gesprochen, die fortan an ihm klebte, und davon, wie sich das in den Nächten anfühlte, dass seine eigene Angst zu groß gewesen war und ihm befohlen hatte, reglos zu bleiben, und wie ihn seitdem und wahrscheinlich für immer die Schreie und die weit aufgerissenen Augen der Ertrinkenden im Wasser verfolgten. Er erzählte von der Leere, als sie alle still und lethargisch, paralysiert beieinander kauerten, nachdem der Sturm vorübergezogen war und sich die Schreie im Wasser langsam entfernten. Wie er an den Schultern der Mörder in Agonie verweilte. Wie er letztendlich bei Lampedusa gerettet worden war. Er hatte auch von der anderen Schuld erzählt. Die, die auf den unzähligen namenlosen Straßen mit jedem Schritt, den er von zu Hause fort machte, schwerer wog. Weil er mit dem Zurücklassen nicht klarkam und seine Freunde, seine gelbe Erde und seine Mutter wohl nie wieder sehen würde.

Ich merkte ihm an, dass er trotz seiner sonnigen Art eine große Last trug. Jeder merkte das. Deshalb schien es mir gut, über seine Heimat und sein Dorf zu sprechen, um ihn etwas aufzuheitern. Wie fast alle anderen blühte er im Licht seiner

Erinnerung auf und ein warmes Strahlen zog über sein Gesicht. Doch war es schwer, wieder in die Gegenwart zurückzufinden, nachdem wir so schön über vergangene Tage gesprochen hatten, die wie bei jedem in der wehmütigen Rückschau glänzender schienen, als sie gewesen waren. Einmal, wir saßen abends draußen bei seinen Kerzen und die Zikaden zirpten im Dunkeln, kam Rofu gerade aus der Küche zurück. Er hatte unsere Teller abgewaschen. Mit dem Spültuch über seinen Schultern schenkte er mir Wein nach. Dabei sagte er:

»Du schaust auf die Sterne und träumst von etwas wie Zukunft, denkst dir, dass die Welt so groß und so weit ist und dass sie woanders vielleicht etwas Besseres für dich bereithält. Dabei ist das Leuchten im Himmel ein Blick in die Vergangenheit, da das Licht, das du dort siehst, seit Hunderten von Jahren erloschen ist. Aber diese Wahrheit verdrängst du und fängst stattdessen an zu träumen, und in den vielen langen Nächten wird die Sehnsucht oder deine Verzweiflung immer stärker, so dass es dich ganz langsam zerreißt. Da oben ist das Funkeln zum Greifen nah und du denkst, jeder Stern ist ein Wunsch. Du müsstest nur einen auswählen und seinem Licht folgen. Nur einem einzigen, der vielleicht ganz allein für dich dort strahlt. Du schaust so lange in diese unfassbare Weite, bis du es nicht mehr aushältst, und so werden deine Träume immer größer und dein Leben, aus dem du weglaufen willst, immer kleiner, und dann brichst du endlich auf. Gefüllt mit Zuversicht fliegst du los. Du bist leicht wie ein Vogel, der vom Wind getragen wird. Doch anstatt dich den Sternen zu nähern, bleiben sie immer gleich weit von dir entfernt. Erschöpfung und Müdigkeit lasten auf dir, und du fängst an zu taumeln, bis du das erste Mal fällst. Mit dem ersten harten Aufschlag stellst du dann fest, dass das Unerreichbare immer unerreichbar sein wird, dass nichts vor dir liegt, aber alles hinter dir, und es gibt kein Zurück mehr. Flucht ist wie Fallen. Ein nicht enden wollendes Stürzen in ein schwarzes Loch. Du brichst auf, willst zu den Sternen, aber du verschwindest in unendlichem Nichts. Bist du erst einmal hineingeraten, kannst du nicht mehr entkommen. Egal wie viel Licht du in dir trägst, es wird von allem Schwarz geschluckt, bis du selbst ganz in der Düsternis verschwindest. Flucht ist endlose Einsamkeit. Du verlierst die Zeit, deine Sprache, und selbst der Schlaf gewährt dir keine Ruhe und keinen Trost. Bis nichts mehr bleibt. Flucht ist wie ein vorweggenommener Tod, ein unentwegtes Sterben.«

Er sagte es nicht wörtlich so, weil er ja sein Ding mit Artikel und Substantiv hatte und oft Englisches dazumischte, dennoch war es die traurigste Poesie, die ich über das Flüchten gehört hatte. Zum Schluss fügte er noch hinzu:

»Du willst Hilfe, doch keiner kommt. Alle denken nur noch an sich, und jeder bleibt allein.«

Aber heute stand er mit seiner gelben Schlabberhose und zwei riesigen Sporttaschen mit mulmigen Gefühl vor dem Hotel und wartete auf mich. Er hatte sein Gute-Laune-Gesicht aufgesetzt und sah aus wie ein Profibasketballer.

»Wir wollen nicht nach Amerika«, rief ich ihm zu, als ich für zwei neue Gäste noch die Koffer an der Rezeption abholte und nach oben trug. Trotz des Hochsommers hatten wir kaum Besucher. Nur vierzehn der siebenundzwanzig Zimmer waren belegt. Rofu grinste und winkte mir zu. Dabei sah man seine kindliche Zahnlücke, die nicht zu seinem Äußeren mit den Narben und der Glatze passen wollte.

Die beiden Neuankömmlinge waren sonderbar. Zwei Typen mit wenig Gepäck. Jeder hatte einen Koffer und eine dicke

Aktentasche, so als wären sie auf Geschäftsreise. Vertreter? Ich sah Mimi, wie sie aus der Küche in den Flur kam, kurz zu uns herüberschaute und dann wieder verschwand. Jedenfalls bekam jeder der Herren ein kleines Zimmer. Dann beeilte ich mich, nach draußen zu kommen. Ich lief noch schnell zu meinem Appartement hinten im Hof, um meine Zigaretten und das Buch, das ich in diesen Tagen las, zu holen. Ich schloss gerade die Tür hinter mir ab, da kam Novelle aus ihrem Zimmer. Barfuß. Nur mit Tanktop und Slip. Die Haare waren strubbelig, sie hatte ein blaues Auge und auf ihren Lippen und an ihrem Kinn klebte getrocknetes Blut. Sie schaute in die Mittagssonne, verweilte einen Moment, als ob sie am Horizont etwas suchte, und dann musste sie kotzen.

»Mann, Mann, Mann«, rief ich. Ich kratzte sie wieder auf, schob sie in ihre Bude und setzte sie auf ihr Bett. Es war das erste Mal, dass ich bei ihr war, und ich schaute mich kurz um.

Das Zimmer war dunkel und ihre Klamotten lagen über dem Tisch und den beiden Stühlen verteilt. Ob es dreckige Wäsche oder sauberes Zeug war, konnte ich nicht erkennen. Vermutlich beides. Auf jeden Fall lag ein Slip, in dem vorne noch eine Einlage klebte, zwischen den Sachen. Nur ihre Zimmermädchenuniform hing ordentlich auf einem Bügel am gekippten Fenster. An den Wänden waren überall Bilder aus Zeichentrickfilmen mit Nadeln angesteckt. Alles Farbausdrucke in A4. Da hing Lisa Simpson, Bernd das Brot, Wicki von den starken Männern und jede Menge Mangas.

»Was machst du nur für einen Scheiß?«, blaffte ich sie an. Gleichzeitig reichte ich ihr eine Packung Taschentücher.

Sie fummelte eines raus, schniefte und antwortete: »Ich hab immer Kopfschmerzen. Aber sie tun nie weh.«

Die Frau war wirklich gaga.

»Also, ich HÄTTE Kopfweh, wenn ich so scheiße aussehen würde.«

»Wie, wie meinst du das?«

Jetzt schaute sie mich mit zusammengekniffenem Blick an und ihre Augen funkelten wie kleine scharfe Wurfsterne von einem dieser Ninja-Manga-Mädchen an der Wand.

»Haste schon mal in den Spiegel geguckt?«

Sie blickte mich fragend an und rannte ins Bad. Vor dem Spiegel fummelte sie mit den Fingern in ihrem ramponiertem Gesicht herum und murmelte immerzu: »Oh, Ohhh, OH!« Dann gab sie der Tür einen Tritt und rief:

»Dante, mein Lieber, warte bitte einen Moment.« Seit wann war ich ihr Lieber? Ich blieb im Zimmer stehen und Fragezeichen regneten auf mich herab wie ein Monsun im Juli. Schließlich kam sie aus dem Bad. Das Gesicht gewaschen, eine Sonnenbrille vor ihrem lädiertem Auge und sonst nackt. Sie beachtete mich gar nicht und kramte aus ihrem Klamottenstapel eine Jeans, Socken und ein Shirt. Eine Unterhose suchte sie nicht. Ihre Haut war weiß wie Weizenmehl. Überall hatte sie kleine Tattoos. Eine Seejungfrau, einige schlecht gestochene Messer, unerklärliche Tribals und wieder die Mangafiguren mit den großen Augen und den schwarzen Haaren, die sie sich wohl für ihre eigene Frisur abgeguckt hatte. Auf ihrem Bauch stand ein Spruch, den ich nicht lesen konnte. Ihre Brustwarzen waren durchstochen und auch an ihrer Scham meinte ich mehrere glänzende Ringe entdeckt zu haben. Über ihrem kleinen Dreieck blickte einem das aufgerissene Maul einer Kobra entgegen. Sie schlängelte sich durch ihr Gekräusel hinunter bis zu ihrem linken Knie. Diese Tätowierung war bunt und mit genialen Schatteneffekten, die dem Körper der Schlange eine real wirkende Plastizität verschafften. Bei näherem Hinsehen konnte man erkennen, dass sich das kunstvoll gestochene Tier häutete. Ich bemühte mich, nicht so zu starren, aber es gelang mir nicht wirklich. Doch Novelle beachtete mich gar nicht. Mir fielen die Narben über ihren Handgelenken auf. Mehrere quer und darüber an jeder Seite zwei große längliche, die entsetzlich entschlossen aussahen. Auch hatte sie einige blaue Flecken, einen großen an ihrer Seite. Novelle war wirklich kaputt. Als sie die Sachen übergezogen hatte, zog sie mich an meinem Ärmel aus ihrem Loch, schloss die Tür und sagte mit einer selbstverständlichen Bestimmtheit:

»Gehen wir!«

Jetzt beantwortete sich meine Frage, weshalb sie auch bei heißem Wetter immer Hemden oder Shirts mit langen Armen trug. Das war aber auch schon alles. Wer war dieses Mädchen? Ein derb fluchendes und saufendes Miststück? Oder dieses süße, scheue, traurige Ding, das jeder wie automatisch beschützen oder retten wollte. Mein Fragezeichen-Monsun wuchs zu einer Überschwemmung heran.

Novelle hielt mich immer noch am Ärmel und zog mich vorausgehend über den Hof durch den Hintereingang des Hotels, durch die Küche in Richtung draußen.

»Moment!« Mimi stoppte uns. Sie zog ihre Schürze aus, legte sie auf einen der Tische und blickte zu Polischuk hinüber. Mimi beherrschte die Kunst der wortlosen Kommunikation. Nur mit ihrem kleinen schielendem Blick konnte sie Anweisungen geben oder ihre Meinung äußern, die jeder verstand. Sie huschte kurz die Treppen nach oben und stand keine Minute später mit einem Strohhut auf dem Kopf und einer Tasche unter dem Arm bei uns auf der Straße vor dem Hotel.

»Schööööön!« Rofu strahlte. »Machen wir alle einen großen Ausflug. Ich freue mich sehr, dass du überlegt hast«, sagte er zu Mimi. »Ist gute Entscheidung. Ist sehr gute Entscheidung!« Er tanzte einige Schritte.

»Und Dante ist guter Captain. Er ist früher um gaaanze Welt gesegelt.« Dabei breitete er seine Arme aus und bleckte zufrieden die Zähne. Er packte Mimi am Arm, der das sichtlich unangenehm war, und zog sie runter zur Marina. Ich wurde von Novelle gezogen, die mich immer noch festhielt.

Auf dem Boot platzte mir ein bisschen der Kragen. Ich fühlte mich überrollt.

»Verdammt! Wieso weiß jeder, wohin wir fahren?« Ich hatte mich auf einen ruhigen Nachmittag mit etwas Reggaemusik, einem Buch und den Leckereien aus Rofus Provianttasche gefreut. Jetzt wurde es ein Ausflug mit Damen und mir schwante nichts Gutes. Alle schauten mich an. Mimi mit verkniffenem Gesicht, Novelle und Rofu erstaunt.

»Ich habe allen gesagt, dass du ein guter Seemann bist und wir heute einen großen Ausflug machen werden. In die Natur.« Dabei zeigte Rofu stolz mit dem Finger auf mich und klopfte mit der anderen Hand auf die Reling des Bootes.

»Das ist ein gutes Boot und wir haben viel Platz und wir machen Picknick. Guck hier: Mimi hat mir Artischocken aus Küche gegeben.« Er zog zwei große Blüten aus einer der Sporttaschen und hielt sie uns wie ein Kokosnussverkäufer unter die Nasen.

Unsere Insel hatte eine zum Land hingeneigte Seite und eine nach hinten aufs offene Meer. In der Mitte gab es noch einen kleinen, circa fünfzig Meter breiten Grünstreifen mit Gehölz und Gebüsch. Sogar einige verirrte Pinienbäume standen dort. Auf der Meerseite hatten die Robben im Sommer ihr Freibad. Sie ließen sich die Sonne auf den Speck scheinen, robbten hin und wieder ins kühle Nass, um dann vollgefressen weiter in den Nachmittag zu dösen.

Ich war mir nicht sicher, was ich mit den Verrückten da eigentlich wollte. Mimi würde kaum etwas sagen, und Novelle war eine einmeterundsechzig große Wundertüte. Ich machte das Boot fest und wir wateten das letzte Stück durch das Wasser. Unser Platz lag auf einer kleinen Anhöhe mit genügend Entfernung, um die kleinen, süßen, knopfäugigen Heuler nicht zu stören. Wir breiteten zwei große Picknickdecken auf einer schönen, flachen Stelle aus, und da ich eh nichts anderes machen konnte, schnappte ich mir mein Buch und legte mich hin. Novelle war aufgekratzt und sprang die ganze Zeit über die Felsen oder verschwand hinter ihnen. Mimi spazierte am Strand, die Wellen leckten an ihren Zehen. Rofu machte sich weiter an seinen Sachen zu schaffen. Novelle war anders als sonst. Seit sie mich am Arm aus ihrer Hütte gezogen hatte, waren die scheue Zurückhaltende und auch die wilde Unberechenbare wie fortgewischt. Jetzt war sie eine, die auf ihren dünnen Beinen mit großen Schuhen neugierig durch den Tag schritt und an jedem Punkt entlang des Weges wie ein junger Hund erstaunt stehen blieb, kurz die Situation erschnüffelte und dann freudig und zufrieden weiterging. Sie trug immer noch ihre große runde Sonnenbrille, die ihr Veilchen verdeckte, aber das schien im Moment das einzige Undurchsichtige an ihr zu sein. Schließlich kam auch sie zu uns und schnappte sich ein Dosenbier.

Mimi hatte sich aus einigen Stöcken und einer Decke ein kleines Sonnensegel gespannt, unter dem sie mit hochgerafftem

Rock lag und in einer alten Vogue blätterte. Manches Mal knickte sie ein Eselsohr ein. Sie hatte wirklich schöne sommersprossige Beine mit schlanken Fesseln und einem perfekten runden Schwung ihrer Waden. Ihre Zehnägel waren lackiert.

Ich war schon tief in meinem Buch. Ein Roman eines Franzosen, der beinahe wie eine Senfmarke aus dem Supermarkt hieß. Die Geschichte schien auch am Meer zu spielen. Ein verkappter Schriftsteller strich in einem heruntergekommenen Ferienort Bungalows und bumste mit einem quirligen Mädchen. Das kam mir bekannt vor. Nur das bei mir weit und breit kein Mädchen in Sicht war und ich eigentlich auch keines wollte.

Es wurden wunderbare und leichte Mittagsstunden. Das Meer rollte endlos wiederkehrend mit brausendem Rauschen und brach sich über die im Wasser verstreuten Felsen, bis sich der Schaum sachte im Sand verlief und dort das Perlmutt tausender Muscheln mit Nässe überzog. Wie ein funkelndes, ausgebreitetes, paillettenbesetztes Kleid glänzte der Strand im Licht der Sonne. Die kühlen Brisen seufzten und strichen mit dem salzigen Geruch einer entfernten und fremden Sehnsucht über unsere Haut, und im endlosen Blau des Himmels trieben kleine, weiße Wolken wie zarte Daunen im Wind. Schwerelose Federn, auf die wir alles Schöne und auch unseren Schmerz und unser Verlangen legten, weil da oben alles frei war und weit fortreisen konnte. Es gab nichts Besseres und man hätte meinen können, dass die Zeit das Atmen vergessen hatte.

Still saßen wir um den Campingkocher und lutschten das zarte Fleisch der Artischockenblätter mit süßlicher Chilisoße. Wir brauchten nicht zu reden, weil für die Schönheit des Augenblicks keine Worte nötig waren und wir uns frei fühlten.

Alles Drängen war unwichtig geworden, das Meer und der Wind flüsterten jedem seine ganz eigene Geschichte zu. Das endlose Meer: An kaum einem anderen Ort spürt man derart wahrhaftig die unbesiegbare Freiheit.

»Ist es nicht ein wunderbarer Tag?« Rofus Frage lag wie ein Fremdkörper in der Luft und riss uns zurück in die Gegenwart. Er blickte in die Runde. Alle nickten, während wir genüsslich weitere Blätter abzupften.

»Was hast du mit Lippe gemacht?«, fragte Rofu Novelle und schaute sie an.

»Nichts«, antwortete sie knapp.

»Wo kommst du her?«, fragte er weiter. Er schien sich unterhalten zu wollen und suchte sich ausgerechnet Novelle dafür aus.

»Aus Altötting«, antwortete sie und schnippte ein Blatt in den Sand.

»Alt Otto-King?«, fragte Rofu.

»Altötting! Das ist im Süden«, erklärte Novelle. »Ein kleines Scheißdorf.«

»Ich denk, du kommst ausm Elsass?«, fragte ich sie verwundert.

»Wie kommst du denn darauf?« Novelle kniff die Lippen zusammen und schüttelte den Kopf, als ob man ihr einen Löffel Kinderbrei vors Gesicht hielt, den sie nicht mochte.

»Was gibt's in Alt Ött-King?«, wollte Rofu wissen. Das »Ö« verlangte ihm wirkliche Mühe ab.

»Da hat der Papst ein Wochenendhaus.«

Novelle spuckte eine Faser der Artischocke, die sich zwischen ihren Zähnen verheddert hatte, zur Seite.

»Ohh. Wiiirklich? The Pope?« Rofu konnte es nicht fassen.

»Nein, das sagt man nur so. Weil da die Leute alle ganz katholisch sind. Und weil da ein Pilgerweg ist und weil auch ab und an der Papst zu Besuch kommt.«

»Dann muss das ein sehr schöner Ort sein.«

»Nichts ist schön da!«, donnerte Novelle den armen Rofu an und sprang auf. Sie rannte zum Wasser und stampfte und trat gegen das sich zurückziehende Meer.

»Was ist mit diesem Girl?« Rofu sah etwas ratlos aus.

»Seht ihr denn nicht, dass sie irgendwelche Probleme hat?« Mimis erste Worte an diesem Nachmittag auf der Insel. »Vielleicht hat es eben was mit dem Ort zu tun, aus dem sie kommt? Warum seid ihr Kerle immer so unsensibel?« Sie schüttelte den Kopf und legte ihr Stück von dem Boden der Artischocke, dem sie schon die Härchen abgekratzt hatte, auf einen der Teller.

»Magst du nicht?«, fragte Rofu. Anstatt einer Antwort erhielt er Mimis Giftblick. Ich überlegte, ob ich den beiden von Novelles Sauftouren erzählen sollte. Vielleicht auch von den Tattoos und den Narben. Aber ich verkniff es mir. Mimi hatte das bestimmt schon alles selbst bemerkt. Novelle war ganz offensichtlich sonderbar. Außerdem war ihr blaues Auge trotz der Brille nicht zu übersehen. Ihre Stimmungen schienen wie Wolken zu sein, die wie im Zeitraffer im Sturm über den Himmel rasten und kurzzeitig entweder das helle Blau oder die Sonne oder beides verdeckten, um dann wieder zu verschwinden. Nach ein paar Minuten trottete Novelle zu uns zurück, wand sich etwas verlegen und setzte sich wieder auf ihren Platz. Dann nahm sie Mimis Stück vom Artischockenherz und stopfte es ungefragt in ihren Mund. Keiner sagte etwas. Schließlich löste sich die Spannung, bis wir in der warmen Sonne und vom Wind gestreichelt zwanzig Minuten oder vielleicht sogar eine Stunde satt und mit dem köstlichen Geschmack der Artischocken auf der Zunge wegdösten.

»O. k.! Du möchtest wissen, was in Altötting ist?« Novelle saß auf der Decke, und als Rofu auffuhr, guckte sie ihm direkt ins Gesicht und fixierte ihn. Dann schob sie die Ärmel ihres Shirts nach oben und streckte ihm ihre vernarbten Unterarme entgegen.

»Fuck! What?« Entsetzt und mit verzerrtem Gesicht nahm Rofu ihre beiden kleinen, bleichen Handgelenke und umfasste sie mit seinen Pranken. Entgeistert und erschrocken betrachtete er die ins Fleisch geschnittenen Höllen einer jungen Frau. Dabei strich er vorsichtig mit den Fingern über ihre Narben – so als ob er versuchte, die verwachsenen Furchen auf ihrer Haut wieder glatt zu streicheln oder zu heilen und vielleicht die Angst und ihren nie verklingenden Hall zu lindern. Er ließ ihre Arme gar nicht mehr los. Tränen rollten über sein Gesicht. Novelle saß still vor ihm. Auch ihre Augen wurden feucht. Ich glaube, sie zitterte. Es lag so viel Zerbrechlichkeit und Fürsorge in Rofus Geste. Zwei Menschen, die unterschiedlicher nicht sein konnten, hielten sich in einem zeitlosen Moment an den Händen. Es war tief berührend, mit anzusehen, wie er ihr dabei half zu weinen. Wie die Schmerzensmutter einer Pieta.

Nach einer Weile durchbrach Mimi die Stille. Wortlos kramte sie vier Zigaretten hervor, zündete nacheinander zwei an und reichte jedem eine. Mimi hatte ein Gespür für den richtigen Moment.

Rofu ließ Novelles Arme los. Er nahm einen tiefen Zug. Sofort fing er an, zu husten, und ließ sich nach hinten in den Sand fallen.

»Allah! Fuck, das machst du zwanzig Mal am Tag?« Fragend schaute er mich an und hielt die Zigarette wie einen gefährlichen Feuerwerkskörper vor sich.

Wir fingen alle an zu lachen, und auch Novelle schmunzelte verlegen. Ich beobachtete sie. Ich konnte gar nicht anders. Seit ich sie das erste Mal sah, als ich die Heizung strich, schaute ich nach ihr und wartete, was als Nächstes geschehen würde. Entweder erdrückte sie einen mit ihrer raumgreifenden Präsenz oder sie floh wie ein Tier ins Unterholz. Heute glaube ich, dass ihr Murmeln in ihrer unverständlichen Sprache verbotene Tränen waren, die sich ihren Weg in Worten suchten. Und dann war da noch die unwiderstehlich wirkende Zuckerwatte-Novelle. Man wusste nie, was passieren würde. Schließlich holte sie tief Luft und stimmte lauthals in unser Gelächter über Rofus Raucherversuche ein. Dabei boxte sie sogar Mimi auf den Arm.

Dann wurde Novelle wieder anders, deckte ihre kurze Enthemmung wieder zu. Sie ließ sich auch auf den Rücken fallen und schaute in den Himmel und faselte ganz kurz wieder etwas von ihrem unverständlichen Zeug. Nach einigen tiefen Zügen von Mimis Zigarette sagte sie lakonisch:

»Ich wurde einfach an einem Abend geholt … und dann, dann zog man mir zusammen mit meinen Kleidern meine Kindheit aus.«

Stille. Ein Satz wie ein Schuss aus einer Hecke. Novelle griff mit einer Hand in den Sand und hob ihn auf. Ihre Nasenflügel flatterten und sie betrachtete ihre Faust, während der Inhalt zwischen ihren Fingern herausrieselte. Mir war, als umklammerte etwas mein Herz, das mich nicht mehr atmen lassen wollte, und ich bekam Angst, dass es, gefangen in seiner kalten Zwinge, beim nächsten Schlag zerbersten würde. Einerseits war Novelle die fragwürdigste Person, die mir je begegnet war. Anderseits wollte ich nichts von ihrer Geschichte wissen. Nicht wie Kindern Gewalt angetan wird. Meine Welt hatte zwar Tiefen, und auch ich musste an Abgründen balancieren. Aber das hatte ich mir selbst zuzuschreiben. Ich kannte keine wirklichen Opfer, die wehrlos eine Willkür erfahren mussten, und ich wusste nichts davon und wollte auch nichts darüber erfahren, weil ich die Verantwortung, die nun damit drohte, auf meinen Schultern Platz zu nehmen, nicht tragen wollte.

Ich sah zu Mimi, die ihre Hände vor ihren Mund presste, als ob sie so Novelles Lippen versperren könnte, damit sie das, was jetzt kommen würde, nicht hören müsste. Rofu saß starr und bewegungslos im Schneidersitz und stützte sein Gesicht auf seinen Händen.

Novelle stockte. Sie fasste sich jetzt an ihren Hals, massierte ihn und machte kleine Fäuste mit weißen Fingerknöcheln, die aus ihrer dünnen Haut herausplatzen wollten. Dann berichtete sie von dem Attentat auf ihre Identität.

Sie sprach leise und ihre Stimme fauchte wie ein röchelnder, leerer Wasserkocher:

»Das Schönste mit meiner Mama war, wenn wir das Bettzeug gefaltet haben. Ich stand an der einen Seite und sie hat von der anderen zu mir rübergelacht. Ich konnte es kaum erwarten, mit meinem Ende in den Händen auf sie zuzulaufen, um die Tücher weiter zusammenzulegen. Dabei hat sie dann oft, wenn ich dicht bei ihr stand, das Laken um mich gedreht, bis nur noch mein Kopf herausgeragt ist, und dann hat sie mich, so umhüllt und eingepackt, ganz fest gedrückt. Wenn du Kind bist, lebst du mit der tiefen Überzeugung, das nichts passieren kann. Dass alles seinen Platz hat und dass alles, was du kennst, klar und für immer ist. Dann passiert doch etwas und deine Welt bricht zusammen, du fällst aus ihr hinaus in eine andere. Du zerspringst zusammen mit allem um dich herum, so wie ein Glas, das auf den Boden gefallen ist, und liegst da in tausend Scherben. Ich war elf, als ich eines Tages nach Hause gekommen bin und meine Mama tot war. So hat das angefangen. Nur noch mein Vater und ich waren da. Zuerst haben wir uns gegenseitig getröstet. Er hat tagsüber geweint und ich am Abend. In der Nacht haben wir zusammen geweint. Wenn ich ihn fragte, warum, hat er nur noch mehr geweint. Ich wusste es damals nicht. Sie hatte sich vergiftet. Dieses Schwein!«

Novelle war im Begriff, ihre Geschichte abzubrechen. Sie stockte und schluckte, als würde sie Steine nach oben würgen, an denen sie zu ersticken drohte. Wir alle wussten, was jetzt kommen würde. Keiner wollte hören, wie sie ihre eigene Mutter ersetzen musste. Mimi legte ihre Hand auf Novelles Schulter und flüsterte: »Ist gut, Kleines. Ist gut.« Doch Novelle schluckte mit einem zur Fratze verzerrtem Gesicht hinunter und machte weiter.

»Es sind diese Augen. Scheiße. Wisst ihr? Irgendwann merkst du, ganz zufällig, dass der Blick etwas anderes, etwas Neues, Zusätzliches hat. Dass es nicht die Traurigkeit ist. Es ist etwas, was du noch nicht kennst, nicht einordnen kannst. Ein Unbehagen vor dem Unbekannten sticht dich kurz, und dann hast du das auch schon wieder vergessen. Dann kommt der Tag, wenn aus diesem sonderbaren Blick, für den du noch keine Antwort hast, die Raserei ausbricht. Und schon wieder ist alles anders. Alles! Alles! Alles ist dann anders! Das, was du gerade erst, nachdem das für dich Wichtigste auf der Welt nicht mehr da ist, mühsam, allein und ohne Hilfe sortiert hast, zerbricht zum zweiten Mal. Deine aufgekratzten Scherben, die du, so gut es eben geht, mit vielen Tränen zusammengeklebt hast, das, was du geglaubt und aufgebaut hast, das, was beinahe wieder sicher war, ist jetzt für immer und in noch kleinere Teile zerschlagen. Dann liegst du da und findest keine Geborgenheit. Wisst ihr, ohne das Gefühl der Geborgenheit versinkst du eines Tages. Oder du erfrierst, wahnsinnig geworden im Eismeer. Und deshalb lässt du's geschehen.«

Sie schaute uns hilflos und zugleich fragend an. Dann fuhr sie fort. Ich hatte sie noch nie so viel reden gehört.

»Alle haben den. Diesen Blick, der wie bei tollwütigen Tieren jederzeit in Tobsucht ausbrechen kann. Schau den Männern in die Augen! Sie sehen dich an. Ihre Augen heizen sich auf. Dann fixieren sie dich auf eine Weise, die dich oder etwas in dir wirklich bewegungslos werden lässt. Und kurz nach einem luftleeren Moment, und bevor dann alles umschlägt, hat ihr Blick für diesen einen Wimpernschlag etwas Herausforderndes. Nur ganz kurz. Mit der Zeit lernst du, in dieser halben Sekunde das Ausmaß der Raserei zu lesen. Wie sich der Griff um deinen Hals legt. Scheiße! Alle haben diesen Blick. Die Hotelgäste, die Kellner, der Taxifahrer. Gierig.«

Sie stockte und rang nach Luft oder nach Worten.

»Auch mein Vater hat diese Augen. Die Augen sind das Schlimmste. Sie tun so viel mehr weh. Der Schmerz zwischen den Beinen lässt nach und vergeht. Aber die Augen. Wenn sie weit aufgerissen sind und dieses fürchterliche Toben aufbraust, dann weißt du, dass man dir weh tun wird, dass man dir ein weiteres Stück aus deinem Herzen rausreißt. Zurück bleibt eine Wunde, die sich nie wieder schließt, aus der es immerzu sickert. Tropfen um Tropfen. Bis du völlig ausläufst. Egal ob Blut oder Tränen. Irgendwann ist dann nichts mehr davon da. Nur noch ein verschissenes Loch, das in dir klafft, das dich ehrlos macht, weil nichts mehr von dem übrig ist, was mal dort an dem jetzt leeren Platz gewohnt hat. Genau an der Stelle, wo du selbst geborgen warst. Diese Scheißaugen! Und diese Scheißgeborgenheit!«

Sie hustete und presste wieder ihre Fäuste. Dann fuhr sie fort:

»Irgendwann ist dann alles leer. Sogar die Wut ist aus dir ausgeräumt. Dann ist da nur noch dieses verfickte dunkle Loch! Ein Loch in meinem Leben. Nur wegen dieser Scheißaugen. Immerzu schauen sie auf mich, und ich weiß, was dann passiert.«

Sie stand auf, trat den Sand in unsere Richtung und rannte weg. Der Wind hatte gedreht und blies jetzt vom Festland über das Meer.

7. ZELDA

Die nächsten Wochen im Wahn begannen so: Die Rückfahrt verbrachten wir schweigend. Ich am Ruder, Rofu und Mimi achtern, Novelle saß mit bis zum Kinn angewinkelten Beinen vorn beim Mast und schaute aufs Wasser. Jeder hing seinen Gedanken nach. Eine schauerliche und traurige Stimmung hatte uns eingehüllt. Ich dachte darüber nach, ob auch ich diesen Blick hatte. Ich bin auch ein Mann und ich trage, wie jeder andere, ein Begehren in und mit mir. Ich schaue Frauen auf die Beine oder den Po. Kann man es mir ansehen, wenn ich mir Dinge vorstelle? Sind die Gedanken frei? Sind sie denn wirklich frei? Wusste Mimi, dass ich gerne mit ihr schlafen wollte? Und wenn ja, wie fühlte sie sich dabei?

Im Hafen machten wir das Catboot fest. Die anderen gingen schon zum Hotel und ich kümmerte mich mit dem Vercharterer um die Rückgabe. Der Benzinverbrauch wurde geprüft, eine Rechnung ausgedruckt und schließlich nahm der Hafenwart den Schlüssel an sich und hängte ihn in ein kleines Kästchen an der Wand hinter seinem Schreibtisch. Er gab mir die Kaution zurück und ich trabte auch nach Hause.

Ich spürte, dass an diesem Nachmittag ein Punkt erreicht war, der mich zu Entscheidungen zwingen würde. Ich wusste, dass die Zeit des Aussitzens vorüber war. Dass mich in einem ruhigen Gewässer unwillkürlich eine Stromschnelle getroffen hatte, die mich in fremde Richtungen schleudern würde. Novelles Schilderung des Missbrauchs, den sie erlitten hatte, beschäftigte mich sehr, meine Gedanken trieben durch meinen Kopf, sausten nach unten, versanken. Die Vorstellung dessen, was mit ihr geschehen war, und der Gegensatz zu meinen kleinen Sorgen beschämten mich unendlich.

Auf dem Weg vom Steg zurück zum Hotel wurde mir mit einem Mal bewusst, dass ich dabei war, mich auf etwas einzulassen. Man hätte meinen können, dass mich die Poesie und die Romantik der Bücher, die ich las, zu einem mitfühlenden Menschen gemacht hätten. Aber das war ich nicht. Jedenfalls nicht wirklich. Ich gab nur von dem, was ich sowieso im Überfluss hatte. Gute Ratschläge, einen Witz oder besoffene Gespräche über den großen Zusammenhang und all den universellen Scheiß. Empathie aus Plastik.

Mein Herz zu teilen mit denen, die davon nur noch wenig hatten, damit sie sich an meinem gesunden konnten, vermochte ich nicht. Ich sah nur mein eigenes Herz, und das wollte ich schützen. Nicht merkend, dass es umso kräftiger wird, je mehr man davon seinem Nächsten gibt. Jetzt verstand ich Novelles Tätowierungen, ihr aufgespaltenes Wesen, das sich genau wie die sich häutende Schlange auf ihrem Schenkel zu befreien versuchte. Mit Alkohol, durch Aggression, Verzweiflung und dem, was sie nachts, wenn sie ausging, sonst so machte, um ihre Einsamkeit oder um überhaupt irgendwas zu betäuben. Selbsthass verdrängte meine Scham, und beißende Wut arbeitete sich in mir hoch.

Der kürzeste Weg zu den Personalbaracken ging über einen kleinen Parallelweg, der gegenüber der Straße von hinten direkt auf den Hof mit den Garagen und unseren Wohnungen führte. Ich wollte durch den Hintereingang ins Hotel, um in der Küche ein bisschen Käse und Brot zu klauen, überlegte es mir aber an der Tür anders und kehrte wieder um. Zuvor lugte ich noch durch die Scheibe. In der Lobby mit den kleinen

Sitzgruppen sah ich die beiden Typen, die am Morgen eingecheckt hatten. Sie unterhielten sich mit Katja, die ihnen wohl gerade einen Kaffee serviert hatte. Die Schmottke saß in ihrem Sessel vor ihrem Fernseher hinter dem Thekenschalter, der bis Brusthöhe gebaut war. Ich konnte sie nicht sehen, aber ich hörte die Glotze mit dem eingespieltem Applaus von irgendeinem Game-Show-Schwachsinn.

Zurück im Hof sah ich Mimi. Sie hatte in jeder Hand einen Koffer und war im Begriff, durch das Tor nach hinten auf den kleinen Parallelweg zu gehen. Ich rief ihr nach. Klar, Novelles Geschichte war schlimm, und auch ich war getroffen und hätte am liebsten ihrem Vater sofort etwas untenrum abgeschnitten. Aber das konnte es nicht alleine gewesen sein, weshalb sie sich jetzt durch den Hinterausgang davonmachte.

Hatte sie auf der Insel oder während der stummen Rückfahrt nachgedacht und etwas war in ihr aufgewacht? So wie bei mir auch? Vielleicht wollte sie plötzlich nicht mehr hier, wo alles schon längst den Weg des Dodos gegangen war, ihr Leben vergeuden. Nicht in jeder Saison von kaputten Typen kaputte Geschichten aus kaputten Leben anhören, um dabei jedes Jahr selbst ein Stückchen mehr kaputtzugehen? Sie passte sowieso nicht hierher. Ich stellte sie mir mit ihrer aristokratischen Art an anderen Orten vor. In Biarritz, in der Schweiz, in Saint-Tropez oder in den goldenen Zwanzigern.

Mimi war trotz ihres Alters einfach zu spät auf diese Welt oder vielleicht auch nur an diesen Ort gekommen. Vor achtzig Jahren wäre sie in mondänen Clubs eine Göttin im Cocktailkleid gewesen. Und wie gerne hätte ich sie dabei begleitet. Als erfolgreicher Schriftsteller im Smoking, rauchend und mit einem Drink in der Hand. Sie als Zelda und ich als F. Scott Fitzgerald.

Sie hörte mich, ließ ihre Koffer stehen, drehte sich um und legte den Finger auf ihre rot angemalten Lippen. Dann ging sie auf mich zu. Anstelle der Doris-Day-Perücke standen nun ihre kurzen roten Raspelhaare in alle Richtungen. Eine von ihren tausend Brillen steckte dazwischen. Sie legte die Hände auf meine Schultern und sagte:

»Ich muss fort. Frag nicht. Du bist ein lieber Kerl, weißt was richtig ist.«

Wie sollte ich wissen, was richtig war? Ich wischte ihre Hände von meinen Schultern und zischte sie an:

»Wieso hauen die Menschen immer ab? Immer wenn man gerade dabei ist, sich auf jemanden zu verlassen, wird man verlassen.«

Der letzte Satz rutschte mir so raus und Mimi sah mich lange und fragend mit ihrem Silberblick an. Dieser letzte Satz war eine unbewusste Bestätigung des Wandels, der in mir vorging, und innerlich erschrak ich darüber.

Mimi wusste ja nicht, dass ich es sonst war, der ein Meister im Verlassen war. Jetzt, wo ich sie so dastehen sah, vielleicht ein letztes Mal, schwamm mein ganzes elendiges Leben wie in einem trüben Tümpel vor meinen müden Augen. Ich hatte nicht nur Zelte abgebrochen, sondern ganze Häuser eingerissen. Immer aus Liebe oder besser: wegen ihr. Es war einfach zu viel davon in mir drin und drängte nach draußen. Stopft man aber erst einmal die Liebe unter eine Käseglocke, dann wird sie fermentiert. Sie hält sich noch etwas länger frisch, doch sie ist in einem Glas gefangen und wird dort eines Tages schimmlig und schlecht.

Heute ist das alles weit weg. Mit der Frau, die ich verlassen habe, habe ich etwas verloren, an das ich mich nicht mehr erinnere – ihren Gang, ihren Blick, ihren Duft, ihr Gesicht. Ich richtete mich in den Jahren neu ein und webte eine Decke aus allem Zerrissenen. Heute sehe ich sie in meiner Erinnerung, so wie ich sie mir ausdenke, vielleicht als die Frau meines Lebens. Sie hat mich zu einem Mann gemacht und nicht zu einem Trottel. Sie war klug und doch schüchtern, witzig und liebevoll. Sie war wunderschön und eine wilde und aufregende Geliebte. Sie konnte meine Unmöglichkeiten ertragen, und sie war ein Schmerz in meinem Magen, wenn sie nicht bei mir war.

Damals, lange bevor ich hier am Seebad bei Frau Schmottke strandete, dachte ich, ich könnte ein zweites, paralleles Leben vom Glück fordern. Nur hat ein zweites Leben keine zweiten vierundzwanzig Stunden übrig, und so bin ich einfach gegangen. Hatte meine Liebe und auch das, was ich für Liebe hielt, und zuletzt auch ein Stück von mir zurückgelassen. So war das damals mit der Frau, die ich mehr liebte, als ich es dachte, und wegen der ich mich selbst und alle anderen um mich herum betrog. Das war schwer, und beinahe hätte es mich umgebracht, als ich zum Schluss verzweifelt auf dem Dach eines Hauses saß und nach unten blickte.

Ich kannte das aus eigenem Erleben nur zu gut: Es ist nicht leicht, die Dinge zu verlassen, ehe sie uns verlassen. Und Mimi hatte offensichtlich einen Schlussstrich beschlossen, der für mich noch nicht galt. Ich spürte eine nicht erklärbare Verbundenheit zwischen uns. Begründet war sie auf nichts. Ich konnte mir einfach nicht vorstellen, dass an diesem Tag etwas beendet werden sollte, das noch nicht einmal angefangen hatte. Auch wenn ich nicht wirklich wusste, was eigentlich hätte starten sollen. Aber eines wusste ich ganz plötzlich: Eines Tages werde ich mich suchend umschauen und feststellen, dass die Momente eines Beginns nicht mehr so oft bei mir vorbeikommen. Stattdessen schlagen mir die Fäuste von allem Vergangenem in die Fresse. Ich fürchtete, Mimi zu verlieren. Sehr sogar.

Noch bevor Mimi antworten oder sich einfach umdrehen und fortgehen konnte, kam Novelle aus ihrem Bau und schlug die Tür hinter sich zu. Wir blickten zu ihr hinüber. Sie war ausgehfertig und wollte gerade an uns vorbeigehen. Ich roch den Schnaps schon von Weitem. Ich ahnte, dass ich sie für immer verlieren sollte. Beide. Mimi und Novelle.

Eigentlich konnte mir das alles egal sein. Nichts verband uns. Außer dieses längst gestorbene Seebad. Aber ich hatte sonst niemanden. Es gab niemanden, der mir nahestand. Schon lange nicht mehr. Ich weiß nicht, ob ich aus Egoismus oder aus Fürsorge handelte. Jedenfalls packte ich beide und schob sie in Richtung meines Appartements. Dort angekommen, schubste ich sie gleichzeitig aufs Bett.

»Was ist mit euch los? Okay, dir sind wirklich schlimme Dinge passiert.« Dabei sah ich auf Novelle. »Aber ist das ein Grund, sich kaputt zu saufen? Schau dich doch mal an. Gestern hast du eine rein gekriegt und du weißt bestimmt noch nicht mal, von wem oder warum! Und jetzt willst du dir Nachschlag holen. Wie krank ist das!«

Dann nahm ich mir Mimi vor. Oder vielmehr ich wollte gerade ansetzen und sie fragen, wer sie eigentlich sei. Aber Rofu unterbrach mich. Er stand mit Mimis Koffern in der Tür.

»Ich habe Krach gehört. Irgendwas nicht korrekt? Ich wollte gerade einen Schlaf machen. War ein anstrengender Tag. Und Tag war nicht gut. Gehst du weg, Novelle?«

Er sah sie an und verstand nicht, dass sie nur ausgehen wollte und dass die Koffer Mimi gehörten.

»Nichts ist korrekt.« Mimi stand auf und schnappte sich die Koffer. »Ich muss hier weg.«

»Du musst weggehen? Warum?« Rofu kräuselte seine Brauen und machte eine fragende Handbewegung.

»Das geht dich nichts an.«

»Das geht mich aber an!« Jetzt gestikulierte Rofu mit Händen, Armen und Schultern. Novelle hatte sich rücklings aufs Bett fallen lassen. Ich wusste nicht, ob sie schlief, es ihr egal war oder ob sie nur auf einen Moment wartete, um an uns vorbei nach draußen in eine Bar und dort vielleicht mit ihrem Gesicht in eine neuerliche Faust zu laufen.

Ich dachte noch darüber nach und dann hörte ich sie schon schnarchen. Sie musste sich in der knappen Stunde eine Druckbetäubung aus Hochprozentigem gegeben haben. Ich konnte es ihr nicht übel nehmen. War bestimmt nicht leicht für sie gewesen, uns das alles zu erzählen. Mit den schwarzen Haaren, dem besonders fetten Kajal um ihr lädiertes Auge und einem kurzen gelben Sommerkleid über ihren Jeans, die in hohen Stahlkappenschuhen steckten, sah sie aus wie eine Kriegerin, die sich ins Teletubbyland einschleichen wollte, um dort alles platt zu trampeln.

Mimi tat einen Schritt auf Rofu zu: »Und was geht es dich an?« Sie kniff ihre Augen zu kleinen querliegenden Schießscharten zusammen.

»Weil du meine Freundin bist und weil du sonst doch gar keinen Freund hast. Außer uns. Und weil alles ohne Freundschaft immer sehr schwer ist, und weil …«, er stockte, »… weil Freundschaft wie zu Hause ist. Ein Freund, der fehlt, ist wie ein abgebrochenes Stück Heimat.«

Mimi setzte die Koffer wieder ab, seufzte und presste ihre Arme in ihre Hüften.

Ich wollte ja auch, dass Mimi nicht einfach ging. Genau wie Rofu spürte ich diese erste Nähe, die uns gefunden hatte.

Die uns jungen und zarten Mut gab, uns zu vertrauen, nicht zu zweifeln. Die schnarchende Novelle war es, die mit ihrer Beichte diese Nähe hergestellt hatte. Vielleicht wusste das Mimi nur einfach noch nicht? Oder sie wollte oder durfte es nicht an sich heranlassen? Vielleicht war mir Mimi ähnlich und sie lief lieber weg, als sich zu stellen?

»Ich muss aber gehen.« Sie zögerte, doch dann sprach sie weiter: »Es ist wegen der beiden Kerle. Die Neuen im Hotel.«

»Kennst du die?« Ich schaute sie an.

»Nein, aber die kennen mich.«

»Na und? Mich kennen auch Leute, von denen ich nichts weiß.«

Ich ahnte nichts Gutes.

»Können wir es dabei belassen?« Mimi wollte sich die Koffer greifen und zur Tür.

»Nein. Können wir nicht!«

»Und was willst du tun?«, fragte sie mich.

»Verdammt, das weiß ich doch nicht. Was ist denn mit den Kerlen?«

»Ja genau!« Rofu stellte sich vor die Tür.

»Die suchen mich.«

»Die suchen dich? Wegen was?« Ich konnte mir nicht vorstellen, dass Mimi etwas ausgefressen hatte, weswegen sie Hals über Kopf aufbrechen musste. Sie zögerte noch immer.

Heute verstehe ich ihr inneres Ringen. Wer jemandem sein Vertrauen schenkt, legt auch die Waffe, die einen verletzt oder verteidigt, in die Hand des anderen. Vertrauen ist ein blinder Tausch von Kontrolle gegen Glaube, und das braucht Mut. Mimi brachte ihn auf.

»Ich habe meinen Mann getötet.«

Sie sah mir fest ins Gesicht. Plötzlich stand Stille im Raum.

Sie umhüllte uns wie der dicke, nasse Nebel, der morgens auf die Küste drückt. Ich hatte vielleicht an Steuerhinterziehung oder schlimmstenfalls an Bankraub gedacht. Mit ihren Austern und der eleganten Art hätte man irgendwas mit Geld vermuten können. Aber Mord!

»Hast du viele umgebracht?« Rofu stand immer noch in der Tür. Ich merkte, wie ratlos er dem Unfassbaren gegenüberstand.

»Meinen Mann. Ich hab ihm ein Pilzgericht gekocht. Verdammt. Jetzt wisst ihr es.«

Mimi setzte sich wieder auf das Bett. Rofu wusste von Banden und Milizen, die tötend durchs Land zogen. Von Mördern in Gefängnissen oder auf den Straßen. Aber das eine weiße englische Lady ebenso ein solcher Mörder sein könnte, das passte nicht in sein Weltbild. Jedenfalls nicht in seine ersten Gedanken. Er kannte nur den grausamen Mord, nicht den heimtückischen.

Novelle grunzte kurz, schrak hoch und schaute in die Runde. Sie hatte einen halb getrockneten Sabberfaden am Kinn.

»Was los?«, datterte sie leicht lallend.

»Sie hat ihren Mann vergiftet«, klärte ich sie auf.

»Cool.« Novelle pfiff anerkennend, rappelte sich interessiert auf und rutschte zur Kante des Bettes neben Mimi. Dabei sah sie sie mit einem beinahe flackernden Leuchten in den Augen an. Alle guckten auf Mimi.

»WAS?« Mimi stand wieder auf und hob die Stimme. Dabei blickte sie angriffslustig und provozierend in unsere fragenden Augen.

»Schon gut«, beruhigte ich sie. Nein, ich beruhigte mich eher selbst. Was für ein Tag! Wollten denn alle Dämme um uns herum brechen und uns aus allem fortreißen, das uns sicher erschien?

»Wirst schon deine Gründe gehabt haben,« beschwichtigte ich weiter.

»Genau. Hatte ich«, beruhigte sich jetzt auch Mimi mit einer etwas sanfteren Stimme. Dann klärte sie uns auf: »Na, jedenfalls sind das Polizisten, die heute im Hotel eingecheckt haben. Ich habe die gerade noch gesehen. Nur deshalb bin ich ja mit auf die Insel gefahren.«

»Du musst die beiden Bullen auch umbringen«, mischte sich Novelle ein. Wir sahen sie an und ich wunderte mich mal wieder über dieses verrückte Mädchen. Sie sah sehr ernst dabei aus. Schon wieder eine Facette an ihr, die ich noch nicht kannte. Vielleicht bewunderte sie Mimi für etwas, was sie sich seit Jahren so sehr wünschte?

In ihren Gedanken war sie möglicherweise selbst schon alle Arten von Mord durchgegangen. Die heimlichen mit Gift und auch die bestialischen mit Blut und Messer. Am besten gefiel ihr vielleicht die Vorstellung, ihren Vater mit Benzin zu übergießen und anzuzünden. Sollte er doch verbrennen. Unter heißen Schmerzen, überall auf seiner Haut. So jedenfalls reimte ich es mir zusammen. Das gab ihr in meiner Fantasie ein Hochgefühl. Wenigstens für einen Moment, bis die Mutlosigkeit sie wieder niederrang und ihr die Hoffnungslosigkeit einprügelte. Es gibt Dinge, über die du niemals hinwegkommst, die stattdessen immer wieder über dich kommen. Bei Novelle waren es die Augen mit ihrer Raserei. Das erzählte sie ja, und ich stellte mir vor, wie gerne sie diese Augen wenigstens ein einziges Mal nicht aus Gier, sondern aus Angst, Verzweiflung und furchtbarem Schmerz rasen sehen wollte, dann wenn ihr Vater wie eine Fackel brannte.

»Blödsinn!« Das »ö« aus Blödsinn kam Rofu fehlerfrei über die Lippen.

»Wie? Blödsinn?«, fragte ich. Es war ja klar, dass wir die zwei im Hotel nicht killen würden.

»Ja, ist doch blod!« Zack waren die Pünktchen auf dem »ö« wieder weg.

»Wir gehen mit, sind bei dir.« Rofu war sehr überzeugt. Es gab noch ein bisschen Hin und Her. Wieso sollten wir zusammen mit Mimi gehen? Und wohin überhaupt? Wir hatten ja keine Verfolger am Hacken. Wir diskutierten und dabei legte uns Mimi die Argumente zum Bleiben in unsere Münder. Aber alle, einschließlich Novelle, waren wir schon fest entschlossen, und der Ort hier an der Küste war ohnehin nichts auf Dauer. Doch was zur Hölle im Leben ist das schon?

Jede Reise löst die Ketten, in denen man steckt – so sagte man das in den Büchern, die ich las. Jeder von uns hatte sicher seine ganz eigenen Gründe dafür, mit Mimi mitzugehen und sich auf dieses Abenteuer in diesem weiten und späten Sommer einzulassen. Dass jede Reise ein Aufbruch zu etwas Neuem sei, ist aber nur die halbe Wahrheit. Denn jede Reise ist auch ein Loslassen von etwas, das man meist für immer zurücklässt. Ausschlaggebend dafür, aufzubrechen, war, dass wir alle spürten, dass Mimi die fehlende Nadel an unserem Kompass war, ohne die wir in unseren eigenen Welten jeder für sich strampelnd herumirren würden.

Wir gingen unsere Sachen packen und verabredeten uns für später in Rofus Bude. Für ihn schien es etwas Selbstverständliches zu sein, Mimi beizustehen. Er überlegte keine Sekunde. Manche Menschen sind zögerlich. So wie ich. Das sind die,

die ihr Hadern hinter dem Argument einer angeblichen Spontaneität kaschieren, welche natürlich keine ist, sondern im Grunde nichts anderes als Unentschlossenheit oder Angst vor Festlegung darstellt. Ich gehöre zu denen, die Termine und Stichtage möglichst lange vor sich her schieben oder erst gar keine vereinbaren, weil mir die Bänder jeglicher Verpflichtung seit je her schon als Fesseln erschienen. Ich fühle mich frei, wenn ich untätig sein kann und wenn die Tage, an denen etwas passiert, mich wie von selbst finden, anstatt sie zu planen.

Doch jetzt hatten mich die Ereignisse gefunden und forderten Mut zu Taten – ein Gefühl, das mir unmittelbar richtig erschien. Bereitwillig ließ ich mich auf ein neues Leben ein, das mich durch die gemeinsame Flucht mit Mimi, einer Mörderin, ganz zwangsläufig in neue und unvorhersehbare Bahnen ziehen würde. Wie schon so oft!

Ich bin wie eine Flipperkugel, die angekickt nach oben schießt, dort versucht, ein Freispiel herauszuholen, um irgendwann und mit absoluter und nicht abwendbarer Gewissheit in ein Loch zu fallen, so dass das Spiel beendet ist und es aufs Neue losgehen kann, wenn nicht ein heftiger Schlag die Party, die gerade in voller Fahrt ist, abbricht.

Tilt. Game over.

9. SONDEREINSATZKOMMANDO

Mit einem Pilzgericht hatte sie ihren Mann vergiftet. Das beeindruckte mich und machte mir auch ein wenig Angst. Nicht, dass ich mich vor ihr fürchtete. Nein, das nicht. Ich wusste ja nichts von dem armen Kerl, den sie auf dem Gewissen hatte, und bestimmt hatte er es verdient. Es war vielmehr die Tatsache, dass sie überhaupt dazu in der Lage gewesen war, es zu tun. Zu was wäre sie noch alles imstande? In allen Menschen wohnen Ungeheuer, die je nach Situation Ungeheuerliches anstellen können. Manche aus Lust, andere in Bedrängung oder aus Gier und wieder andere einfach nur aus Langeweile. Die Gefängnisse und Friedhöfe sind voll mit diesen Geschichten.

Ich hatte keine Angst mehr, meine Komfortzone, die ich mir zweifelsohne hier am Meer eingerichtet hatte, zu verlassen. Wie die Flipperkugel, die sehnsüchtig den ganzen elektrischen und mechanischen Impulsen entgegenfiebert, um auf dem Spieltisch des Lebens umherzurasen, wartete ich auf einen neuen Abstoß. Und doch war da mit einem Mal mehr, als einfach zu sagen: »Scheiß drauf!«, und sich ins Ungewisse zu stürzen. Lieber wollte ich riskieren unterzugehen, als alleine in dem toten Ort an der Küste zu bleiben und darauf zu warten, ob sich ein anderer Anlass ergäbe, der mich bewegen würde. Ich sagte es ja schon: Die Momente, in denen man mit nur einem einzigen Schritt in ein neues Leben springt, werden mit dem Alter sehr spärlich. Bis sie eines Tages ganz ausbleiben. Älter werden ist eine einzige widersinnige Risikominimierung, um dem Unaufhaltbaren zu entkommen. Dabei bezahlt man doch immer am Ende mit dem Leben, und wer keines hatte, der steht am Zahltag mit leeren Taschen da. Wenn ich nicht mitginge, dann bestünde die große Gefahr, dass ich noch viele Jahre für die Schmottke die Koffer durchs Hotel tragen würde und eines Tages alt und mit angehender Demenz wie ein dressierte Affe auf das Klingeln ihrer Glocke an der Rezeption warten würde.

Was Novelle bewog, konnte ich mir nicht vorstellen. Sie hatte einfach zu viele Gesichter, die sie an den Tag legte. War es eine flüchtige Stimmung oder hatte sie einen Plan? Ich ging zu ihr. Sie zog gerade die Nadeln aus der Wand und legte die A4-Seiten mit den Mangas fein säuberlich auf einen Stapel, um diesen dann vorsichtig in ihrem Koffer zu verstauen.

»Jeder nur einen Koffer!«, sagte sie mit Pioniergeist in der Stimme. Sie fand das alles aufregend und platzte vor Bewunderung für Mimi. Sie hüpfte hin und her und ihr leicht infantiles Gehabe ging mir ein bisschen auf die Nerven. Aber nicht zu sehr. Beide, Mimi und Novelle, waren für mich wie Rätsel, die meine Neugierde weckten und die es zu lösen galt.

Wir trafen uns bei Rofu. Das Licht ließen wir aus, weil davon auszugehen war, dass die Polizisten vorn im Hotel auf uns warteten und irgendwann, wenn sie es leid waren, zuerst bei Mimi und dann bei uns an die Türen klopfen würden. Leise sprechend berieten wir uns.

»Wie kommst du darauf, dass die beiden Typen gerade dich aufm Kieker haben?«

»Ich kann es sehen.«

»Es sehen!? An den Nasen oder den Detektivmänteln und den Hüten?« Ich lachte etwas zu aufgesetzt, weil ich wusste, dass meine Frage überflüssig war und ich uns ja schon längst in Gedanken wie Bonnie und Clyde den Weg freigeschossen hatte.

Mimi zog ein Gesicht. Verächtlich und herab-lassend. Was red ich mit dir, Jungchen, dachte sie bestimmt. Jedenfalls sah ihr Gesichtsausdruck so aus. Sie antwortete aber:

»Ich schau eben genau hin. Glaub mir, Honey, der fucking Schulterblick, das ist das Erste, was du lernst, wenn du dich versteckst.«

Ich nickte etwas betreten und versuchte mir auszumalen, wie lange sie schon untergetaucht war. Ich hatte mal was von zehn Jahren gehört, die sie schon im Hotel arbeitete. Vermutlich war sie davor auch schon einige Jahre auf der Flucht gewesen.

Kurz vor Mitternacht hörten wir draußen Severine und Katja. Das Hotel war mittlerweile dunkel und vielleicht hatten die Polizisten ja für heute aufgegeben. Katja und Severine hatten im spärlich besuchten Restaurant bedient und den Gästen den Fraß von Polischuk vorgesetzt. Polischuk war jetzt bestimmt »Em Schocker«, eine wirklich heruntergekommene Spelunke etwas weiter hinten im Dorf. Da ging er oft nach der Arbeit hin, um dann später zurück zu seiner Baracke zu wanken. Noch bevor er sich mit seinem Schlüssel abmühte, den er ständig auf die Holzdielen fallen ließ und wieder aufhob, pisste er für gewöhnlich an einen Strauch im Hof. Man konnte es am Plätschern hören.

Aber jetzt standen die beiden weltreisenden Studentinnen zwischen Hotel und Personalquartier auf dem Schotter und gackerten über irgendetwas, dann wurde es still. Da es bei uns im Zimmer dunkel war, konnten wir ohne Gefahr, entdeckt zu werden, dabei zusehen, wie sie miteinander knutschten, wobei Katja ganz eindeutig diejenige war, die fordernd ihre Zunge tief in Severines Mund schob und damit in ihm rührte. Genauso und beinahe im gleichen Takt wühlte sie dabei unter dem hochgeschobenen Rock der Dienstmädchenkleidung zwischen Severines Beinen, als ob sie Hackfleisch oder einen Sauerteig mit ihrer Hand in einer Schüssel vermengen oder zu Klump kneten wollte. Dabei stand Severine o-beinig da, um

Katjas Fingern ausreichend Platz zu bieten. Es erregte mich, obwohl mich ihre Art zu küssen abstieß. Dann drängten sie sich in ihre Unterkunft, um dort meine Männerfantasie unter unverhohlenem Herumgestöhne weiter zu bedienen. Zum Glück war es dunkel und keiner konnte es sehen, aber in meiner Hose baute sich ein Zelt.

Als die Szenerie schon längst vorbei war, berieten wir noch immer darüber, wie wir von hier wegkommen sollten und was wohl der beste Platz für Mimi sei, um weiterhin versteckt zu bleiben. Wir waren uns nicht einig und es fiel uns nichts Gescheites ein. Schließlich konnten wir ja nicht mit den Leihfahrrädern abhauen. Wir beschlossen, nicht in die Bahn zu steigen, und mit Autoklauen kannten wir uns nicht aus. Plötzlich klopfte es tatsächlich an eine Tür. Nicht an Rofus, sondern ich glaube, es bollerte an meine. Es fuhr uns in die Glieder. Jemand rief:

»Hallo? Einer da? Bitte verzeihen Sie. Im Hotel ist niemand und die Spülung ist übergelaufen.«

Ob die jetzt mit gezogener Waffe und unter einem Vorwand die Personalbaracken durchkämmten? Unvorstellbar, aber wir wollten uns jetzt nicht, da wir uns einig waren, Mimi zu beschützen, einfach so ergeben. Rofu griff sich eines seiner großen Küchenmesser und ich pirschte ganz leise mit einer Bratpfanne bewaffnet zum Fenster, um etwas ins Blickfeld bekommen zu können. Ich gebe zu, wir sahen nicht gerade furchterregend aus.

Noch bevor wir uns trauten, die Tür einen Spalt weit zu öffnen, um vielleicht mit den hinter dem Rücken bereitgehaltenen Küchenwaffen den Kerl abzuwimmeln, hörten wir den Schlag.

Jetzt stürmten wir raus und sahen Novelle über den Polizisten gebeugt. Sie drosch mit ihren Fäusten auf den bewusstlosen

Körper ein, man konnte das klatschende Fleisch hören. Als wir sie von dem armen Kerl herunterzerrten, sah ich die Spritzer seines Blutes auf ihrem Gesicht, in ihren Haaren und auf ihren Zähnen. Sie musste hinten über Rofus Terrasse hinausgeeilt und ums Haus gelaufen sein und hatte den Typen mit einer Latte, von denen im Garten ausreichend herumlagen, niedergestreckt. Wenn wir sie nicht aus der Situation gezogen hätten, hätte sie sich wie ein wild gewordener Staffordshire an ihm festgebissen und ihn getötet.

»Wo ist der andere?«, fragte ich. Ich war eine zum Bersten gespannte, einmetervierundachtzig große Adrenalinampulle, und ich gebe zu, ich versteckte mich ein wenig hinter Rofu. Wir schauten uns um und ich rechnete jeden Moment mit aufblitzendem Mündungsfeuer und Geknalle aus der Dunkelheit. Nichts dergleichen geschah. Also zogen wir den regungslosen Polizisten in meine Wohnung. Es war ein bisschen sonderbar, dass er die weißen Badezimmerpantoffeln anstatt seiner Straßenschuhe trug. Eine Waffe hatte er auch nicht. Vielleicht war wirklich das Bad überschwemmt? Aber dieser Scheiß ließ sich nicht mehr geradebiegen. So oder so. Auch wenn wir vielleicht nur einen schwulen Geschäftsmann verprügelt hatten, wäre das am nächsten Tag nicht mehr erklärbar gewesen und Mimis Zeit hier im Hotel hätte ihr Ende gefunden. Wir wickelten ihn mit Gaffa Tape komplett ein und legten ihn in meine Wanne. Mimi sagte nichts und schaute ihn mit groß aufgerissenen Augen an. Schließlich untersuchte sie seine Wunden. Seine Nase war gebrochen und an einer Braue hatte er einen Cut. Aber alles in allem war es nicht so schlimm. Novelle war die ganze Zeit teilnahmslos und murmelte wieder ihr Zeug.

Katja und Severine hatten von all dem nichts mitgekriegt. Möglicherweise vögelten sie immer noch, oder sie wussten, dass, wenn der Koch oder Novelle von ihren Sauftouren zurückkamen, es immer irgendwo schepperte. Nachdem wir den einen halbwegs medizinisch versorgt, dafür gut verklebt hatten, schnappten wir uns jeder eine von den Zaunlatten, die hinter dem Haus lagen, und suchten den anderen. Wie ein Sondereinsatzkommando schlichen wir zuerst durch den Hof, dann ins Hotel und zuletzt öffneten wir unter größter Anspannung mit einer von Mimis Universalzimmerkarten die Zimmer der beiden. Nichts. Der andere war nicht da. Ob er alles gesehen hatte und nun Hilfe holte?

Uns blieb keine Zeit, die Zimmer zu durchsuchen, obwohl ich zu gerne gewusst hätte, ob es sich bei den komischen Männern um Vertreter, ein Pärchen oder tatsächlich um so etwas wie Zielfahnder handelte. Wir mussten sofort los. Irgendwie. Aber auf jeden Fall schnell. Leise nahmen wir unser Zeug und gingen durch den Hinterausgang, den Mimi einige Stunden zuvor für sich alleine nehmen wollte.

»Moment«, sagte Novelle und blieb stehen. Jetzt brabbelte sie nicht mehr ihren unverständlichen Kram. Das Blut von dem Typen war über ihrer Stirn verschmiert und das gab ihrer Kampfaufmachung mit dem gelben Kleid, das auch rote Sprenkel hatte, eine martialische Note. Sie war eindeutig noch immer betrunken. Aber es loderte in ihr und man konnte befürchten, dass in jedem Moment ein Waffenlager explodierte. Der Schnaps und die Tatsache, dass Mimi eine Mörderin war, ließen ihr Antlitz im Mondschein schauerlich aus dem Halbdunklen glänzen. Wir waren alle ein wenig verstört.

»Was ist?«, fragte Rofu und dreht sich nach ihr um.

»Was vergessen.«

Sie legte den Kopf auf die Seite, schaute uns mit ihren Nussaugen an und deutete wieder ihren Knicks an. So einen altertümlichen und übertriebenen, bei dem man ein Bein in der Bewegung nach unten hinten abwinkelt. Dann verschwand sie augenblicklich in Richtung Hotel.

Sechs Augen rollten in der Dunkelheit, und es blieb uns allen nichts anderes übrig, als zu warten. Nach circa fünf endlosen Minuten, ich wollte schon nach ihr sehen, weil in Anbetracht der Ereignisse jeden Moment tatsächlich ein richtiges Sondereinsatzkommando hätte anrücken können, kam sie wieder zurück. Sie hatte einen zufriedenen Gesichtsausdruck.

Unser Weg führte wie automatisch runter zum Hafen. Vier Gestalten in der Dunkelheit mit Umhängetaschen und Rollkoffern, die wir, damit sie nicht so übers Pflaster schepperten, in der Hand hielten. Dann wusste ich es. Schließlich war ich nicht umsonst zur See gefahren und kannte mich ein wenig aus. Am Hafen angekommen, brach ich die kleine Bude des Hafenmeisters auf, der hier am Ort auch die Boote vercharterte. Das war einfach, ich musste die Tür nur mit einem Hebel – wir fanden einen Schraubenzieher – ein bisschen aufstemmen, um einen geringen Abstand zwischen Schloss und Riegel mit etwas Spannung herzustellen. Dann ein kleiner Ruck mit der Schulter und die Tür stand offen, ohne dass etwas zu Bruch ging.

Im Büro knackten wir den kleinen Wandkasten, dort hatte der Hafenmeister am Abend zuvor den Schlüssel für unser Catboot, mit dem wir auf die Robbeninsel gefahren waren, hineingehängt. Wir nahmen einen Schlüssel, der mit »Stella« beschriftet war. Dann zogen wir die Tür genau so wieder zu, dass der immer noch ausgefahrene Riegel etwas schräg zurück in das Schloss gleiten konnte, und gingen zum Bootsanleger. Dort fanden wir das Boot namens »Stella«, sprangen darauf und lösten die Taue. Doch wollten wir den Motor der kleinen Jacht noch nicht anwerfen, um keinen Krach zu machen und möglichst lautlos einen kleinen Vorsprung zu gewinnen. So nahmen Rofu und ich ein Ruderboot und die Ladys warfen uns die Taue, mit denen das Boot zuvor am Kai angebunden war, hinüber. Leise zogen wir unser Fluchtfahrzeug im Schlepptau aus der Marina, bis wir gut zwei Kilometer weiter die Flussmündung passiert hatten. Dann warfen wir den Motor an und tuckerten flussaufwärts. Das Ruderboot überließen wir herrenlos einfach der Strömung.

Der Fluss schien zunächst einmal der beste Weg, um von hier fortzukommen. Über die unzähligen Seen und Kanäle schipperten hunderte Hausboote und kleine Jachten, unter die wir uns unauffällig mischen konnten.

10. PERFEKTES GRAU

Wir schipperten mit gedrosseltem Motor nah entlang des Ufers im Schutze des Schilfes durch die Dunkelheit. Alle waren angespannt und wir redeten nicht viel. Als der Morgen dämmerte, steuerte ich das Boot an einen versteckten Anlegeplatz – eine kleine Bucht mit hohen Gräsern, nicht einsehbar. Ich hatte schon seit einiger Zeit nach genau so einer Stelle Ausschau gehalten. Ich sprang vom Boot in das hüfthohe Wasser und watete im Schlick einmal um den Rumpf herum. Ich hätte besser meine Hose und meine Schuhe dazu ausgezogen, aber ich dachte nicht darüber nach und es machte ganz sicher Eindruck auf die anderen. Sie standen an der Reling und beobachteten mich. Ohne Fragen zu stellen. Sie vertrauten auf meine Kompetenz, die ich vorgab zu haben. Ich hatte höchstens eine Ahnung, wie man Hafenmeistereien aufbricht und ein Boot stiehlt.

Aber ich wusste noch etwas. Etwas sehr Wichtiges. Wenn man ein Auto entwendet und damit unerkannt für einige Zeit herumfahren will, dann fertigt man Nummernschilddoubletten eines gleichen Modells an. Wenn man also einen schwarzen Golf klaut, dann kopiert man die Kennzeichen eines anderen, völlig unbescholtenen schwarzen Golfs und befestigt diese an dem zuvor gestohlenen Auto. Bei Polizeikontrollen rutscht man dann auf den ersten Blick durch, weil die Halterabfrage eben den Eigentümer des anderen Fahrzeuges ausweist. Ich wusste, dass wir durch einige Schleusen fahren mussten und es gerade dort ein Leichtes sein würde, uns zu stellen. Wieder an Bord ging ich an den fragenden Gesichtern meiner neuen Reisegruppe vorbei, um bei den Werkzeugen nach Pinsel und Farbe zu suchen. Auf fast allen Booten stehen irgendwo Lackdosen gegen den Rost herum. Ich erklärte den anderen die Situation, und tatsächlich fanden sich ein Pott blauen und eine Dose weißen Lacks. Ich war ein richtiger Macher. Ein Producer. Ein Player. Der, der den Ton angab. Ich fühlte mich wirklich gut.

Über das Mobiltelefon suchten wir im Internet nach Booten anderer Jachtcharter an anderen Seen. Es musste eines sein, das unserem ähnlich sah. Letztendlich übermalten wir den Namen und aus unserer »Stella« wurde eine »Luna«.

Mimi bereitete uns Spaghetti mit Ketchup. Mehr gab es nicht, aber es war für mich mit das köstlichste Essen, das ich seit Jahren genossen hatte. Warme, duftende Nudeln! Eine Handvoll Glück auf einem Teller.

Dann duschte ich und legte mich in eine der vier Kojen, um ein oder zwei Stunden zu schlafen. Ich hörte das Klappern der Teller, die gespült wurden, und wie leise Stimmen unter Deck murmelten. Ich bekam noch mit, wie Rofu Novelle fragte, was sie gemacht hatte, als sie kurz vor unserem gemeinsamen Aufbruch noch mal in Richtung des Hotels verschwand. Sie schilderte ihm, wie sie in den oberen Zimmern die Waschbecken und Duschen verstopft hatte, um dann das Wasser aufzudrehen. Novelle war ein kleines, böses Aas. Ich dachte noch etwas über sie nach. Über ihre Tränen beim Bingo, ihre Vergewaltigung und darüber, wie sie den Polizisten mit der Latte niedergestreckt und auf ihn eingedroschen hatte und wie sie danach wie weggetreten, fast apathisch neben sich stand und ihre mechanischen, unverständlichen Worte aussprach. Eine klare Linie, so wie es sie bei Rofu gab, der zwar fröhlich und doch zurückhaltend war, oder wie bei Mimi, die im Allgemeinen wortkarg, unnahbar, gar abweisend sein konnte, ließ sich bei Novelle nicht verorten. Novelle taumelte von Finsternis geblendet dem Ort entgegen, an dem keine Musik mehr spielt.

Gegen neun wurde ich wach. Es war still und die Bewegung des Schiffs wiegte mich. Ich mochte schon immer dieses leichte Schaukeln, das aus allem Geraden Kurven macht. Das der Realität in die Fantasie hinüberhilft. Vielleicht der einzig wahre Grund dafür, dass ich so gerne leicht angetrunken bin. Ich mag es zu schwanken. Sehr sogar. Ich konnte Novelle ein kleines bisschen verstehen.

Ich blieb noch eine Weile liegen. Gern hätte ich jetzt einen Kaffee gehabt, aber auch wenn es draußen ruhig war, wollte ich keinem begegnen. Ich brauchte einen Moment und schaute mich um. Die Koje neben meiner war leer, aber sie war benutzt. Ich musste also tief geschlafen haben. Rofus Sachen standen im Raum. Ich hatte ihn nicht bemerkt. Der Tag zuvor hatte mich ganz offensichtlich erschöpft. Wie ein Sturm war er über mich gekommen und blies das gute und sichere Leben, das ich nun endlich einmal in halbwegs stetiger Weise führte, einfach fort. Wie das Salz, das sich einem, wenn man am Meer ist, auf die Lippen legt und sie austrocknet und einreißt, fühlte ich mit einem Mal die Kruste der Unfreiheit, die auf mir drückte und mit jeder Schicht Alltag immer dicker und fester geworden war. Die mich bewegungslos gemacht und beinahe zerquetscht hätte. Unterwegs zu sein heißt, sich zu bewegen, wach und aufnahmebereit zu sein, um die Faszination des Neuen mit allen Sinnen zu fressen, bis das Leben wieder größer wird als die Haut, in der man steckt, und alle Schalen, Panzer und Salzkrusten endlich aufbrechen. Auch deshalb war ich mit den dreien mitgegangen.

Ich zündete mir eine an und lächelte, als ich den Rest meiner Zigarette zwischen zwei Fingern hielt und den letzten heißen Zug einsog. Dann sprang ich in meine Jeans, zog meine immer noch nassen Schuhe an und ging in den Salon.

Dort gab es eine kleine Küchenzeile und einen Tisch. Wo waren die alle? Ganz leise öffnete ich die Tür zur anderen Kajüte und lugte hinein. Ich sah ein Bein von Novelle, das aus der Koje nach unten hing. Das andere Bett war unbenutzt oder schon gemacht. Auf einer Ablage lagen einige kleine Minischnapsflaschen aus dem Hotel. Sie waren leer. Zurück in der Küche suchte ich Kaffee, fand eine angebrochene Tüte und setzte Wasser auf.

Mimi und Rofu waren fort, aber ich machte mir keine weiteren Gedanken dazu und schnappte mir mein Buch. Das von dem Franzosen, der über das wilde Mädchen schrieb. In der Geschichte reisen der Erzähler und seine Freundin von Ort zu Ort. Er will alles regeln. Sie will ein Kind mit ihm. Ich ahnte, dass die Geschichte wohl nicht gut ausgehen würde. Auf dem kleinen Achterdeck, auf dem ein Plastiktisch und vier Stühle standen, las ich eine gute halbe Stunde und vergaß den heißen Kaffee. Ich schreckte hoch, als ich im Gebüsch unserer Bucht ein Rascheln hörte. Mimi und Rofu kamen beladen mit Einkaufstüten zurück. Zum Schiff gehörten zwei kleine Fahrräder, mit denen die beiden die ganze Strecke zurück bis in den Kurort gefahren waren. Dorthin, wo wir am späten Abend zuvor aufgebrochen waren, bestimmt zehn bis fünfzehn Kilometer. Es gab keine andere Möglichkeit, etwas einzukaufen. An der Ausfallstraße lag ein großes Einkaufszentrum mit Supermärkten. Dort hatten sie Proviant eingekauft. Kaffee, Wurst, Käse, Brot, Nudeln, Reis, frisches Obst und einige Gemüsesorten. Sie reichten mir die Vorräte herüber, anschließend half ich ihnen die kleine Leiter hoch an Bord. Ich wollte nicht tagsüber an dieser Stelle verweilen und schlug vor, noch etwas den Fluss entlangzufahren und an einer anderen Stelle zu frühstücken.

Ich machte mir Sorgen. Schließlich hätte irgendwer Mimi

und besonders Rofu erkennen können, als sie so nahe am Hotel einkaufen waren. Wir wussten ja nicht, wie gründlich nach Mimi gesucht wurde, und da Novelle einen Polizisten ordentlich vermöbelt und dann auch noch das Hotel unter Wasser gesetzt hatte, war klar, dass auch wir anderen drei mit Mimi gesucht würden. Anderseits war es gerade einmal zehn Uhr am Morgen, und der frühe Vogel ist vielleicht doch ein schlaues Kerlchen.

Eine gute Stunde später deckten wir den Tisch. Auch Novelle kam frisch geduscht und mit noch nassen Haaren zu uns. Sie trug wieder das gelbe Kleid mit den Blutflecken, jetzt mit ihren dicken Stiefeln, und man konnte die Tätowierungen und Narben sehen. Ihre Haut war weiß wie ein Kalkeimer und sie hatte überall aufgekratzte Mückenstiche.

»Tut mir leid wegen gestern. Darf ich eine Tasse?« Sie zeigte auf die Kaffeemaschine und wartete artig, bis Mimi erlaubend zu ihr herübernickte.

»Das mit der Überschwemmung war unnötig und dumm. Und auch wie du den Polizisten beinahe totgeschlagen hast. Das war echte Scheiße.«

Ich sagte das in einem vorsichtigen Tonfall, um sie nicht in eine Ecke zu drängen.

»Ja, war nicht so gut«, senfte Rofu dazu.

Novelle schaute betreten nach unten, und als sie den Kopf wieder hob, weinte sie.

»Alles gut. Nicht so schlimm, mein Kind.« Mimi nahm sie in ihre Arme und drückte sie. Eine Weile standen sie so da. Mimi wollte weiter das Frühstück vorbereiten, aber Novelle klammerte sich mit ihren langen bleichen Armen einfach fest. Wie ein Äffchen. Mimi schob sie zu einem der Plastikstühle und setzte sie sanft, aber bestimmt hin. Dann holte sie die Kaffeetasse und sagte noch mal, dass alles gut sei.

»Wirklich? Ganz bestimmt?«, fragte erneut Novelle nach und blickte dabei unsicher und beschämt in die Runde. Wir alle nickten, und schließlich lächelte sie.

Wie ein Chamäleon das die Farbe wechseln kann, verwandelte Novelle ihre Stimmungen. Sie schaute noch für einen kurzen Augenblick ungläubig in die Runde und fiel für zwei, drei Sekunden zurück zu der unsicheren Person, die in jedem Augenblick wie Glas zerspringen kann. Dann griff sie nach dem Brot, rammelte sich mit dem Messer eine sehr dicke Scheibe ab und schmierte zuerst Butter und dann Nutella darauf. Sie biss ein großes Stück ab und kaute zufrieden darauf herum.

»Warum hast du das mit deinem Mann gemacht?« Rofu durchbrach den Moment, der für einen kurzen Augenblick klar und sorgenfrei schien.

Warum muss es immer um ein Thema gehen, das dann diskutiert und seziert wird? Natürlich interessierte mich Mimis Geschichte auch. Aber viel lieber wollte ich jetzt von all dem nichts wissen. Nichts von Ehegattenmord, nichts von der rätselhaften Novelle, und ich wollte auch nicht mit Rofu die Welt erörtern. Nein, ich wollte wenigstens für eine oder zwei Stunden hier sitzen, frühstücken und den Morgen auf dem Wasser genießen. Glücklicherweise schien Mimi auch kein Interesse daran zu haben, sich zu erklären.

»Ich interessiere mich nicht für die Vergangenheit, sondern für die Zukunft«, antwortete sie.

»Okay, was wünscht du dir für die Zukunft?«, bohrte Rofu nach.

»Bin ich ein Wunschpunsch oder was?«

Mimi giftete schon wieder.

»Punch.« Rofu deutete ein Ducken an. Wie ein Boxer.

»WUNSCH PUNSCH.« Mimi gab es auf und schüttelte

den Kopf. Aber wenn man ganz genau hinschaute, sah man ein Lächeln. Nur ganz kurz. Es war gutmütig.

»Ähhm, mich interessiert eher die Gegenwart«, antwortete ich dann doch. »Sie ist so flüchtig und man muss höllisch aufpassen, weil sie ja einem mit jeder Sekunde quasi vom Teller wegstirbt. Deshalb ist der Moment das Wichtigste. Wer ihn verpasst, ist in der nächsten Sekunde gekniffen. Also lasst uns frühstücken.«

Mit einer bestimmenden Geste stellte ich meinen Kaffee auf den Tisch und leckte etwas übrig gebliebene Aprikosenmarmelade von meinem Finger. Kurz dachte ich über Mimis Antwort nach, sie hatte recht. Wenn die Vergangenheit zu gegenwärtig ist, verschlingt sie die Zukunft. Man sah es an Novelle.

Rofu widersprach: »Doch ist die Vergangenheit wichtig. Sie macht, wer man ist. Dante. Du hast von der Frau erzählt und mir dann von der anderen.«

»Was ist mit einer Frau?« Novelle sah mich mit offenem Mund an. Sie hatte noch nicht zu Ende gekaut, und die Pampe aus zermatschtem Brot lag kurz und für alle sichtbar auf ihrer Zunge. Dann spülte sie mit einem Schluck Orangensaft alles hinunter. Auch Mimi hob eine Braue und schaute mich fragend an, und ich spürte die Wand, an die ich gedrängt wurde.

»Ja«, druckste ich und wollte dann doch lieber wieder auf Mimis Geschichte zurückkommen. Aber ich hatte keine Chance. Menschen, die einander zugetan sind, scheint es wichtig zu sein, sich mit der Vergangenheit des Gegenübers zu befassen. Verliebte zeigen sich Fotos von früher, und die Frage »Wo kommst du her?« zielt fast immer auf etwas ab, das längst gewesen ist und vielleicht nicht mehr gilt. Ich fragte mich, was meine Geschichte den anderen bringen würde. Die eigene Vergangenheit bleibt für Unbeteiligte, und auch zu oft für einen selbst, immer in einem geheimnisvollen Zwielicht. Denn zwischen dem reinsten Weiß und unserem vollkommensten Schwarz liegen Millionen Stufen von Grau. Manche Töne sind sichtbar, und einige von ihnen sind für andere das perfekte Grau. Vielleicht sind es gar nicht die Farben, die uns füreinander besonders machen, sondern die Schatten, die wir aneinander deuten.

Es liegt ein Drang in den Menschen, Dinge in Erfahrung zu bringen, die sie mit dem, was sie wissen, oder dem, was sie zu wissen glauben, vergleichen und kombinieren. Jeder Blick jeder Person auf jeden Einzelnen ist unterschiedlich. Mit der Frage nach dem, was früher einmal war, suchen wir die Ankerpunkte in den Tiefen ihres Gegenübers. Wir fischen nach Wahrheit und angeln dabei nur eine längst gewesene, glitschige Geschichte, die einem wie ein Aal aus den Händen springen will. Die Vergangenheit ist eine gute Heuchlerin und nie ganz eindeutig. Sie offenbart sich nicht, wie sie war, sondern sie bewegt sich im Halbschatten, aus dem sie ab und an schemenhaft heraustritt. Schlimme Erfahrungen sind im Rückblick weniger grausam, eine vergangene Liebe scheint mit einem Mal tiefer, als sie tatsächlich war. Wie soll mit diesen Trugbildern, die einen zu oft selbst hinters Licht führen, ein Fremder über dich Bescheid wissen? Vergangenheit ist verdünnte Wirklichkeit. So entstehen Zerrbilder und nur scheinbare Wahrheiten. Die Menschen können sich einfach nicht mit dem, was sie haben oder angeboten bekommen, begnügen.

Mimi war eine Mörderin. Aus Notwehr? Hatte sie es in der Bedrängnis einer unabwendbaren Situation getan? War sie mutlos und verzweifelt? Sie hatte einen Menschen heimtückisch vergiftet. Denke ich jetzt anders über sie? Oder ist sie für mich noch die Gleiche, wie sie es vor wenigen Stunden gewesen ist? Würde ich anderes empfinden, wenn sie ihren Mann mit einer Säge zerteilt hätte? Wäre sie dann ein Monster? Ist der ganze Bullshit von früher wirklich wichtig? Oder besser: Für wen ist das alles von Bedeutung?

Das perfekte Grau, ist für jeden immer etwas anders. Sogar für einen selbst, wenn man auf sich zurückblickt. Also, warum sollte ich etwas von mir erzählen, was ich selbst gar nicht verstand? Das ging mir durch den Kopf, und ich befand mich in einem Dilemma. Doch Rofu hatte recht. Am Ende ist die Vergangenheit doch dafür verantwortlich, wer oder was man geworden ist.

11. TAUSEND ARTEN VON REGEN

Also berichtete ich meine Geschichte, für die ich mich schäme. Mit dem Wissen, dass man mich nicht verstehen würde. Weil es eben meine Geschichte gewesen ist, so wie ich sie erlebt habe und wie ich sie empfand. Mit allen irrationalen oder vernünftigen Gründen, die mich getrieben haben und die womöglich nur ich verstand. Ich beichtete, auch weil ich fühlte, dass ich es Novelle schuldig war. Ich erzählte, wie ich zwei Frauen gleichzeitig liebte und wie es mich auseinanderriss und ich den Tod als möglichen Ausweg gewählt hatte.

Als sich fertig war, fühlte ich mich schutzlos, ohne eine Möglichkeit zu einer neuen Flucht, und die Erinnerung, dieses kleine Arschloch, biss mir kräftig ins Herz.

Ich beantwortete Rückfragen und ich spürte Mimis und Rofus Unverständnis. Von Mimi hätte ich erwartet, dass sie wusste, wozu die Liebe fähig ist. Rofu hatte noch nie etwas von einem Mädchen berichtet. Novelles neutrale Haltung überraschte mich.

Doch sie hatten mich ja gefragt. Ich erzählte alles und konnte die Wahrheit riskieren, weil wir alle an einem Punkt der Veränderung standen und keiner von uns wusste, wo wir letztendlich anlegen sollten. Veränderung braucht Vertrauen. Der Weg des Wandels führt fast immer an scharfen Abgründen ohne Geländer vorbei, und man sollte besser nicht alleine sein. Dieses Wissen einte uns. Jeder von uns hat seine ganz eigenen Umstände.

Als alles gesagt war – es war jetzt schon am frühen Nachmittag – saßen wir noch für einige Zeit auf unseren Plastikmöbeln. Ich hatte mich etwas seitlich vom Tisch abgedreht, um meine Füße auf die Reling zu legen. Alle schwiegen. Die Sonne schien und andere Boote mit Familien oder mit jungen Pärchen, manche für sich allein, manche mit einem anderen befreundeten Paar, schipperten an uns vorbei. Einige grüßten und winkten herüber, während sie zwei Männer und zwei Frauen auf einem geklauten Boot sahen, die einen schönen Frühstückstisch aufgebaut hatten, nichts sagten, dabei Zigaretten rauchten und Orangensaft oder Kaffee tranken.

»Wie Ian Curtis«, stellte Novelle fest.

»Wie wer?«, fragte Rofu.

»Na Joy Division. Die Band. Kennst du die nicht?«, antwortete sie.

»Nein. Aber es ist ein guter Name für eine Band.« Rofu nickte zufrieden.

»Nein, ist es nicht. Das täuscht.« Novelle drehte sich eine Zigarette. »Ian Curtis ist der Sänger. Und er hat sich in seiner Küche aufgehängt«, erläuterte sie.

»Warum hat er das gemacht?«

»Na, weil er nicht drauf klar gekommen ist, seine Frau und seine Geliebte zu lieben. So wie Dante.«

Novelle wusste Bescheid. Denn genau so war es. Nur dass ich nicht den Mumm hatte, mich aufzuhängen oder vom Dach zu springen. Stattdessen verschwand ich. Das alles ist mir peinlich und ich schäme mich in so vielerlei Hinsicht dafür. Die Scham ist eine zähe Verfolgerin aller Flüchtenden. Ich flüchtete vor mir selbst, doch die Vergangenheit saß auf meinen Schultern und griff mir in den Nacken. Es gab keine Möglichkeit, sie abzuschütteln. Ich stand auf und wollte weg. Es war mir alles zu viel.

Ich dachte, dass die Jahre der Abgeschiedenheit mich geschliffen hatten, so dass nichts mehr an mir hängen geblieben war. Jetzt spürte ich, dass dem nicht so war, und konnte den Konflikt kaum ertragen. Mit der Zeit wäscht die Gleichgültigkeit die Kanten des Lebens glatt. Es war gut, dass ich das rausgelassen hatte, auch wenn ich jetzt unfassbar müde und angestrengt war. Die Jahre zuvor hatte ich mich nur mit mir selbst unterhalten. Ein einziges nie enden wollendes Selbstgespräch. Die Freundschaft, die man mir nun reichte, erfüllte mich mit Zufriedenheit und fühlte sich an wie warmer Kakao mit Schnaps an kalten Wintertagen. Novelles Prügelattacke und Mimis Geständnis verdeutlichten mir, dass ich – und ganz bestimmt die anderen auch – bereit waren, füreinander einzustehen. Ohne es damals schon gewusst zu haben, war es so. Wir hatten uns einander als Gefährten angenommen.

Mimi schaute mich etwas besorgt an. Ich glaubte oder ich hoffte, sie verstand, dass einen die Liebe gleichzeitig krönen und kreuzigen kann.

Nur Rofu war nicht einverstanden und er fragte in die Runde:

»Warum sind die Wege, die man geht, oft so dunkel oder führen uns auf solche Irrwege? Du hattest doch alles. Eine gute Frau, ein Zuhause und den ganzen anderen Scheiß.« Er sah mich herausfordernd an. So als ob ich die Antwort wüsste und sie nur vorenthalten hatte.

»Weil es keine einzige verschissene Gerade auf dieser Welt gibt. Das ganze Leben ist eine große Kurve, es gibt nie den direkten Weg, und manches Mal fliegt man eben raus.« Ich wusste ja, was er meinte. Ich hatte all das weggeworfen, nach dem sich andere sehnen.

»Du bist ein selfish asshole! Hast du schon mal darüber nachgedacht, was du dem antust, der dir vertraut?« Rofu fragte mich das, dabei hob er seine Stirn und machte eine Geste, die so aussah, als ob er mir seine Hände reichen wollte.

»Ich habe keine Lust, das jetzt zu diskutieren. Ich kann nur sagen, dass es passiert ist.« Ich wollte mich nicht verteidigen, und ich wollte mich jetzt auch nicht weiter erklären. Mir reichte es. Ich war das ja alles schon so oft mit mir selbst durchgegangen und hatte mich gefragt, weshalb ich einfach eine reife und tiefe Liebe, die ohne Schatten in mir wohnte, gegen eine flirrende und ungewisse hatte tauschen können. Oder anders: Ich hatte sie noch nicht einmal getauscht. Ich wollte mein Verliebtsein in die andere Frau noch zusätzlich in meinem Leben haben. Bis ich dann festgestellt hatte, dass es dafür in mir keinen Platz mehr gab, und eines Tages bin ich einfach übergelaufen. Wie ein volles Gefäß. Diese alte, müde Trauer und dieses Heimweh nach meinem verlorenem Selbst stachen jetzt wieder wie rostige Nägel in meinem Kehlkopf, die mich daran hinderten, herunterzuschlucken. Ich wollte das Thema beenden, weil ich nichts mehr sagen konnte und die Erinnerung mich aufwühlte. Ich hatte geglaubt, dass ich in den vergangenen Jahren alles überwunden hatte. Schon lange schmerzten die Narben aus dieser Zeit nicht mehr. Aber jetzt war alles wieder da und ich versuchte eine letzte Antwort:

»Du wachst eines Tages auf und die Welt ist verkehrt. Oder du bist es selbst. Du kennst dich nicht mehr, und langsam verstehst du, dass alle deine Eigenschaften von den Umständen abhängen, in denen du gerade steckst.«

Für mich war der Tag gelaufen. Auch wenn man sich auf einem Boot kaum aus dem Weg gehen kann, verstanden die anderen und ließen mir meine Ruhe. Ich hatte mich in meine Koje verkrochen, mir mein Buch geschnappt und versuchte, darin zu lesen. Es stellte sich heraus, dass die Freundin des Erzählers eine Art Borderline hatte. Jedenfalls verhielt sie sich immer heftiger. Ihre Wutausbrüche und ihre Bedürftigkeit erinnerten mich an Novelle. Über diesen Gedanken musste ich für zwei, drei Stunden eingeschlafen sein.

Gegen sechs am Abend holte mich Rofu.

»Bitte entschuldige, und entschuldige auch für eben. Ich hätte besser verstehen sollen.«

»Schon gut, hast ja recht«, antwortete ich ihm.

»Mimi möchte mit uns sprechen.«

Ich rappelte mich aus dem Bett hoch und ging hinter ihm her. Auf dem Tisch standen vier fertige Rum-Cola in Gläsern und die angebrochenen Flaschen zum Nachschenken. Es lag auch in der Pfanne geröstetes Brot zum Knabbern da. Mimi saß auf einem Stuhl und rauchte durch ihre Zigarettenspitze, Novelle im Schneidersitz auf dem Platz links neben ihr. Sie machte sich nicht mehr die Mühe ihre Narben und Tätowierungen unter Langarmshirts zu verstecken.

»Es ist, wie es ist, und jetzt sitzen wir alle in einem Boot«, begann Mimi. Sie hielt kurz inne, dann fuhr sie fort: »Wie habt ihr euch das vorgestellt? Ich werde auf keinen Fall mein Leben mit euch auf einem Boot verbringen.«

Ich erwartete, dass sie uns sagen würde, dass das alles eine dumme Idee gewesen sei und dass sie ihrem ursprünglichen Plan spätestens am nächsten Morgen doch folgen wolle. Aber sie nahm einen tiefen Schluck Rum und fing an zu erzählen.

»Kennt ihr das? Manche Leben sind einfach zu eng, weil sich in ihnen das Denken und die Fantasie zu sehr ausbreiten und von innen wie gegen die Wände ihres Körpers pressen. Es schmerzt in dir, der Druck wird zu groß und die Last zwingt dich auf die Knie …« Mimi machte eine Pause.

Ich blickte in ihre Augen und sah, wie sie zurück in ihre Jugend reiste. Dann erzählte sie weiter. Vielleicht aus dem Gefühl einer Verpflichtung gegenüber Novelles und auch meiner Ehrlichkeit? Oder war sie erleichtert, weil wir mit der Preisgabe unserer Verletzungen bei ihr vielleicht eine Mauer durchstoßen hatten, hinter der sie sich versteckte? Gelangte nun wieder ein wenig Licht in ihre Düsternis?

Damals, als sie das zweite Mal flüchtete, verschlug es sie nach London. Sie bewunderte Vivienne Westwood, die sich immer neu erfand. Nach Lust und Laune oder wenn Innovation zu Konvention geworden war, die die Kreativität mit ihren klebrigen Dogmafingern fing, dann änderte Vivienne den Namen über der Türe ihres Klamottenladens und hatte über Nacht ein neues Konzept.

Mimi arbeitete als Aushilfe in der gerade neu eröffneten Saatchi Galerie, die sich damals noch im Norden der Stadt, in den Räumen einer alten Fabrik befand. Aufgewachsen war sie in Reading auf halber Strecke zwischen London und Oxford. Nur eine knappe Stunde mit dem Zug bis Paddington Station. Bevor sie den Schritt nach London wagte, studierte sie. Nicht in Oxford, sondern in Cambridge, da dies etwas weiter weg von zu Hause lag. Das war ihre erste Flucht.

Sie stammte aus einer alten Adelsfamilie, die zwar vornehm ausstaffiert lebte, aber spätestens mit Ende des Viktorianischen Zeitalters anfangen musste, selbst zu arbeiten, weil kaum noch Ländereien da waren, die man hätte verkaufen können. Mimis Kindheit war streng und behütet. Die Eltern legten Wert auf eine tadellose Erziehung und Laufbahn ihrer Tochter. Nicht zuletzt, um sie, das einzig verbliebene Kind, später einmal gut und gewinnbringend zu verheiraten. Natürlich nicht gegen ihren Willen, aber zumindest mit ein wenig väterlichem Kalkül.

Ihr kleiner Bruder verunglückte bei einem Spiel in den alten Gerätehäusern tödlich, er hatte sich an längst ausrangiertem, rostigem landwirtschaftlichem Gerät aufgespießt, als er durch das morsche Holz einer Zwischendecke in einem Schober brach. Und so wusste Mimis Vater, dass die Zeit der Namensweitergabe vorbei war, dass er der Letzte männliche Nachfahre seines Geschlechtes sein würde.

Mimi lernte die elitären Ideale, die man als standesgemäß und für höhere Töchter als wichtig erachtete. Vieles davon haftete auch jetzt noch an ihr. Ihr gerader Gang, der nie in Eile zu sein schien. Ihre vornehme Art, wie sie aß und wie sie rauchte. Auch ihre Sprache ließ Rückschlüsse auf ihre Bildung zu. Die Worte waren gewählt, und dass sie französische Begriffe einstreute, machte mich fast verrückt. Sie redete nicht einfach drauf los. Sie nahm sich Zeit für das, was sie sagte, und wenn sie etwas sagte, dann immer mit einem emporgereckten Kinn. Sie war aristokratisch und sie war gebildet. Ob sie es wollte oder nicht.

Damals als sie fortging, um zu studieren, sei sie froh gewesen, so sagte Mimi, dass sie in die Welt ziehen konnte, um sich einer anderen Welt zu entziehen. Aber bald habe sie erkannt, dass auch in Cambridge alles Gehabe zu Absonderung und Alleinsein führt. Exklusivität, Traditionsbewusstsein, Disziplin und Pflichterfüllung schnürten ihre Lungen, die zu groß für die wenige Luft in den begrenzten Räumen ihres bisherigen Lebens waren. Cambridge war im Grunde nicht anders gewesen als ihr Zuhause. Sie wollte nicht schleichend kränklich werden und vergehen, weil sie nur noch ihren eigenen, längst ausgeatmeten Brodem in sich aufsog. Alles in ihr wollte atmen. Also wagte sie mit zweiundzwanzig Jahren zum zweiten Mal die Flucht. Dieses Mal sollte es endgültig sein. Sie wollte ankommen. In London. In einem Leben, wie es Vivienne Westwood führte. Bei Saatchi arbeitete sie als Putzfrau, als Aufseherin und schließlich als Hilfe der Kuratoren. Dort streifte sie die Wildheit der Kunst, deren fortwährender Wandel mit jeder Ausstellung wie Wetter über sie herzog und sie mitriss. Kunst sei das Gegengift für Tradition, erklärte Mimi, und davon gebe es in England von je her viel zu viel. Genau wie in Japan. Das liege daran, dass beide Länder Inseln sind und so die Kultur seit Hunderten von Jahren im eigenen Sud koche. Neue und fremde Einflüsse schaffen es nicht so schnell auf das vom Wasser umschlossene Land, das Althergebrachte werde über seinen Tod hinaus in einer Endlosschleife wieder und wieder abgefeiert, bis es zu jedem Anlass einen eigenen beschissenen Wimpel oder ein Abzeichen gebe, an denen man sich in Ritualen ergötze und alles Verdaute jedes Jahr aufs Neue fresse. Dann werde Tradition zu Brauchtum, dem man wie einem Totem huldigt. Oder zu einem Brei aus vergorenen Zutaten, wie Miso-Suppe. Diese zeremonielle Unwandelbarkeit, die Loyalität, Pflichtgefühl sowie Stolz und Treue verlange, sei eine Geißel, die sich als giftiger Balsam über die Menschen lege. Tradition sei eine leblose Kultur, die sich meist gegen die Jugend und die Kunst abschirme. Wer dem Neuen den Eintritt in sein Haus verwehre, der lebe eines Tages in muffigen Mauern. Auch davon gebe es zu viele in England. Tradition sei nicht die Bewahrung des Feuers, sondern die Anbetung von Asche und nichts anderes als ein lang anhaltender Übergang in den Untergang. Vivienne Westwood habe das alles erkannt.

Mimi erzählte uns das alles. Mit ihren Worten, und sie trank dabei schnell. Doch ihre Stimme blieb fest und es klang keine Bitterkeit aus ihr. Wir hörten ihr zu. Schweigend. Bis Novelle sie unterbrach:

»Aber ist Tradition nicht auch etwas, das Halt und Struktur gibt? Und was ist mit Weihnachten? Ich hätte gerne ein richtiges Weihnachten gehabt.«

»Du hattest kein Weihnachten?«, staunte ich und schaute Novelle an.

»Doch, schon. Aber es war ohne das Gefühl, von dem alle reden. Ich wünsche mir so sehr, dieses Gefühl von Weihnachten kennenzulernen.«

Sie goss sich nach. Ohne das halbe Glas mit Cola zu füllen. Dabei warf sie Mimi einen taxierenden Blick zu, um sicherzugehen, dass sie ihr nicht den Rest wegtrank.

Rofu blieb stumm. Er kannte nur dieses vereinzelte Bling-Bling-Weihnachten aus irgendwelchen Großstädten an der afrikanischen Nordküste und später aus Süditalien. Das Brimborium hier machte ihm eher Angst, obwohl er sah, dass die Menschen in dieser Zeit auf eine besondere Art beseelt und angefasst waren. Er verstand aber nicht, weshalb man dafür so viel Zeug kaufen musste.

Ich reckte mich vom Tisch hoch und deutete an, dass ich aufs Klo musste. Während ich in der engen Kabine pinkelte, fragte ich mich, ob sich die Menschen nur zusammentun, weil sie in einer Schicksalsgemeinschaft stecken. Ganz zwangsläufig. Schule, Arbeit, Ehe, Flucht oder Knast? Auf dem Weg zurück schnappte ich mir in der Küche noch ein Dosenbier, und Mimi erzählte weiter.

In London lernte sie ihren Mann kennen. Schon im frühen zweiten Jahr. Er war Kunsthändler, der mit einigen kleineren Galerien zusammenarbeitete. Er sprach sie an. Sie gingen aus. Sie schliefen miteinander. Es war nicht schön. Wie fischiger Wein, der Kopfschmerzen bereitet. Sie blieb.

Warum, wusste sie nicht so genau. Sie lernte zu ertragen, und im Unerträglichen keimte der Hass, den er aufnahm und in ihrem Bett übersetzte. Sie beendete ihre Geschichte mit der Szene, als sie ihre Koffer packte. Ihr Mann lag mit Schaum und Erbrochenem vor seinem Mund leblos und zusammengekrümmt vor der Toilette. Während der ganzen Erzählung erwähnte sie nie seinen Namen, sie sprach von ihrem Mann. Ausnahmslos und so, als ob es ihn noch geben würde. Wie konnte er auch nicht mehr da sein? Ihr ganzes späteres Handeln ab dem Punkt, an dem sie, ihre beiden Rollkoffer in der Hand, die Haustüre hinter sich zu zog, wurde durch seine anwesende Abwesenheit bestimmt. Manches Mal im Leben tritt man in eine Dunkelheit, deren Schatten man nie wieder los wird. Egal in welches Licht man geht. Als Mimi fertig war, zog sie ihre erloschene Kent 100 mit dem weißen Filter aus der Zigarettenspitze, legte sie in den Aschenbecher und ging zu Bett. Wir saßen noch eine Weile, bis sich die Runde auflöste. Novelle setzte den letzten Rum direkt aus der Flasche an, dann ging sie ins Bad. Das Wetter war im Begriff umzuschlagen.

Die Frage, wie wir uns das alles miteinander vorstellten, wie es weitergehen sollte oder wohin, war offen geblieben. Nachts in meiner Koje dachte ich über den Tag nach. Der schwammige, aufgedunsene Mond, der zuvor noch im trüben Licht mit seinen gelben Fingern nach uns gegriffen hatte, war hinter einem schweren, nassen, dunklen Tuch verschwunden. Es regnete und die Tropfen klimperten auf dem Dach wie kleine Nadeln. Später schlugen sie wie Trommelschläge an unsere Fenster und auf das Wasser. Ich lag still auf meinem Kissen. Das Boot schaukelte und tanzte im See. Der Wind schob es und zog es.

Zuerst nach oben, dann wieder nach unten, eine Böe drückte es auf die Seite, bis es sich trotzig wieder aufrichtete. Meine fortwährend leicht traurige Seele verstand Mimi so gut. Auch wenn sie die Gründe ihrer Tat verschwiegen hatte, wusste ich es. Der Mensch erduldet, bis er bricht.

»Auf wie viele Weisen Regen fällt«, durchbrach Rofu meine Gedanken.

»Es gibt tausend Arten von Regen, und jede hat mehr Tropfen, als es Sterne gibt«, antwortete ich leise ins Dunkle.

»Ja, Dante, und kein Tropfen gleicht dem anderen. Das ist es, weshalb ich an Allah glaube. In allem gibt es einen kleinsten Teil, der mit seinen noch kleineren Bestandteilen größer als alles andere im ganzen Universum ist.«

Dann war es still, verstreute Gedanken fanden sich und füllten den Raum.

»Mimi ist nicht ein böser Mensch. Sie hat nur kein Glück gefunden.« Auch Rofu dachte also an Mimi. Nach einer Weile antwortete ich ihm:

»Das ist es wohl. Wer das Glück verlangt, betrügt sich um das Leben.«

»Ja, mein Freund«, flüsterte er. »Ich weiß, was du meinst. Das Leben ist das, was zwischen der Suche nach Glück und der Flucht vor Problemen übrig bleibt.«

Er hatte mein Freund gesagt. Ja, das war er. Ein Freund wie ein Schirm im Regen. Ich langte mit meiner Hand nach ihm, bis ich sie fand. Wir hielten uns kurz. Dann schliefen wir ein.

12. BLAUER SALON

Am nächsten Morgen fanden wir uns nacheinander eintrudelnd im blauen Salon, dem Wohn- und Kochbereich unter Deck. Er war an den Wänden beinahe vollständig mit blauem Teppichboden ausgekleidet. Eine echte Sünde. Es gibt doch beinahe nichts Schöneres als dieses mit Klarlack überzogene und glänzende Holz auf Schiffen. Selbst kriegt man das nie so hin. Jedenfalls ich nicht, und ich hab in schlechten und staubigen Tagen schon viele Dielen für miese Bezahlung geschliffen und mir vermutlich die Gesundheit dabei ruiniert.

Mimi saß auf der Bank am Tisch und las in einer alten Zeitung, die sie gefunden hatte. Rofu machte Orangensaft. Mangels einer Presse entsaftete er die Orangen mit einer Gabel und mit einem kleinen Aschenbecher, den er in das Fruchtfleisch drehte. Es fehlte überhaupt eine ganze Menge Besteck. Vermutlich war es von vorherigen Mietern nach und nach gestohlen und durch den Charterer nicht wieder ersetzt worden. In einer Pfanne duftete Rührei. An den Wänden, da wo der Teppichboden knapp unterhalb der Fenster sein geschmackloses Ende fand, klebten vier von Novelles Manga-Bildern. Niedliche Kriegerinnen mit großen Augen und grimmigen Blicken, die mich an böse, weiße Kaninchen denken ließen.

Novelle selbst war noch in ihrer Kajüte. Ich deutete auf die Bilder, aber Mimi zuckte nur mit den Schultern. Vermutlich war Novelle nachts raus gegangen, um die Dinger anzuheften. Schätze, deren persönlichen Wert wir nicht kannten, aber die schon an vielen Wänden hingen. Manche hatten mehrere Löcher von Nadeln oder Heftzwecken, andere hatten dunkle Ecken aus übereinanderliegenden Tesafilmschichten.

So saßen wir da und tranken süßen Orangensaft mit Messern zum Umrühren drin. Der anbrechende Morgen war friedlich, es fühlte sich ein bisschen so an wie »erster Urlaubstag«. Die Zeit starb einen allmählichen und federleichten Tod, und die Pflichten des Alltags verdunsteten unter der Behaglichkeit des blauen, freundlichen Himmels. Der kühle, regenfeuchte Atem des Morgens streifte unsere Münder. Ich atmete den Dampf des heißen Kaffees, die Welt war gut. Ich genieße es, wenn mich Ruhe ergreift, ich nicht denken muss und es mir gelingt, den Augenblick einzufangen, oder noch besser: wenn er mich fängt.

Das Wasser schwappte ab und an gegen die Seiten des Bootes. Sonst gab es nur die Stille in der morgendlichen Küche, das Gefühl, aufgehoben zu sein, und den Duft von Rofus Rührei.

»Wie geht's jetzt weiter?« Mimi schaute auf und faltete ihre Zeitung.

»Jedenfalls müssen wir runter vom Boot. Sie werden den Diebstahl bemerken und uns auf den Gewässern suchen. Auch wenn wir den Namen geändert haben, können sie uns finden. Vielleicht hat der Kahn sogar eine GPS-Ortung.«

Ich hatte zwar das kleine Navigerät über Bord geworfen, aber ich wusste, dass die Sender manchmal ganz woanders verbaut waren.

Mimi sah mich entsetzt an, dann fuhr sie mich scharf an:

»Das sagst du jetzt erst? Wir hätten sofort verschwinden müssen!«

Ich machte ein betretenes Gesicht, weil sie recht hatte. Aber wenn sie uns noch in der gleichen Nacht gesucht hätten – ich erinnerte daran, dass Novelle schließlich einen Bullen halbwegs übel verhauen hatte – dann hätten sie auf den Straßen und in den Bahnhöfen nach uns gesucht. Von da her war das Boot eine gute Idee gewesen, und wir hatten es ja quasi spurlos aus dem Hafen entfernt. Vielleicht hatte uns das einen Vorsprung gegeben und das fehlende Boot wurde erst später bemerkt? Dass wir einen Tag länger auf dem Wasser unterwegs waren, lag daran, dass es entlang der letzten zwanzig Kilometer schlicht nichts außer Wiesen und dem Nationalpark gab, durch den der Fluss mäanderte. Ich hatte genau hier geankert, weil ein Stück weit weg das erste Dorf lag. Das sah Mimi ein, aber sie meinte, dass ich das besser hätte sagen sollen.

»Sieh's mal so. Weil du nichts vom Navi gewusst hast, warst du ein bisschen entspannter.«

So versuchte ich mich zu retten. Sie schüttelte mit dem Kopf und presste ihre Lippen fest zusammen.

»Wrong way on a one-way track«, sinnierte Rofu leise.

Er hatte Wortstörungsfindungen. So nannte er das, wenn er beim Sprechen Englisch und Deutsch vermischte. Vor allem dann, wenn ihn etwas aufregte.

»Wir sind seit zwei Tagen running away. We hit a cop, und ein Hotel mit Wasser gespült, und ein Boot gestohlen. Wenn ein GPS da ist, dann ist Police schon lange bei uns«, fasste er die Ereignisse zusammen.

Dabei nahm er sich mit dem Löffel etwas Rührei aus der Pfanne, die er zuvor auf den Tisch gestellt hatte. »Ich kann nicht schwimmen!«, fügte er noch hinzu und sah mit großen Augen in die Runde.

»Brauchst du auch nicht. Am besten ist, jeder geht seinen Weg.« Mimi durchschaute die Lage und sie wusste, dass es ganz besonders für sie am sichersten wäre, alleine zu reisen.

Mir war klar, dass wir unseren Kahn verlassen mussten, aber gestern war wirklich kein guter Zeitpunkt gewesen, den anderen das zu sagen. Auf jeden Fall hatten wir einen Vorsprung. Unser Weg, immer dem Fluss entlang ins Landesinnere in Richtung der vielen Seen mit den unzähligen anderen Flüssen und Nebenarmen, war gepflastert mit einer Menge gemieteter Boote. Das gab uns erst einmal einen gewissen Schutz in der Masse. Vorausgesetzt, unsere kleine Motorjacht mit dem neuen Namen wäre unentdeckt geblieben, wäre sie ein gutes Versteck gewesen. Auch für länger. Aber wir waren nicht gerade eine unauffällige Konstellation. Ein schwarzer Hüne mit einem Ohr, ein tätowiertes Punkmädchen, eine Dame im mittleren Alter und dann ich, ein unrasierter Alt-Hippie, der mit seinen 36 Jahren doch noch gar nicht so alt war. Mir fiel wirklich keine plausible Geschichte dazu ein wie etwa ein Familienausflug oder ein Pärchenurlaub.

»Aber wenn wir trotzdem zusammenbleiben?«, setzte Rofu nach.

»Rofu, ich mag dich. Wirklich sehr. Du bist lieb, und ich weiß, du sorgst dich um uns. Aber jeder für sich kommt alleine weiter. Es ist sicherer. Für alle.« Mimi hatte natürlich recht.

Rofu sah sie fest an und dann fragte er sie:

»Fuck Sicherheit! Und dann? What kind of fucking life you wanna live? Weiter zu nächste komischen Ort, a new Schmottke? Ten more lonely years?«

Er schlug mit der Hand auf den Tisch.

»Das kannst du nicht wollen, ein Leben im Nichts. In fucking nothingness. You only live once. Dammed!«

Rofu war nicht dumm. Ich war sicher, dass er ganz genau wusste, worüber er sprach, und gerade er hatte wohl neben Mimi alles zu verlieren. Man würde ihn in einen Flieger setzen und zurück nach Nordost-Afrika in den Sudan schicken und dort in den Tod. Mimi konnte sich wandeln wie ein Chamäleon. Das hatte sie in den Jahren des Sichversteckens gelernt. Sie sorgte sich wegen Rofus Auffälligkeit und wegen Novelles Unberechenbarkeit. Das brachte sie in Gefahr. Für mich war klar, dass wir einen gemeinsamen Weg, wohin er uns auch führen sollte, nicht haben würden. Deshalb sagte ich nichts. Auch wenn ich den Gedanken an unsere Gemeinsamkeit schön fand.

Langes Schweigen, klebrig wie Schweiß, füllte den Raum.

Irgendwann äußerte sich Mimi:

»Okay. Wenn wir einen Plan für die nächsten Wochen haben, der gut ist, bin ich dabei. Aber es muss ein guter Plan sein. Auch wenn ich euch gern hab. Ich gehe in kein Gefängnis.« Mimi wusste, dass sie sich mit uns in größere Gefahr begab, als wenn sie alleine weitergezogen wäre, und doch hielt sie an uns fest. Schließlich fügte sie fast nicht hörbar hinzu:

»Tod oder Freiheit. Sonst nichts.«

Das verstand Rofu nur zu gut und er nickte.

Sie hatte recht. Wir brauchten einen Plan. Einen sehr guten sogar.

Novelle kam aus ihrer Kajüte und trottete, ohne uns weiter zu beachten, die drei Stufen hinunter zum Klo. Wie zwei Tage zuvor in ihrem Appartement bei der Schmottke war sie nackt bis auf einen Slip. Sie sah mit ihren eckigen Schultern, den strubbeligen schwarzen Haaren und den Tattoos auf ihrer weißen Haut aus wie ein nass gewordenes und dann mit einem Fön getrocknetes, altes, zerschundenes Stofftier. Kurz danach hörte man einen Furz, dann die Spülung und schließlich stand sie auf der Treppe und gähnte ein »Morgen«. Dabei schaute sie zufrieden. Zuerst auf uns und dann auf ihre Mangabilder an den Wänden. Wir sahen sie an, und es war Mimi, die ihr mit einem einzigen, scharfen Blick sagte, sie solle sich was anziehen. Mimi konnte Menschen mit ihren Augen dirigieren. Novelle verstand, erschrak, verschränkte einen Arm über ihren Brüsten und tippelte auf ihren nackten Füßen ganz eilig in ihre Kajüte. Im Gehen piepste sie noch ein »Verzeihung« in den Raum.

13. HOTEL GARNI

Wie vieles an Novelle war es mir unerklärlich, dass sie sich so ungeniert nackt zeigte. Gerade weil sie so schlimme Erfahrungen gemacht hatte. Vielleicht war es eine unbewusste Geste des Zutrauens? Spürte sie, dass es bei uns ungefährlich war? Oder war es Trotz? Bei mir ging sie mit ihrem Nacktsein keine Gefahr ein.

Ich interessierte mich nicht für sie. Sie war mir zu jung und vor allem zu durchgedreht. Auch bei Rofu schien es so zu sein. Oder er ließ sich nichts anmerken. Überhaupt hatte er noch nie etwas von einer Frau erzählt. Außer von seiner Mutter natürlich.

Wenig später war das Rührei fast alle. Novelle, jetzt mit einem T-Shirt und Socken zu ihrem Slip, war dabei, mit einem Löffel direkt aus der Pfanne alles nach und nach mit dicken Backen wegzuputzen. Ich nahm den Faden wieder auf: »Wir sollten überlegen, wohin wir gehen sollten.«

»Wo es sicher für Mimi ist«, bestimmte Rofu.

»Klar«, sagte ich, als ob es das Selbstverständlichste an der ganzen Sache wäre.

»Und wie kommen wir dahin?«

»Mimpfft dem Schiff natürlich«, warf Novelle mit vollem Mund ein.

»Das geht nicht«, entgegnete ich im leicht imperativen Besserwisserton.

»Fwiesoo?«

»Wegen dem Navi.«

Ich hatte keine Lust, Novelle die ganze Technik und das Warum zu erklären.

»Schon klar. Wegen des Navigationsgerätes.« Jetzt hatte sie runtergeschluckt.

»Ja, die GPS-Daten führen zu uns. Und wenn die

Wasserpolizei wie Porter Ricks auf Schnellbooten anrauscht, dann kann Rofu nicht schwimmen,« fügte ich noch hinzu.

»Klauen wir ein Auto.« Novelle fand ihre eigene Idee gut. »Du kannst doch ein Auto klauen?«

»Nee, eigentlich nicht. Außer der Schlüssel steckt.«

»Und wie willst du das machen?« fragte Rofu.

»Am Supermarkt«, antworte sie knapp.

»Am Supermarkt?«, wiederholte ich.

»Hast du noch nie einen Bullenfilm gesehen?« Sie war irgendwie anders. Ihre Stimme klang auch rauer, kehliger.

»Du bist total hektisch, hältst deinen Büchereiausweis hoch und brüllst ein ausparkendes Auto an: STOPP! NYPD! Wir brauchen Ihren Wagen!«

Wir guckten alle verdutzt zu ihr rüber.

»Knarren wären gut.«

Dabei nickte sie zufrieden, und das machte mir ein wenig Angst.

»Okay, dann lass uns mal schauen, was wir an Geld haben.« Ich fing mit der Organisation an, auch um Novelles Schwachsinn zu beenden. Im Ergebnis hatten wir zweitausenddreihundert Euro. Das meiste kam von Mimi, die in den Jahren vom knappen Lohn der Schmottke etwas auf Seite gelegt hatte. Ich hatte noch eine Kreditkarte, die aber schon ihm halbem Limit stand und uns höchstens noch um vier- oder fünfhundert Euro weiter brachte. Novelle und Rofu hatten zusammen keine zweihundert. Doch das war ja schon mal was. Damit hätten wir es bis nach Spanien oder nach Portugal schaffen können. Allerdings reduzierte sich der Radius wieder ganz deutlich, da Mimi daraufbestand, mindestens tausend Euro in Reserve zu halten. Also hatten wir gut zwölfhundert Euro.

»Das sind rechnerisch rund zweihundertfünfzig für jeden.

Dafür bekommt man bei der Schmottke in der Saison höchstens drei Tage in einem schäbigen Zimmer.« Nachdenklich kräuselte Novelle ihre Stirn.

»Aber mit Halbpension«, antworte Mimi. »Das ist immerhin besser als gar nichts.«

»Ahhh, dann sind diese Hotel Garni immer ohne Fruhstuk, weil gibt da gar nichts.« Rofu lachte und freute sich, wieder etwas gelernt zu haben.

Wir sahen ihn an, verzogen in vollendeter Synchronität unsere Münder und rollten mit hochgezogenen Brauen unsere Augen.

»Das ist nur fast richtig«, Mimi schmunzelte, »im Hotel Garnichts gibt es zwar gar nie nichts, aaaaaber ein Frühstück ist dabei.«

Rofu überlegte: »Also ist bei der Schmottke auch ein Hotel Garnichts? Gibt ja da Fruhstuk.«

Mimi erklärte ihm dann noch den genauen Unterschied und Rofu nickte dabei ernsthaft interessiert. Dann fragte er, ob denn das »gar« und das »ni« tatsächlich eine Kurzform von gar nichts sei. Wir bejahten das alle einstimmig und Rofu war zufrieden.

»Wir können in die Großstadt fahren und dort in der Anonymität was finden.« Mimi nahm den Faden wieder auf. »Das ist für gewöhnlich das Einfachste. Aber es ist nichts von Dauer. Dort nimmt man den Fahrstuhl nach unten.«

Novelle schaute fragend und Mimi fuhr fort und erzählte. So als würde sie nicht von sich selbst, sondern über wen anderen berichten:

»In den Städten geht es immer abwärts. Gerade wenn du nicht gefunden werden darfst. Du wirst hektisch und dein Blick wird hastig. Schlaflosigkeit und ständige Gereiztheit werden zu deinen Begleitern. Nach und nach verändert die Ängstlichkeit deine Perspektive und du vermutest hinter jedem neuen Gesicht und bei jeder neuen Situation eine Gefahr. Sehr schnell wird alles kurzfristig. Du huschst durch die Straßen und die ruhelose Eile droht dich zu verschlingen. Du wirst mechanisch und kalt, und dein Leben wird es ebenfalls. Meist jobbst du gegen schlechten Lohn in Küchen und drohst dauernd während einer Kontrolle aufzufliegen. Oder es kommt vor, dass dich ein Schwein überhaupt nicht bezahlt. Du brauchst eine Wohnung, aber dafür musst du deinen Status verraten. Also wirst du erpressbar. Am Ende bist du preisgegeben, hohl und notorisch nervös. Es ist ein Gefühl einer nie enden wollenden Erschöpfung, die an deinen Knochen knabbert. Alles in dir ist kahl, aufgebraucht und unbewohnt und du landest im Ghetto, den verödeten Bannmeilen, da wo die Hochhäuser stehen und wohin keine U-Bahn mehr fährt. Da bist du halbwegs sicher, denn keiner sucht dich hier. Aber dort finden dich dann all die anderen Gefahren, und du fängst wieder an, dich zu verstecken, weil die Not und die Gewalt und die Verrohung vor deiner Türe warten. Also gehst du nur noch für das Nötigste raus, bleibst zu Hause und spürst, dass dein Zimmer immer größer wird, weil du selbst immer kleiner wirst, und irgendwann glaubst du, dass du beinahe ganz verschwunden bist … Angekommen in der Leere, die von allen Verstecken das unauffindbarste ist.«

»Allein und im Geheimen bist du sicher«, fügte Rofu nach einer Weile hinzu. Er kannte dieses Gefühl. Nein, nicht nur er, wir alle wussten von der Einsamkeit, die ins Nichts führt. Dunkel, tief und immer.

»Was hast du denn gemacht, das dich hat weiterleben lassen?«, fragte ich Mimi leise.

»Ich habe gelesen«, antwortete Mimi, »und ich lernte zu kochen. Damit konnte ich meine Tage verbringen. Abends bin ich in die Buchhandlungen gegangen und habe Kochbücher studiert, und manches Mal, nur ganz selten, wenn ich sicher war, habe ich auch ein Buch eingesteckt. Aber meistens habe ich sie gebraucht auf Flohmärkten für fünfzig Cent oder einen Euro gekauft. Was sollte ich auch sonst machen? Zuerst fing ich ganz automatisch an zu lesen. Um die Zeit totzuschlagen. Doch dann, als der Puls der Stunden tatsächlich immer leiser wurde, bis er fast ganz verstummte, öffnete sich in den Büchern eine geheime Tür, durch die ich in Welten schritt, ohne dass ich mich fortzubewegen brauchte, und schließlich ist die Welt zu mir gekommen. Lesen ist wie Reisen im Kopf. Es hat mich gerettet. Bücher haben mich davor bewahrt, verrückt zu werden. Bücher und Kochen. Wenn ich ein Rezept entdeckt hatte, dann habe ich über die Woche geplant. Welche Zutat ist zu teuer und wie kann ich sie ersetzen? Welche Gewürze bekomme ich woher? Ich habe Listen geschrieben und bin auf den Märkten an den Stadträndern einkaufen gegangen, oder ich habe die Reste aus der Küche, in der ich abends gearbeitet habe, mitgenommen. Über den Tag habe ich alles vorbereitet: Fleisch mit ganz kleiner Temperatur garen, bis es zart ist, Hefeteig über Nacht ziehen lassen. Oder ich habe Sorbet gefroren und Marmelade gekocht oder Tomaten eingelegt. Eben das, was man alles so machen kann. Am Samstag habe ich ab morgens gekocht und abends gegessen. An den Sonntagen dann die Reste.«

Das ritzte mir das Herz. Sie wäre bestimmt eine tolle Gastgeberin gewesen und ich stellte sie mir vor, wie sie in einem heruntergekommenen Wohnblock bei beschlagenen Fenstern im schwachen Licht einer einsamen Kerze am Tisch saß. Wie sie durch die Tage strampelte, um sich ihre Würde zu bewahren, und sich der Dampf und der Duft der Küche mit ihren Tränen mischte.

Novelle stand vom Tisch auf, murmelte wieder etwas von ihrem unverständlichem Zeug und verschwand in ihrer Kajüte. Vorher stellte sie die leere Pfanne in die Spüle und schaute kurz in den Kühlschrank und auch in die anderen Schränke.

»Wir suchen etwas wie hier an der Küste. Nur woanders«, sagte Rofu.

»In Polen vielleicht?«, warf ich ein.

»In Polen? Auf gar keinen Fall. Da fallen wir auf wie bunte Hunde und jeder Dorfpolizist wird uns checken«, sagte Mimi. »Ich habe lange gesucht und war an vielen Orten.«

»Du brauchst einen neuen Pass«, sagte Rofu.

»Ha, ha«, Mimi kniff die Lippen zusammen, »den mache ich gleich morgen im nächsten Copyshop. Ist ja ganz einfach. Einscannen, bisschen fotoshoppen, ausdrucken und laminieren.«

»No Mam«, sagte Rofu. Dabei blickte er überlegen und altklug in die Runde. »Du musst Optimist im Leben sein, und besser ist es, du siehst die vollen Gläser«, sagte er und holte sein Portemonnaie aus seiner hinteren Hosentasche. »Wer nur halbleere Gläser sieht, der wird eines Tages verdursten.«

Er kramte in seiner Börse, dann legte er einen Bundespersonalausweis auf den Tisch. Ich nahm das Teil und betrachtete es. Auf dem Foto grinste Rofu etwas schelmisch.

Robert Fuller Junior, geboren und wohnhaft in Heidelberg, stand dort.

»Nicht schlecht.« Ich pfiff und drehte das Ding in meinen Händen. Für mich sah er echt aus. Die Holografien, Oberflächenprägungen, Wasserzeichen: alles da. Ich hatte davon gehört, dass anerkannte Flüchtlinge ihren blauen Reiseausweis, mit dem man in viele Länder ohne Visum einreisen kann, verkaufen. Da werden Identitäten von sich ähnlich aussehenden Personen einfach weitergegeben. Aber dieser Ausweis war echt, oder zumindest so gut wie.

Ich reichte ihn Mimi, die auch von allen Seiten draufschaute. Schließlich nahm Rofu den Personalausweis wieder an sich.

»Wo hast du den her, Robert Fuller junior?« Dabei betonte ich Robert und junior.

»In Austria, da gibt es wen mit Kontakt.«

»In Österreich …? Okay. Und der Kontakt, der wen kennt, der wieder einen anderen kennt, der wen kennt?«

»Ja so«, nickte Rofu.

»Ist Schlepper gewesen. Hat achttausend Euro gekostet. Der Mann arbeitet an der Grenze Croatia und Serbia und führt Menschen bis Austria. Nach Salzburg.«

»Und der macht auch einen für Mimi?« Meine Frage klang ratlos und hoffnungslos.

Mimi machte eine wegwischende Handbewegung, so als ob sie die Idee einer neuen Identität verscheuchen wollte. »Und wenn, ich habe keine zehntausend Euro.«

»Aber es wäre ein Ziel«, warf ich ein.

»Wir fahren nach Österreich und folgen dort der Spur dieses Schleusers, bis wir da sind, wo es die Papiere gibt. Ohne die Mittelsmänner kostet das bestimmt nur die Hälfte. Das restliche Geld, das verdienen wir. Und du hast noch deine Tausend in Reserve.« Ich sah Mimi an. »Wir sind zu viert. Das ist ein kleiner Job für uns. Vielleicht für vier oder fünf Wochen. Je nach dem, was wir kriegen. Rofu und ich könnten vielleicht auf einer Baustelle arbeiten. Außerdem haben wir Zeit.«

»Ja, müssen nur bei Salzburg auf ihn warten und ihn dann nicht mehr aus den Augen verlieren«, fügte Rofu hinzu.

Mimi überlegte. Sie stand auf und ging nach draußen. Hastig versuchte sie, sich eine Zigarette anzuzünden, doch das Feuerzeug brachte nur Funken hervor und mit jedem Versuch wurde sie hektischer, bis sie schließlich alles wieder in ihre Tasche steckte und sich hinsetzte. Ihren Kopf auf den Händen abstützend schaute sie aufs Wasser. Eine Frau mit kurzen roten Haaren und den Zeichen ihres Lebens auf ihrem Gesicht. Kleine und größere Linien, die all die Schwellen markierten, über die sie schon geschritten war, und nun kam eine neue hinzu und sie musste schon wieder aus einem Früher, das nun verloren war, ins Ungewisse springen. Unser kleines Boot erschien mir mit einem Mal wie eine Fähre, die ihre Gewalt an den Fluss verloren hatte.

Novelle kam zurück und pfefferte etwas in den Mülleimer unter der kleinen Spüle. Ihre Augen waren glasig. Kurz danach gesellte sich Mimi wieder zu uns. Novelles Krach hatte sie aus ihren Gedanken zurückgeholt. Sie war wohl weit weg gewesen, genau wie Novelle es offensichtlich gerade war.

»Dante, Rofu, Novelle«, Mimi schaute uns alle der Reihe nach an, »wir holen mir einen Pass in Österreich. Wir könnten sonst nichts anderes tun, und das wäre etwas Sinnvolles. Wir versprechen uns, vorsichtig zu sein, kein Leichtsinn wie das mit dem GPS-Gerät, keine Gewalt, keine Zerstörung. Es werden keine Hotels mehr unter Wasser gesetzt.« Sie schaute zu Novelle, die teilnahmslos am Tisch saß.

»Und wir machen noch etwas.«

»Ohhkehhh?« Rofu hob gespannt die Augenbrauen.

»Wenn wir schon nach Süden in die Berge fahren, dann schlagen wir diesem pädophilen Schwein, der unsere Novelle auf dem Gewissen hat, den Kopf ab. Oder wenigstens seine Eier.«

Rofu und ich schauten erstaunt. Zuerst auf Mimi und dann auf Novelle. Ich weiß nicht, ob Novelle das noch mitbekommen hatte. In dem Augenblick, als wir zu ihr hinüberblickten, klappte sie sitzend am Tisch zusammen.

»Ground Control to Major Tom!« Ich schnippte mit meinen Fingern vor ihr rum und schlug ihr ins Gesicht.

»Hey!!! Scheiße! KLEINE! Was machst du? Verdammt.« Ich schüttelte sie, doch sie verdrehte die Augen. Dann würgte sie. Wir schleppten sie zur Reling und Rofu steckte ihr zwei Finger in den Hals. Sie erbrach einen ganzen Schwall bitter riechender Brühe mit Rührei ins Wasser und schließlich befreite sie sich von Rofu, indem sie nach ihm schlug. Dann rutschte sie zu Boden und wischte sich atemlos und wütend ihren Mund ab. Hasserfüllt stachen ihre Augen in unsere Richtung.

Mimi kam gerade aus der Küche zurück und hatte zwei leere, braune Hustensaftflaschen Ambroxol und einen ausgedrückten Tablettenblister in der Hand. Novelle atmete schnell und pustete leicht ventilierend, erschöpft und benebelt ihren Wahn in die frische Luft nach draußen, bis sie sich einigermaßen fing. Ich war außer mir und trat gegen einen Plastikstuhl, der in eine Ecke krachte.

»Warum machst du so einen Scheiß?«, fuhr ich sie an.

Novelle japste und blickte zu uns hoch.

»Fickt euch!«

Ich wusste nicht mehr weiter und verpasste ihr eine Ohrfeige, die lauter krachte, als ich es beabsichtigt hatte. Sofort stieß mich Rofu weg. Novelle spuckte noch Rühreireste an Deck und wischte mit ihrem Arm über ihr Gesicht. Dann blieb sie mit angewinkelten Beinen auf dem Boden sitzen und schaute zu uns hoch. Wie ein in die Ecke gedrängtes Tier, das sich ergeben hatte, sah sie uns aus ihrem jetzt noch bleicherem Gesicht an.

»Da sind Schlangen in meinem Kopf. Ich kann sie spüren, wenn sie in meine Gedanken kriechen. Ich kann aber kaum hören, was sie mir sagen. Sie zischen ganz leise in fremden Sprachen, und dann, wenn ich horche und versuche sie zu verstehen, zerreißt es meine Stirn. Mit was zu trinken werden sie irgendwann still. Dann geht der Kopfschmerz und alles wird leichter, weil die Anstrengung verfliegt und ich endlich müde sein darf.«

»Du hast Stimmen im Kopf?« Rofu hielt ihre Hand.

Novelle nickte und rülpste etwas Galle, worauf sie ganz schnell ihren Mund zusammenkniff. Jetzt erklärte sich für mich ihr ständiges Gemurmel und leises Gebrabbel.

»Aber warum hast du denn die Scheißtabletten genommen?«, mischte sich Mimi ein.

»Wegen Kelly.« Novelle rappelte sich selbst hoch, bis sie auf beiden Beinen stand, die ihr aber dann wieder leicht wegknickten. Rofu setzte sie auf die Tischkante.

»Wie ist das mit deinen Stimmen?«, fragte er sie und schon wieder teilte sich der Raum. Der, in dem Mimi und ich und auch alles andere waren, und der, in dem nur Rofu und Novelle zu sein schienen. So wie auf der Robbenbank, als sie das erste Mal von sich erzählt hatte und er ihre Hände hielt.

Novelle wischte eine klebende Strähne von ihrer Stirn und versuchte, es zu erklären:

»Zuerst spüre ich sie, dann sehe ich im Augenwinkel einen Schatten. Nur ganz kurz. So als ob etwas vorbeihuscht, das gar nicht da ist. Ich schaue noch mal, um der Erscheinung eine Gewissheit zu geben, aber ich sehe nichts. Kaum blicke ich noch mal hoch, sind diese Stimmen da, die ich kaum verstehe. Ich martere mich die ganze Zeit, weil ich einfach nicht weiß, was sie mir sagen wollen. Aber da sind auch die Stimmen, die ich schon lange kenne und mittlerweile ganz deutlich verstehe. Einige von ihnen sind sogar Freundinnen. Vor denen brauche ich keine Angst zu haben. Wenn sie da sind, denken und fühlen wir gleichzeitig das Gleiche. Wie Zwillinge oder so.«

Sie machte eine Pause und der verborgene Raum von eben war nun wieder offen. Dass auch ihre tote Mutter mit ihr sprach, hatte sie nicht erwähnt. Ich erfuhr davon zufällig und sehr viel später. Jetzt dachte ich an ihren Vater. Für all das, was Novelle nun auskotzte, für die schlimmen Folgen seines Tuns, dafür, dass er ein Ungeheuer war, lechzte ich nach Mord. Mir war, hier vor diesem verzweifelten Wesen, nach blutiger Übertötung.

»Du trinkst wegen der Geister, nicht wahr? Um sie zu vertreiben, und manchmal auch, um sie zu rufen? Richtig?« Rofu sprach leise und schloss wieder die Tür zu dem magischen Raum, den nur die zwei bewohnten.

Novelle nickte und erzählte weiter. Sie erzählte es nur Rofu, auch wenn wir direkt dabeistanden.

»Ich kenne einige meiner Stimmen. Das ist beruhigend. Immer wenn das Zischen der Schlangen in meinem Kopf anfängt, lausche ich nach den bekannten Stimmen. Dann ist es beinahe, als wäre ich es selbst, die mit mir spricht. Aber weil ich das ja gar nicht sein kann, habe ich ihnen Namen gegeben, Kelly heißt eine von ihnen. Kelly hatte auf einmal eine so große Angst. Das war neu, und das hat mich erschreckt. Dabei ist es Kelly, die stark ist und mich am meisten beschützt. Ihr seid so nett zu mir, und deshalb fürchtete sich Kelly, dass sie in mir nutzlos werden könnte. Dann würde sie verschwinden. Und dann, dann ist keiner mehr da, der achtgibt? Keiner, der wirklich auf mich aufpasst? Was ist dann? Sie hat mich das gefragt: Was wird, wenn ihr fortgeht und sie vielleicht nie wiederkommt und nicht mehr nach mir schauen kann und sagen, was richtig ist. Sie fürchtete sich, dass ihr sie ersetzt und ich sie nicht mehr brauche … und dass ich dann vielleicht ganz schutzlos bin. Ich kann ohne Kelly nicht leben und sie nicht ohne mich. Sie passt auf mich auf. Deshalb hab ich die Tabletten genommen. Wegen Kelly.«

»Kelly ???«, wiederholte ich fragend. »Wen gibt es denn noch? Was sagen die anderen Stimmen?«

»Da sind mehrere, die mit mir sprechen.« Novelle war erschöpft und drohte einzuschlafen. Wir zogen sie hoch, Mimi reichte ihr eine Flasche Wasser, die sie zögerlich nahm und davon trank. Als sie absetzte, streckte Mimi ihren Zeigefinger nach oben und gebot ihr, weiterzutrinken, bis sie den Finger wieder sinken ließ. Novelle gehorchte und schluckte fast den ganzen Inhalt.

»Und welche?«, bohrte ich nach, um mehr über ihre Stimmen zu erfahren. Normalerweise mag ich ja Menschen mit Persönlichkeit. Aber gleich mehrere davon überforderten mich doch ein wenig.

»Die, die nie Nein sagt, damit mich die Leute mögen. Sie heißt Nelli. Oder die, die weiß, dass mir, wenn ich lieb oder unsichtbar bin, nichts passiert. Das ist Elli. Aber die irrt auch manches Mal. Auf Kelly ist Verlass. Kelly weiß immer, was zu tun ist.«

Wir schafften Novelle rein und brachten sie ins Bett. Rofu kochte einen Tee. Sie hatte sich ausgekotzt. Das war sicher, und von den Novalgin-Tabletten waren ganz bestimmt keine mehr in ihr drin. Ich hatte in ihrem Erbrochenen Reste gesehen, die sich noch nicht ganz aufgelöst hatten. Aber dieses fiebersenkende Medikament macht schläfrig und packt dich in Watte, und Novelle war schlaff und schlapp wie ein labberiges Cornflake. Bevor wir aus ihrer Kajüte rausgingen, streichelte Rofu noch mal zärtlich ihre Stirn, auf der immer noch leichter Schweiß lag. Novelle lächelte, fiepte ein wenig und stopfte sich die Decke unter das Kinn. Sie schien glücklich zu sein. Müde, elend, aber glücklich. Vielleicht brauchte sie jetzt ihre Kelly nicht mehr? Ich wünschte es mir. Am Ende geht's darum, dass einfach jeder nur geliebt werden will.

Es fiel mir schwer, mit anzusehen, wie Novelle versuchte zu entfliehen. Wie sie soff, um sich zu spüren und um gleichzeitig nichts mehr spüren zu müssen. Wie sie ruderte und doch erbittert ihrer Vergangenheit entgegentrieb. Es war unerträglich für mich, dabei zuzusehen, wie sie ihr Selbst auf diese Ellis, Nellis oder Kellys aufteilte und sie ihren Kampf mit ihren sprechenden Schlangen im Kopf immer wieder aufs Neue verlor. Ich hatte es über, zu sehen, wie danach jedes Mal etwas von ihr abbrach und sie immer kleinteiliger werden würde, bis eines Tages nichts mehr von ihr da sein würde. Wie sie Stück um Stück zerfiel und sich selbst zerstörte. Keinen Moment länger hätte ich es aushalten können. Denn es geht nicht um den eigenen Schmerz. Es geht um den derer, die du liebst. Dabei war es noch nicht einmal klar, ob ich Novelle liebte. Doch schien es wohl so zu sein.

Auch wenn ich, genau wie Mimi, zum Mörder werden müsste, dann war mir das dreimal recht. Von mir aus würde ich den, der ihr all das angetan hatte, umbringen, von dieser Welt fegen. Ich würde kein schlechtes Gewissen haben. Nicht bei der Sache. Und falls doch eine in mir versteckte Moral Rechenschaft fordern sollte, würde ich die Hölle, in der man nach einer solchen Tat schmort, schon aushalten können, nur um Novelle aus ihrer zu befreien. Alles andere wäre gewissenlos. Unterlassene Hilfeleistung.

Nachdem wir am Tisch das Erbrochene von Novelle aufgewischt und auch das Achterdeck wieder hergerichtet hatten, machten wir das Boot los und fuhren mit gedrosseltem Motor weiter landeinwärts. Die Bedenken, ob wir über ein GPS auffindbar sein würden, hatten sich verflüchtigt, und vielleicht hatte Rofu recht, dass man uns schon längst entdeckt hätte, wenn im Schiff ein Tracker eingebaut gewesen wäre. Bevor wir aber losfuhren, sprang Rofu noch mal vom Boot, verschwand im Gebüsch des Ufers und kam mit einem kleinen gerupften Tannenbäumchen zurück.

»Ist für Novelle«, sagte er lächelnd. »Wir machen für sie Weihnachten.«

Seine Geste war zum Zerschmelzen. Mimi schlang ihre Arme um seinen Hals und gab ihm einen Kuss, über den er eher erschrak, als sich freute. Während ich unseren Kahn steuerte, hatten Mimi und Rofu Bastelstunde in der Küche. Sie schnitten kleine Sterne aus der blauen Plastiktischdecke und befestigten sie mit Gummis an dem mickrigen Bäumchen. Da es nichts gab, was wir ihr hätten schenken können, kritzelte Rofu mit einem Filzschreiber auf ein kleines Küchenholzbrett »FRIENDS FOREVER«. Dann musste jeder unterschreiben und das Brettchen wurde in den Rest der zerschnitten Tischdecke eingepackt. Der Baum selbst fand seinen neuen Platz in einem Kochtopf, den wir unter der Spüle versteckten. Sogar Teelichter tauchten aus den Tiefen einer Schublade auf.

Leise schauten wir immer mal wieder nach Novelle. Sie lag wie ein Embryo zusammengerollt in ihrem Bett und schnarchte.

Am Nachmittag passierten wir den nächsten kleineren Ort und ich legte nicht weit abseits an einer flachen Stelle an.

Mimi zog sich ihre Schuhe aus und sprang ins seichte Wasser, um im Ort etwas für das Weihnachtsessen einzukaufen. Die Fahrräder, die sonst hinten an dem Schiff befestigt waren, hatten wir am Vortag im Schilf vergessen. Sie ärgerte sich darüber, und es blieb ihr nichts anderes übrig, als zu Fuß zu gehen. Es dauerte nicht lange und sie kam mit zwei eingepackten Hähnchen, Pulver-Kartoffelklößen und einem Beutel Rosenkohl zurück. Dazu legte sie noch anderes Zeugs und eine Tüte mit geraspelten Mandeln auf den Tisch. »Die sind für über den Rosenkohl.«

15. ALLAHS TRÄNE

Der Aufenthalt hatte ungefähr eine Stunde gedauert. Ich ließ den Motor wieder an und steuerte noch für eine weitere Stunde über den Fluss, der mittlerweile auf die Breite eines großen Binnensees herangewachsen war. Ich hielt Ausschau nach kleineren Flüssen, die in den See mündeten, fand einen und bog ein.

Der Fluss war schmal und ich hatte Angst, mich im Morast festzufahren, aber alles ging gut und plötzlich gab die dichte grüne Uferbewucherung, die sich an manchen Stellen wie ein Dach über uns wölbte, nach und vor uns breitete sich ein anderer See aus. Viel kleiner als das große Gewässer, von dem wir kamen. Er hatte vielleicht einen Radius von zwei- oder dreihundert Metern. Beinahe kreisrund glänzte er wie ein riesiges, in den Wald geworfenes Geldstück in der Abendsonne. Umsäumt von Tannen und Pinienbäumen, die sich auf der Oberfläche spiegelten, schimmerte der See still und mit der ehrerbietenden Ruhe einer für auf ewig in die Landschaft gesetzten Kathedrale mit grün, gelb und blau funkelnden Fenstern. Das Wasser war so klar, dass man an den Rändern bis auf den Grund sehen konnte. Kleine Fische schwammen flink unter unserem Kiel von der einen Seite auf die andere, und in der Mitte dieses Kleinodes reflektierte der Himmel mit seinen Wolken, so dass, wenn man die Augen zusammenkniff, kein Oben und kein Unten mehr auszumachen war.

Rofu kam zu mir und legte seine Hand auf meine Schulter. Er schaute eine Weile und seufzte schließlich:

»Eine Träne von Allah ist in den Wald gefallen.«

Das konnte ich unkommentiert stehen lassen. Ich machte an einem verlassenen Steg fest. Daneben war ein alter Sprungturm, auf dem einmal ein Dreimeterbrett montiert gewesen sein musste. Aber es fehlte, und man sah nur die Vorrichtung auf dem brüchigen Stahlbetonträger, der sein freigelegtes Skelett aus rostigem Moniereisen wie bei einer Körperwelten-Ausstellung zeigte. Am Ufer entdeckten wir unter Pinienbäumen eine kleine Ansiedlung von Holzhäusern. Wie kleine Dreiecke standen sie mit ihren spitzen Dächern verstreut am Waldrand. Manche waren zerfallen oder durch Vandalismus beschädigt. Jedenfalls schienen sie verlassen und vergessen. So wie der ganze Fleck, der so unglaublich schön war und hier in der Stille wie ein Schneewittchen zu schlafen schien.

Wir sprangen von Bord auf den Steg, auch Novelle war inzwischen aufgewacht und trottete hinterher. Ich konnte nicht anders und zog mir Shirt, Hose, Shorts und Schuhe aus und watete ins Wasser. Mann, war das gut! So frisch und so kühl. Ich schwamm bis in die Mitte des Sees und machte für die anderen Wasserballett. Ich tauchte unter, streckte meine Beine nach oben und imitierte mit meinen Armen einen Schwan oder machte sonstige ausladende und theatralische Rückenschwimmbewegungen. Die anderen sahen mir dabei zu und lachten lauthals. Rofu gackerte abgehackt wie ein Esel auf Ecstasy.

»Das nennst du schwimmen?«, gluckste Mimi und Novelle, die auch grinste, rief zu mir rüber: »Du schwimmst wie ein Stein und tauchen kannst du wie ein Korken.«

»YESS«, prustete Rofu. »Little naked white ass diver. Never seen such a white and shiny ass.«

»Ja haha ... Alle meine Entchen und Dantes Schwänzchen in die Höh.«

Novelle zeigte mit Daumen und Zeigefinger eine peinliche Fünf-Zentimeter-Lücke in die Luft und klopfte vergnügt mit der flachen Hand auf Mimis Rücken.

»Haha«, brachte ich etwas höhnisch als klägliche Antwort heraus, als ich wieder zurück war und mir meine Sachen am Steg zusammensuchte. Ich war wegen der fünf Zentimeter ein bisschen beleidigt. Aber vermutlich hatte sie bei dem kalten Wasser recht und ich freute mich, dass sie lachte. Ich zog mich wieder an und dann inspizierten wir einige der dreieckigen Hütten. Sie waren allesamt verfallen. Zerschlagene Fenster, Müll, abmontierte oder herausgerissene Leitungen und modriger Gestank. Hier wurden schon seit Jahren keine Ferien mehr gemacht, und es schien, dass dieser verlorene Ort trotz der vielen Touristen, die auf den Seen und Flüssen herumschipperten oder die auf ihren Fahrrädern durch das riesige Gebiet des Nationalparks strampelten, seit Jahren unentdeckt und so in Vergessenheit geraten war.

Ich stellte mir das Hüttendorf und den See wie das Pfadfinderlager von Tick, Trick und Track in Entenhausen vor. Fähnlein Fieselschweif. Hier hätte ich als Fünfzehnjähriger zu gerne Urlaub gemacht und vielleicht zum ersten Mal ein Mädchen geküsst. Vielleicht aber war die kleine Siedlung am See früher gar kein Feriendorf, sondern ein Nudistencamp gewesen, schön abgeschottet im Wald. Oder es war ein Ashram mit einem Guru und wilden Sexorgien oder wenigstens mit Ausdruckstanz.

Wir liefen noch eine Zeit lang herum. Rofu warf mit Novelle flache Hüpfesteinchen um die Wette ins Wasser. Ihr Zusammenbruch vom frühen Morgen schien wie fortgewischt. Sie war noch etwas wackelig, aber für Kommentare zu kleinen Penissen im kalten Wasser und für titschende Steine reichte es offensichtlich schon wieder.

Mimi hakte sich, während wir das Ufer umrundeten, bei mir ein. Wir schlenderten wie ein altes Ehepaar, das sehr vertraut miteinander war. Das war beinahe genau so schön wie dieser Ort.

»Ich weiß auch nicht, was sein wird, wenn wir in diesem Altötting sind.« Sie hatte mir meine Bedenken also angesehen.

»Aber, wenn wir einfach so weitermachen und nichts für sie tun, dann ist das eine größere Schuld, als ich sie damals in London auf mich genommen habe. Weißt du, Dante, zwischen Recht und Unrecht liegt eine lose Naht. Sie ist dünn und durchscheinend wie Papier, das jederzeit reißen kann. Sie heißt Gerechtigkeit.«

Ich nickte, und während wir schweigend weiter den Weg entlangschlenderten, fühlte ich ihre Haut und den leichten Druck ihres Arms auf meinem.

»Aber kann Recht durch Unrecht erzwungen werden?«, wandte ich ein. »Und wenn ja, was ist das Recht dann überhaupt wert? Oder steht die Moral über dem Recht? Kann sie das überhaupt, wenn jeder seine ganz eigene Vorstellung davon hat? Ich meine, früher haben sie Hexen verbrannt und noch heute gibt es so etwas wie Ehrenmorde von denen, die das Recht mit einem reinen Gewissen auf ihrer Seite glauben. Die Moral hat tausend Augen und jedes sieht für sich etwas anderes, aber für Justitia gibt es keinen Unterschied, weil sie ja blind ist. Wo kämen wir denn hin, wenn es keine allgemeinen Maßstäbe mehr gäbe?«

Mimi zögerte, dann antwortete sie:

»Weißt du, wenn alle sagten ‚Wo kämen wir hin!', und niemand würde mal gehen und nachschauen, wohin man denn kommt, wenn man ginge, dann stünde die Welt sehr still. Ich habe das getan, wovor du dich fürchtest, und es ist okay für mich. Vielleicht würde ich es heute nicht mehr tun, aber das liegt daran, welche Bahnen mein Leben danach genommen hat. Ich wäre gerne wieder in England und ich wäre auch gerne wieder die, die ich einmal war. Aber nun sind wir hier. An diesem unerwarteten See. Verstehst du? Wir haben uns entschieden, als du das Boot gestohlen hast, und wir werden niemals wissen, was alles kommt oder wohin es uns verschlägt. Aber wir wissen, wie es jetzt ist, wir wissen das, was wir vorher noch gar nicht wussten.«

Ich fand zwar, dass ein kleineres Eigentumsdelikt, wie das Entwenden einer Motorjacht, etwas anderes war, als einem den Schädel einzuschlagen. Aber in einem stimmte ich Mimi zu. Alle Zukunft ist unbestimmt, und wer nicht wirklich losgeht, wird immer nur dort ankommen, wo er schon gewesen ist. Bevor ich etwas zum Unterschied zwischen Diebstahl und Mord sagen konnte, fuhr Mimi fort und sie drückte dabei meinen Arm noch ein bisschen fester als zuvor.

»Es gibt ohnehin fast nie ein Zurück zu den Orten, die man verlassen hat, und wenn, dann ist es dort nie wieder so, wie man es in seiner Erinnerung hält. Deshalb wird auch mein England immer nur in meinen Gedanken so sein, wie ich es mir eben vorstelle. Wir sind jetzt für eine Zeit lang miteinander verbunden und wir müssen nun mal irgendeinen Weg gehen. Unserer scheint in dieses Altötting zu führen, und mit Sicherheit wird auch dort etwas geschehen.«

»Ja, aber ihren Alten um die Ecke bringen – ich weiß nicht, ob ihr das hilft.« Ich hatte doch größere Bedenken, als ich sie mir noch kurz zuvor selbst eingestanden hatte.

»Ich auch nicht«, antwortete Mimi.

Verblüfft sah ich sie an, dann sprach sie weiter: »Aber ich weiß, dass wir ihr ein Stück ihrer Kindheit wiedergeben müssen. Und das geht nur dort, wo sie herkommt. Der Vater ist mir dabei erst einmal egal. Wenn es dann so kommt und es so sein muss und es das Beste ist, glaube mir, dann habe ich nicht die geringsten Skrupel es zu tun.«

Dabei lächelte sie mich mit ihrem rot geschminktem Mund sanft an. Ich sah etwas Lippenstift auf einem ihrer Schneidezähne – oder war es ein winziger Tropfen Blut, der alles verriet oder vielleicht für immer unentdeckt bleiben würde?

»Wir sind Novelle gegenüber verpflichtet«, fuhr Mimi mit ihren Überlegungen fort. »In einem Buch habe ich einmal gelesen, dass man verantwortlich für das ist, was man zähmt. Novelle ist wie ein scheues Tier, das ab und an zubeißt, wenn es ihm zu viel wird. Es ist doch besser, dass sie sich wehrt, als dass sie sich in Verzweiflung starr stellt, bevor sie gefressen wird. Novelle kämpft sich den Weg frei. In wild rudernder Panik kommt sie beißend aus ihrer Ecke in Richtung des einzig noch möglichen Weges. Dem nach vorn. Wenn eine Meute vor dir lauert und dich abholen will, dann ist es doch besser ein oder zwei von den Ungeheuern mitzunehmen, bevor du vom Rest zerrissen wirst. Ihre Angst ist nicht hoffnungslos. Sie wehrt sich. Das ist ein gutes Zeichen. Es sagt, dass sie nicht verloren ist. Und bei uns ist sie zahmer geworden. Vermutlich gab es seit Langem keine Menschen, die ihr so nahe gekommen sind wie wir. Wenn überhaupt. Also sind wir verantwortlich, weil wir gerade dabei sind, sie zu zähmen, oder nenn es, wie du willst. Also müssen wir jetzt auch den Weg mit ihr zu Ende gehen. Was immer das heißt. Wir müssen tun, was nötig ist. Sonst wird sie eines Tages tot oder für immer weggesperrt sein. Und wir sind daran schuld.«

Sie machte eine Pause und eine sorgenvolle Ader drückte sich auf ihrer Stirn nach außen.

»Es geht gar nicht um Sühne oder um Rache. Es ist, weil wir ihr helfen müssen. Ich bin mir sicher, dass wir sie nicht mehr alleine lassen können. Erst mal.«

Ich war erleichtert. Ich wollte niemanden mit Vorsatz umbringen und vielleicht war eine Reise in ihren komischen Heimatort nach Bayern wirklich eine gute Idee. Möglicherweise würde sie ja von selbst auf die Idee kommen, ihren Vater abzumurksen. Ihn mit einer Latte erschlagen, so wie sie es beinahe mit dem Polizisten gemacht hatte. Und vielleicht würde ihr genau das helfen? Ich hätte es ihr nicht verübeln können.

»Aber wir sagen ihr nicht, dass wir nach Bayern fahren, oder?«, fragte ich Mimi.

»Nein, erst einmal nicht. Geben wir ihr etwas Zeit und vor allem nichts mehr zu trinken.«

»Da hast du recht. Du bist eine tolle Frau. Danke.«

Es war mir nicht unangenehm, ihr das zu sagen, weil es wahr war und es keinen Zweifel daran gab, dass Mimi wundervoll war. Etwas spröde, aber genau wie auch bei Rofu wohnte in ihr Mitgefühl und ganz sicher Zärtlichkeit.

16. DER WEG ZUR QUELLE

Wir feierten Novelles Weihnachten auf dem Boot. Den ersten Gedanken, ein Feuer am Strand zu machen, verwarfen wir wieder. Der Duft von geschmorten Zwiebeln mit Paprikapulver lag in der Luft und die Hähnchen mit Klößen, Rosenkohl und Soße schmeckten vorzüglich. Ich war geradezu glücklich und zufrieden darüber, dass ich mal wieder eine gute Portion Fleisch essen durfte, und während ich an einem Knochen knabberte, fragte ich mich insgeheim, ob vegane Mütter ihre Kinder stillen. Auch wenn ich glaubte, dass ich allenfalls einen bösen Blick von Mimi geerntet hätte, verkniff ich mir die Diskussion. Lieber aß ich die knusprige und fette Haut, die ich mir bis ganz zum Schluss bereitgelegt hatte. Mimi konnte wirklich richtig, richtig gut kochen.

Novelle klatschte in die Hände, als wir ihr feierlich das unterschriebene Küchenbrettchen und den Weihnachtsbaum im Kochtopf überreichten. Sie war ganz aus dem Häuschen und heulte sogar ein bisschen. Sie lachte und in kurzer Zeit sah ich zum zweiten Mal das Glück in ihren Augen, das scheu wie hinter einem Theatervorhang nach draußen hervorlugte. Sie umarmte jeden lange, intensiv, und sie drückte uns mit ihren dünnen Armen ein bisschen zu fest. Wir zündeten die Teelichter an und es lag tatsächlich eine selig machende Feierlichkeit auf diesem schönen Abend. Wir redeten nicht viel und ein wenig Schwermut stellte sich ein, als Novelle anfing, »Stille Nacht, heilige Nacht« zu singen. Sie hatte eine klare und helle Stimme, wie ein Glöckchen aus dünnem Glas, und wir lauschten wie gebannt, bis Rofu einstimmte. Ich vermutete, dass er es irgendwo auf seinen Reisen gehört und ihn die Melodie ergriffen hatte. So wie sie jeden berührt.

So sangen die beiden beinahe wie im Kanon. Sie auf Deutsch, er mit seiner tiefen Stimme im Hintergrund ein schweres »Holy Night«, das er mit seinem großen runden Mund langsam und bedächtig formte. Dazu der klare See. Das Licht der Sterne feierlich und silbern im Dunkel. Gott, war das schön, ergreifend bis zum Schmerz.

Wir saßen noch stundenlang vor den Teelichtern. Anfangs erzählte ich den andern von meiner Zeit, als ich zur See gefahren bin. Über Lissabon, die Kanaren und die wunderschöne Ägäis. Später übten wir mit einem Tau die wesentlichen Seemannsknoten. Den Kreuz- und Achtknoten, den einfachen Schotstek und natürlich den Palstek. Dazwischen saßen wir immer wieder schweigend beisammen, von den Haselnüssen knabbernd, die Mimi in einer Pfanne geröstet hatte.

Irgendwann erkundigte sich Novelle nach diesem Schleuser aus Österreich, der uns zu Mimis Pass führen sollte, und Rofu erzählte seine unglaubliche Geschichte.

Er hatte von syrischen und afghanischen Flüchtlingen gehört, die über die Türkei auf der Balkanroute ihren Weg nach Europa genommen hatten, dass dort gegen Bezahlung gute Papiere zu bekommen waren. Die Idee, einen Pass zu haben, ließ ihn nicht mehr los. Er war geradezu besessen davon, und die Vorstellung von einem sicheren Leben glich der Suche nach dem Heiligen Gral, der im Grunde ja Ähnliches versprach.

Anstatt die norditalienische Grenze zu Österreich zu überqueren, sich in Richtung Deutschland durchzuschlagen, dort einen weiteren ungewissen Asylantrag zu stellen, der ihn im schlimmsten Fall wieder zurück nach Italien in ein Lager führen würde, weil er ja da dort seinen Erstantrag gestellt hatte, wartete er. Unbezwinglich wartete er. Das konnte er, so wie alle

Flüchtlinge, denn die Hoffnung macht alles Warten erträglich. Er fragte herum, traf andere, die ihre Heimat verlassen hatten und mit denen er sich anfreundete oder die ihn versuchten auszurauben oder ihn aufgrund seiner schwarzen Hautfarbe verprügelten, bis er eines Tages eben ein solches Ausweisdokument eines Iraners in seinen Händen hielt. Er erfuhr von einem Mann in Serbien, der ihm helfen könnte.

Also reiste er über Slowenien an die kroatisch-serbische Grenze. Den größten Teil des Weges ging er zu Fuß. Dann machte er das, was vermutlich kein Flüchtling jemals getan hatte. Er überquerte die Grenze, die für alle Flüchtenden Europa markierte, in die andere Richtung. In Serbien wartete er wieder. Außerhalb der Flüchtlingsunterkünfte schlug er sein Lager in alten, vom Krieg zerschossenen Häusern oder unter Planen auf, wenn er nichts Besseres finden konnte. Vor allem dann, wenn die Polizisten anrückten und die Häuser durchkämmten, um alles, was sie an Geld und Wertsachen kriegen konnten, zu behalten, und um dann die aufgegriffenen Menschen in eines der Lager zu stecken. Er wartete über den Winter und fast verlor er seine Hoffnung. Er verfluchte seine Naivität, zu glauben, jederzeit, auch dann, wenn er diesen Schleuser niemals finden würde, wieder zurück nach Europa gelangen zu können. Er dachte, dass der Landweg über den Balkan einfach sei, so wie der zwischen Italien und Deutschland. Fast ein Spaziergang und nicht wie die Fahrt auf dem Boot über das Meer. Doch er irrte und er sah, wie die Kroaten täglich Hunderte zerbrochene Seelen zurückschickten. Viele grün und blau verprügelt, andere abgemagert. Er sah so viele Pakistaner, Marokkaner, Algerier, Afghanen, Albaner und Syrer, alle mit leeren, dunklen Augen.

Manche von ihnen wurden mehrfach aufgegriffen und wieder zurückverfrachtet. Sie sprangen von Brücken auf Lkws oder hängten sich unter Züge. Er hörte von denen, die es mit ihrem letzten Versuch nicht schafften oder in eine Messerstecherei gerieten und nun nur noch einen kleinen Dreckhügel am Rand eines kümmerlichen Birkenwaldes hatten. Von denen, die es geschafft hatten, hörte er nie etwas.

Wir lauschten Rofus Ausführungen. Ungläubig, erschrocken und angewidert von der Welt da draußen. Aber so ist es ja in dieser beschissenen Zeit. Man musste nur die Zeitungen aufschlagen. Man hätte glauben können, die ganze Welt sei in endlosen Strömen unterwegs. Viele auf ihrem Todesmarsch, der von Europa mit Drohnen, Stacheldraht, Schikane und Schlagstöcken überwacht und politisch verhandelt wurde. Sie werfen Waffen, reglementiertes Saatgut und ihren ganzen Müll über die Grenze und wundern sich, dass die Ratten kommen. Denn auch wenn es keiner ausspricht, es ist das, was viele von ihnen denken – Ratten. Lieber kleben sie sich Plaketten vom heiligen Christophorus auf ihre Armaturenbretter und lassen die Menschen im Mittelmeer ersaufen.

Rofu erzählte von Flüchtlingen, die nichts außer ihren fünf Schichten zum Übereinander-anziehen besaßen. Die, die in Agonie das Blut ihrer eigenen Herzen tranken, um ihren Hunger und ihre Angst zu stillen, bis sie paralysiert, kraftlos und leer auf nichts mehr warteten. Manche nahmen Tabletten. Beruhigungsmittel vom Schwarzmarkt, um den schleichenden Tod nicht mehr spüren zu müssen. Wirklich sterben musste fast keiner, denn die Organisationen verteilten Hilfsgüter, gerade knapp genug. Oder Ärzte kümmerten sich. Aber man konnte dennoch den Tod und seine Geschichten auf den vielen ausdruckslosen Gesichtern lesen.

Neben denen, die von allem zu wenig hatten, gab es die Reichen. Sie wurden von den Hungernden die Fresser genannt. Meist waren das Iraner und Syrer. Sie hatten genug zum Essen, Geld für heruntergekommene Zimmer und für die Schlepper, die mindestens einen Weg bis Zagreb versprachen. Die meisten dieser studierten Araber, die teils den ganzen oder den verbliebenen Rest ihrer Familien dabei hatten, verachteten die ungebildeten Afrikaner und sie wurden wiederum von allen anderen verachtet. Rofu hatte zwar Lesen, Schreiben und Rechnen gelernt, aber im Grunde war er der Sohn eines Bauers ohne eine Chance oder Geld für eine höhere Ausbildung. Aber Rofu war schlau und er hatte während des Lernens in der Koranschule genau aufgepasst. Oft und lange hatte er über die einzelnen Suren nachgedacht und an langen Tagen philosophische Überlegungen dazu angestellt. Seine Gedanken lernten, schnell zu sein, er wog ab, hinterfragte und entschloss sich für Antworten, die am besten zu seiner Welt, und wie er sie gerne haben wollte, passten, ohne die Wahrheit eines anderen Gedankens von sich wegzuschieben. Er sah die Blindheit, die aus den propagierten Dogmen der Scharia entstehen konnte. Dabei bedeutet Scharia nichts anderes als »Der Weg zur Quelle«. Das fand er gut, und er fand, dass sich alle über die Quelle einig sein konnten, aber dass es doch vielmehr um den Weg ging, der für jeden so sehr unterschiedlich sein konnte, wie das Universum mit seinen kleinsten und noch kleineren Teilen. Als sein Vater Anfang der Zweitausender Jahre eines der zahlreichen Opfer im Darfur-Konflikt wurde, wusste Rofu, dass ihn sein eigener Weg fortführen musste. Er wollte ein Leben und nicht nur ein Überleben. So zog er los, um sein Kismet zu suchen. Zuerst in Richtung Stadt nach Khartum, weil er dort seine große und gefährliche Reise antreten wollte.

So wie Tausende andere auch, die weitgehend unbemerkt von der Weltöffentlichkeit in der Sahara sterben. Oft liefern sie sich schon zu Beginn ihres langen Weges skrupellosen Schleppern aus. Dann werden sie ausgeraubt, erschossen oder einfach ausgesetzt. Selbst das Gepäck nimmt man ihnen weg, weil das manchmal wertvoller ist als ein Leben. Elend frisst Barmherzigkeit. Immer. Das geschieht alles gerade weit genug fort. In horizontweiten Gebieten aus Trockenheit, Sand, Kies und Geröll. Viele bleiben für immer ohne Identität und wie tierische Skelette im Staub der Wüste zurück. Die Sahara ist ein Massengrab. Größer als das Mittelmeer. Rofu schloss sich keinem Schlepper an. Er wählte eine Route über den Tschad und dann durch die gefährliche Libysche Wüste. Hier fand er eine Gruppe von vierzehn erschossenen Männern, die noch keine Woche tot sein konnten. Als er einem der Kerle die aufgerissenen Augen schließen wollte, entdeckte er in dem Mund des Toten hastig versteckte Hundert-Dollar-Scheine. Bei sechs anderen fand er auch Geld, das die Mörder nicht entdeckt hatten. Offensichtlich hatten sie es eilig. Insgesamt nahm er fast fünftausend Dollar an sich. Geld, das ihn durch die Wüste, übers Meer und letztendlich bis auf die serbische Seite hinter der kroatischen Grenze brachte, um diesen Schleuser, der auch mit falschen Papieren handelte, zu finden.

Der Iraner, der ihm damals seinen gefälschten Pass zeigte, hatte ihn beschrieben. Sein Name war Saša Sević. Ein ehemaliger serbischer Soldat mit bulliger Statur, der gute Verbindungen auf der kroatischen Seite hatte und der ganz offensichtlich jemanden bei Salzburg kannte, der Identitäten erschaffen konnte.

Rofu fand diesen Mann. Er war in der Gegend geachtet und gefürchtet. Niemand konnte sich ihm nähern. Es gingen

Gerüchte, dass dieser Sević im Krieg mit einem Bowie-Messer einem armen muslimischen Bosniaken in den Hals gestochen, ihn mit seinen Stiefeln auf der Brust am Boden fixiert und ihm dann mit den Sägezacken der Klinge den Kopf abgetrennt hatte. Es kursierten sogar Behauptungen, dass es davon Filmaufnahmen gebe. Andere berichteten, gehört zu haben, dass Sević zu der von Slobodan Medić angeführten berüchtigten Škorpioni gehörte, einer paramilitärischen Mördereinheit, die für mehrere grausame Massaker im Jugoslawienkrieg verantwortlich war. Genaues wusste keiner. Aber die Leute machten einen Bogen um ihn, wenn er in der Stadt war. Meistens verbrachte er seine Zeit im Restaurant eines der Hotels, das überteuerte Zimmer an diejenigen vermietete, die es sich leisten konnten. Rofu beobachtete Sević vorsichtig aus der Ferne. Welche Flüchtlinge nahm er? Er erkundigte sich nach den Kosten, und er spähte aus, mit welchem Fahrzeug die Menschen geschmuggelt wurden und wie viele Tage verstrichen, bis Sević wieder zurück war. Rofu wartete beinahe noch drei weitere Monate, bis er Saša Sević ansprach. Er trat in einem Gasthaus an den Tisch, an dem der Schleuser zu Abend aß, und legte fünfhundert Euro direkt neben den Teller. Sević sah ihn an, schob das Geld wieder zurück und sagte: »Piss off.« Dann warf er seinen Kopf nach hinten und schlang in ruckartigen Bewegungen, so wie ein hungriger Hund, der zu schnell und zu gierig an seiner Beute reißt, gut riechende, breiige, grüne Bohnen hinunter. Rofu bewegte ganz vorsichtig und sehr langsam die Scheine mit seinem Finger erneut in seine Richtung. Dann legte er weitere fünfhundert Euro, die er sich zuvor griffbereit in einer seiner Hosentaschen abgezählt hatte, dazu. Er sah, wie das dicke Gesicht des Serben rot anlief, und er fürchtete, dass Sević jeden Moment aufspringen könnte, um ihm sein gezacktes Bowie-Messer in den Hals zu stecken und diesen unter hohlen Geräuschen und mit spitz spritzendem Blut wie einen Autoreifen aufzutrennen. Doch der Mann wies ihm einen Platz zu und steckte die Scheine ein. Zwei Wochen später saß Rofu zusammen mit anderen Männern, Frauen und Kindern im Dunkel des Laderaumes eines Lieferwagens. Irgendwann, nachdem der Fahrer mehrmals stoppte und die Schiebetüre an der Seite aufgerissen wurde, um nach und nach Flüchtlinge herauszuholen, war er die letzten drei oder vier Stunden allein. Schließlich ging die Tür auch für ihn auf. Man verband ihm die Augen und bugsierte ihn in eine Wohnung im zweiten Stock eines Hauses am Rande eines Industriegebietes. Vom Hauseingang führte eine Treppe ins zweite Obergeschoss und von dort über eine weitere Außentür wieder ins Freie auf einen Laubengang zu den Wohnungs-türen. Dort wurde er eingesperrt. Vom Fenster aus sah er ein riesiges Industriegelände, auf dem Tausende Autos geparkt waren. Vereinzelt dazwischen große Hallen mit weißen Dächern und weit dahinter die Berge, die im Nebel an die Wolken stießen. Sević befahl ihm, dort zu warten. Dann verschwand er und Rofu sah ihn nicht mehr wieder.

Einige Tage später kam ein hagerer Mann. Europäer. Vielleicht ein Deutscher? Mitte fünfzig, mit einem aschgrauen und fahlen Gesicht. Er brachte etwas zu essen und machte Fotos von Rofu. Als der Mann ging, sagte er zu Rofu:

»Stay here. We'll come back.« Dann verließ er die Wohnung. Rofu hörte ein Auto und dann war er allein.

Weiter berichtete Rofu nicht. Er winkte mit seinen Händen ab. Zu sehr hatte ihn seine Erinnerung an das alles erschüttert.

17. FAHRRADDIEBE

Ich musste eingeschlafen sein. Mit dem Kopf in den Armen auf der Kante des Tisches wachte ich gegen fünf, halb sechs auf. Jemand hatte eine Fleecedecke über meine Schultern gelegt. Ich war allein auf dem Deck, der Mond leuchtete mit seiner halben Sichel gegen die violette Corona der aufgehenden Sonne hinter den noch im Dunkeln schlafenden Baumkronen des Waldes. Die ersten Vögel pfiffen mit steigendem Eifer ihren Gutenmorgengruß und ich überlegte, ob es die Kälte des anbrechenden Tages oder eben jener Gesang war, der den Schlaf aus mir gezogen hatte. Kurz dachte ich an das Weihnachtslied, das Novelle und Rofu vor einigen Stunden so schön gesungen hatten, und mir fiel dazu nichts anderes ein als das dämliche »Leise pieselt das Reh, still und starr ruht der See …«.

Ich band die Decke etwas fester um meine Schultern, stand auf und pinkelte über Bord. Als ich mit dem letzten Knopf an meiner Hose fertig war und mich wenigstens noch mal bis sieben oder acht Uhr in die Koje legen wollte, hörte ich immer noch meinen Strahl, der auf das Wasser rieselte. Verdattert schaute ich an mir herunter und dann wieder hoch und noch mal in Richtung meines Schritts. Alles war eingepackt und es fühlte sich auch nichts feucht an. Aber es plätscherte. Ich schüttelte mich wach. Da pinkelte kein Reh. Vorne an der Reling stand Rofu, der gerade in einer gleichzeitigen Bewegung unten abschüttelte und nach oben zurück in seine Hose sprang.

»Ihr seid Schweine!« Mimi böllerte mit der Faust gegen die Wand.

»Alle Männer sind Schweine.« Drinnen rauschte die Wasserspülung, jetzt war auch Novelle wach. Sie kam auf Deck und grinste. Dieses Mal hatte sie ein Shirt an. »Darum beneide ich euch Kerle. Es muss ein tolles Gefühl sein, wenn man mit so einem komischen, angewachsenen Gartenschlauch in der Gegend herumspritzen kann. Zu gerne würde ich auf einer Autobahntoilette auch einmal auf den Ball in einem Fußballtor aus grünem Plastik zielen. Ich hab das mal gesehen, wie man den Ball so schön tanzen lassen kann.«

»Dafür, dass du so schlechte Erfahrungen gemacht hast, bist du ganz schön schwanzfixiert«, rutschte es mir raus und am liebsten hätte ich den Satz sofort wieder heruntergeschluckt. Die fünf Zentimeter, die sie mir am Tag zuvor gegeben hatte, als ich aus dem kalten Wasser kam, nagten wohl noch etwas an mir. Zu spät, Rofu schaute extrem besorgt. Aber nichts passierte und sie machte weiter:

»Is ja auch interessant son Ding. Kneift das nicht in zu engen Unterhosen? Pimmel sind toll, wenn der Rest, der an ihnen hängt, richtig ficken könnte! Und überhaupt eure Eier! Die sind so lustig. Wenn man die anfasst, fühlt sich das an, wie wenn man Mozzarella in der Tüte rumschiebt.«

Novelle war wirklich ein Überraschungsei. Dass sie sich auf ihren nächtlichen Ausflügen im Kurort nicht nur mit Alkohol, sondern auch mit Männern betäubt haben musste, ahnte ich. Womit aber ihr ganzes Verhalten zusammenhing, war mir nach wie vor ein Rätsel und es wurde mit jedem Tag, an dem ich sie besser kennenlernte, größer. Waren es tatsächlich diese unterschiedlichen Schlangen in ihr, die mit ihr sprachen? Diese Ellis und Nellis, die sich fein säuberlich ihren Gemütszustand untereinander aufteilten? Aber anstatt ein großes Drama zu machen, echauffierte sie sich nun über Hodensäcke und schlechte Liebhaber.

»Kommt, lasst uns ins nächste Dorf gehen und wir trinken

einen in so einer Bauernschänke. Da, wo so Jungs sind, die mit ihren Treckern angeben.«

Es war noch nicht mal sechs Uhr früh und Novelle war in Höchstform. Nur welche Novelle es war, vermochte ich beim besten Willen nicht zu sagen.

»Wir gehen ganz sicher nicht in ein Dorf und trinken Bier. Schon gar nicht, wenn noch kein Laden auf hat. Hast du schon mal auf die Uhr geguckt?«, warf ich sehr bestimmt ein und zeigte ihr einen Vogel. Ich wollte ins Bett.

»Oh«, sagte sie, zog ihre Brauen hoch und schlug dann vor, auf den Sprungturm zu klettern, um sich den Morgen anzusehen. Dann gab sie mir einen Kuss und schon war sie weg und kletterte wenig später die Stufen des alten Dreimeterturms nach oben.

»Idiot!«, raunte mich Rofu an, als wir ihr wie bedeppert nachschauten. »Aber es ist gut, dass du normal mit ihr bist.«

»Was meinst du?«, fragte ich ihn, weil ich nicht verstand, was er mit »normal« sagen wollte.

War es, weil Novelle nicht normal war? Und überhaupt, was ist die Norm? Wer legt sie fest? Und was taugt sie? Meine Tante zum Beispiel, die war total normal und sehr lieb, aber den Postboten, den hat sie einmal gebissen. Ab da galt sie bei allen als ein bisschen bekloppt. Aber wer sagt einem, was behämmert und was neunmalklug, rechtens oder vor allem die Norm ist. Klar, manches muss einfach allgemein festgelegt werden, das weiß ich. Es ist ja wichtig, dass es geregelt ist, dass du einen Fünfer zurückbekommst, wenn du für einen Fünfer etwas einkaufst und mit einem Zehner bezahlt hast. Man stelle sich die Grundsatzdiskussionen vor, die sonst täglich in den Geschäften stattfinden würden. Aber diese soziokulturellen

Wertvorstellungen von dem, was und wer normal und nicht normal ist, steckt man besser nicht mit in diesen Sack. Da ist in der Geschichte schon viel schiefgegangen. Man sollte mit dem Begriff »normal« vorsichtig sein, sonst wird man vielleicht eines Tages von einer verwirrten Tante gebissen. Insofern war Novelle vielleicht doch normal, nur das, was man mit ihr gemacht hat, war es definitiv nicht.

Ich ging jedenfalls noch mal ins Bett. In der Nacht war es mir doch recht kalt geworden und unter der Decke versuchte ich, den einen Fuß mit dem anderen warm zu scheuern. Etwas später, als mich die anderen wieder aufgeweckt hatten, verließen wir den See und auch das Boot. Mimi war nicht davon abzubringen, sie wollte nicht das Risiko eingehen, wegen eines möglichen GPS-Gerätes gefunden zu werden. Novelle hatte noch kurz überlegt, den Kahn zu versenken. »Wegen der Fingerabdrücke und der DNA und so.« Aber Mimi war strikt dagegen und wir ließen die gute Luna, die ja eigentlich Stella hieß, am Steg angebunden einfach zurück.

Zu Fuß brachen wir auf. Ich zog einen von Mimis Rollkoffern, während ich die Sporttasche mit meinen Sachen an den Haltegriffen wie einen Rucksack über die Schultern geworfen hatte. Rofu hatten wir ein Tuch von Mimi um den Kopf gebunden, damit man ihn nicht an seinem fehlendenden Ohr erkennen konnte. Er sah ein bisschen wie ein Mitglied einer gefährlichen Gang aus Detroit oder aus einer anderen schlimmen Gegend aus. Später wollten wir Mimis Doris-Day-Perücke schwarz färben und sie dann Rofu vermachen. Ich glaube, dass ihm das bunte Tuch bis dahin wesentlich lieber war. Novelle trug kurze Jeansshorts und ein ärmelloses, schwarzes T-Shirt, so dass man ihre Tattoos überall gut sehen konnte.

»Guck mal. Lara Croft und Tupac.« Ich stupste Mimi an, während die beiden vor uns her durch den Wald gingen.

»Wer ist Tupac?«, fragte Mimi. »Aber es stimmt. Die zwei sind ein schönes Paar.«

Ich überlegte, ob Mimi recht hatte, antwortete ihr aber nur knapp: »Tupac ist ein Rapper.«

Die Wanderung war schön. Schon lange war ich nicht mehr zu Fuß unterwegs. Die Sonne leuchtete durch die Wipfel des Mischwaldes, der wie ein impressionistisches Bild vor uns mit seinen Blättern dahingetupft schien. Im ersten Dorf kauften wir Brot und Salami, die wir etwas später an einer mit Farn bewachsenen Lichtung auf dicken Steinen sitzend verdrückten. Rofu schnitt die Wurst über seinen Daumen und reichte jedem ein Stück mit dem Messer. Novelle riss Brot ab und Mimi rauchte. Es schien mir, als ob unsere ganze Reise ein einziges Picknick an magischen Orten war.

In einem kleinen Eimer, den wir unterwegs gefunden und als brauchbar erachtet hatten, lag Mimis Perücke eingetaucht in schwarzes Haarfärbemittel, das wir auch zuvor im Dorf gekauft hatten.

»Sag mal Rofu, wieso hast du dich bei der Schmottke als Flüchtling ausgegeben und dich nicht mit deinem Pass vorgestellt?«, fragte Mimi, als sie auch etwas von der Salami nahm.

»Nur Flüchtlinge bekommen Arbeit für wenig Geld. Für normales Geld bekommt man als Schwarzer keine Arbeit«, antwortete Rofu mit vollem Mund kauend. »Und der Personalausweis ist nicht echt. Ich bin da vorsichtig und werde den nur nehmen, wenn die Situation da ist, ... wenn ich einen guten Platz gefunden habe, an dem ich ein neues Zuhause haben werde und anfange, Dinge zu besitzen. Dann muss man Pass haben. Wegen der Officer in Amtsstuben.«

»Wo hast du denn das Wort ‚Amtsstube' her?«, wunderte ich mich.

»Sagt man so in Austria.« Rofu nickte besserwisserisch und zwinkerte dabei.

Wir verglichen unseren Lohn und es stellte sich heraus, das Rofu tatsächlich am wenigsten bekommen hatte. Ich hatte das meiste.

»Der Teufel scheißt immer auf den größten Haufen«, sagte Mimi. Ich wusste nicht so genau, was sie meinte, aber ich hatte keine Lust auf Benachteiligungsdebatten mit Frauen und Schwarzen.

Nach unserer Mittagspause bepackten wir uns wieder mit unseren Taschen und wanderten weiter. Der herrliche Mischwald nahm mit seinem Licht und seiner Frische unseren Schritten die Schwere. Bald öffnete sich ein weites Sumpfgebiet und es roch nach Moos. Aus dem grünen Wasser ragten Gräser und abgestorbene Bäume heraus, an denen der Nebel wie aufgespießt festhing. Das sah geheimnisvoll und bedrohlich aus. Wir entdeckten riesige Libellen, die im Zickzack scheinbar orientierungslos umherflogen. Manches Mal landete auf einem der im Wasser liegenden Äste ein Reiher und hielt Ausschau, und Mimi bemerkte sogar eine kleine Blindschleiche, die sich am Rand des Weges entlangschlängelte. Es roch gleichzeitig nach modriger Vergänglichkeit und nach frischem Gras. Die unberührte, leicht morbide Landschaft verströmte den Hauch eines Everglades-Feelings. Ich holte tief Luft und fühlte ein plötzliches Heimweh nach mir selbst und auch eine Wut. Der Mensch hat ein widersprüchliches Verhältnis zu seiner Umwelt. Er vergiftet die Natur, macht sie krank und sucht sie heim, um sich dort zu heilen.

Wenig später kamen wir auf sandigen Böden durch duftende Kieferwälder. Ab und an begegneten uns andere Wanderer oder kleine Gruppen, die auf Fahrrädern ihre Ausflugstouren durch den riesigen Nationalpark machten. Manche schauten uns merkwürdig hinterher, was wohl an den Rollkoffern von Mimi lag. Oder am Anblick von Rofu und Novelle. An einem Wegweiser bogen wir rechts ab, gingen vorbei an Feldern, bis wir aus der Ferne die Häuser eines Dorfes erkennen konnten. Nach einigen Kilometern, bevor die Pfade breiter wurden und schließlich wieder für den Autoverkehr befestigt waren, lag an einer Gabelung ein kleines Ausflugslokal, an dem Wanderer und Fahrradtouristen auf einer Terrasse unter Sonnenschirmen ihre Pausen machten. Wir studierten die Wanderkarte, die in einem auf zwei Pfosten befestigten Glaskasten hing. Unterwegs hatten wir entschieden, in der nächsten Kreisstadt einen Zug zu nehmen. Ich erinnere mich nicht mehr, wie sie hieß, sie war nicht auf der Karte eingezeichnet. Doch ganz unten am Kartenrand stand der Name neben einem roten Pfeil und der Angabe »50 Kilometer«.

Wir beschlossen, uns bei Limonade und vielleicht, wenn es nicht zu teuer werden würde, bei einer Waffel mit Eiskugel etwas auszuruhen und zu überlegen, wo wir einen guten Ort für eine Übernachtung ausfindig machen könnten.

Wenn überhaupt hätten wir vielleicht irgendwo in dieser Urlaubsgegend ein Fremdenzimmer bekommen. Aber gleich zwei? Es war Saison, und den vielen Leuten nach zu urteilen, war bestimmt alles gut ausgebucht. Außerdem waren die Betten in der Sommerzeit ziemlich teuer. Hinzu kam die Herausforderung, den Vermietern eine nicht ganz so abwegige Geschichte zu erzählen, weshalb wir mit Rollkoffern zu Fuß an ihre Tür klopften? Und dann nur für eine Nacht, anstatt für mindestens eine Woche nach zwei Zimmern fragten. Mir schwebte etwas mit Autopanne vor. So in der Art: »Verzeihung, unser Auto ist da und da stehen geblieben. Aber es ist schon in der Werkstatt und morgen könnten wir es abholen.« Das schien mir glaubhaft. Dennoch: Fremdenzimmer hatten bis auf die Aussicht eines Bettes und einer Dusche nur Nachteile. Deshalb schlug Rofu vor, eine alte Kirche oder eine Kapelle zu suchen. Auf seinen Routen durch Norditalien und Slowenien hatte er oft welche gefunden und dort die Nacht verbracht. Da waren die Bänke zwar auch nicht gepolstert. Aber es würde wenigstens nichts kosten.

Nachdem wir die Nationalparkkarte vorn am Eingang nochmals studiert hatten und tatsächlich drei eingezeichnete, schwarze Kirchenkreuze entdeckt hatten, waren wir zufrieden. Wir wollten an einem Jägerzaun entlang zum Eingang der Ausflugsterrasse gehen und uns dort niederlassen. Eine warme Waffel mit Eiscreme für jeden und nicht nur eine zum Teilen war abgemacht.

Aber ein sich streitendes Ehepaar auf einem Tandem versperrte den kompletten Weg. Er stand vorne, sie hinten, das Rad zwischen ihren Beinen in der Grätsche. Sie zeterte irgendwas in seinen Rücken und er bellte etwas im Kommandoton über seine Schulter zu ihr zurück. Jedenfalls kamen wir mit unseren Taschen nirgends vorbei, und beide machten keine Anstalten uns zu bemerken, während sie sich angifteten.

Novelle war es, die reagierte. Sie tippte der Frau, die in ihrem Redefluss stecken geblieben schein, so lange und immer heftiger mit ihrem Finger in den Rücken, bis diese erbost zu ihr herumfuhr. Die Frau erschrak, als sie hinter sich ein bleiches, dürres, tätowiertes Mädchen mit wilden Strubbelhaaren und daneben einen großen schwarzen Mann stehen sah. Hinzu kam, dass Novelle ja auch noch ein bisschen von dem ramponierten Auge übrig hatte. Das aus ihrer vorletzten Nacht im Seebad bei der Schmottke. Novelle sagte nichts, aber ich sah es ihr an, dass es nur eine Frage von Sekunden sein musste, bis sie die Frau wie Chucky, die Mörderpuppe, anspringen würde.

Ich trat dazwischen und nahm Novelle ein Stück beiseite. Dann sagte ich zu der Frau:

»Verzeihung, dürften wir durch?« Dabei lächelte ich das freundlichste, heuchlerischste Lächeln, das ich hatte.

»Unverschämtheit!«, bölkte mich der Mann an. Beide standen immer noch mit dem Tandem zwischen ihren Beinen im Eingang, aber dann machten sie einen umständlichen Versuch, das Rad zu Fuß etwas nach vorne zu bewegen. Er trabte los und sie blieb stehen, was ihr noch ein scharfes »Kommst du jetzt!« einbrachte. Schließlich stiegen sie ab, er lehnte das Rad vorne an den Jägerzaun und gab uns endlich den Weg frei.

Endlich suchten wir uns einen Platz und orderten bei einer jungen Kellnerin drei Fantas und die warmen Waffeln mit Vanilleeis. Novelle hatte uns ein Bier abgerungen. Sie trank es in zwei Zügen aus und wischte sich mit dem Arm den Schaum aus dem Gesicht. Den des Bieres und den ihres Beinaheausrastens.

Die Terrasse war gut gefüllt und wir vier fielen ob unseres Aussehens zwar ein bisschen auf, aber keiner kümmerte sich weiter. Neben Familien mit hippeligen Kindern, die rumrannten und spielten oder mit verschmierten Gesichtern Eiskugeln aßen, rasteten dort viele ältere Menschen, die ihren Lebensabend bei Kartoffelsalat und einem Glas Weinschorle genossen. Manche saßen fröhlich beieinander und lachten, und eine zufriedene Zärtlichkeit, die wohl nur in der Gelassenheit des Alters geboren werden kann, lag in ihren Gesten und Blicken.

Ich fragte mich, ob einem im Leben all die lieb gewonnenen Dinge Stück um Stück erst wieder entrissen werden müssen, damit man lernt, die Ohnmacht des Verlustes und die Stacheln des Daseins zu ertragen und gelassen zu werden. Vielleicht ist das der Sinn des Lebens: das Zulassen des Loslassens. Ich beneidete die alten Menschen, die dort drüben gut miteinander waren, und ich hoffte, dass irgendwann, wenn meine Tage fast vorübergegangen sein würden, auch für mich wer da ist, damit ich das Loslassen schaffen kann. Jemand, der bei mir sein wird und mir die Angst vorm freien Fall nehmen wird.

»Ice cream! Yeah. Das ist das Beste!«, begeisterte sich Rofu und riss mich aus meinen Gedanken. Er aß immer noch ganz andächtig und langsam, während wir alle schon fertig waren.

»Welche Kirche wollen wir nehmen?«, erkundigte sich Mimi.

»Die, die am nächsten zur Stadt ist. Ist doch klar«, antwortete ich.

»Morgen Abend sitzen wir im Zug, und ab geht's nach Salzburg. Oder erst mal nach München. Oder Frankfurt. Also nur eine Nacht auf den harten Kirchenbänken!«

Mimi grinste. »Da kannst du dann Buße tun!«

»Vielleicht finden wir ja auch einen stinknormalen Linienbus? Ich habe keine Lust mehr, die ganze Zeit zu laufen. Eine Nacht in der verfickten Kirche ist in Ordnung«, sagte Novelle.

Ich fand, dass sie recht hatte. So schön die Wanderung durch dieses Naturschutzgebiet auch war, es war auch verdammt anstrengend mit den Taschen, die wir zu schleppen hatten.

Ich stand auf, weil ich aufs Klo wollte. Der Weg dorthin führte wieder zurück bis zum Eingang, an dem die Räder standen. Die

Urinale hatten zwar kein Fußballtor, aber immerhin eine kleine schwarze Zielfliege. Darunter lagen grüne Pisssteine, die nach Waldmeister rochen. Nachdem ich mir die Hände gewaschen und mir noch etwas Wasser ins Gesicht und auf den Nacken gespritzt hatte, ging ich wieder raus und sah das Tandem des unfreundlichen Ehepaars. Ich beschloss, die Luft aus den Reifen zu lassen, und schaute mich um. Gerade als ich mich bückte, um die Ventile rauszudrehen, tippte mich wer an.

»Was machst du da?« Ein Mädchen, vielleicht neun Jahre alt, stand hinter mir.

»Ähm, ich prüfe den Luftdruck«, log ich und fühlte mich ertappt.

»Nein, das machst du nicht.« Sie verschränkte ihre Arme über ihrem Shirt und guckte wie ein Staatsanwalt auf mich herab.

»Wieso?«, fragte ich zurück.

»Du hast ja gar kein Barometer.«

»Brauch ich auch nicht. Ich prüfe mit Fingerdruck«, entgegnete ich der kleinen Klugscheißerin.

»Ich glaub, du willst die Ventile widerrechtlich entwenden.«

Die Kleine hatte mich gestellt.

»Ich sag das jetzt der Serviererin.«

Petze war sie also auch noch.

»Hast du denn anderen noch nie einen Streich gespielt?«, fragte ich sie.

»Doch, schon. Aber ich hab mich nicht erwischen lassen.«

Miss-Mini-Marple war ein kleines Aas. Also versuchte ich es anders.

»Schau mal, mmh …, wie heißt du denn? Ich bin Ante.« Ich stand auf und reichte ihr die Hand.

»Mein Name tut hier nichts zur Sache«, sagte sie schnippisch und ging einen Schritt zurück.

Was macht man mit so einem Nerv-Gör? Da will man in Ruhe seine kleine Rache an blöden Leuten, und dann steht da so ein neunmalkluger Kinderdetektiv. Da half nur richtig schweres Geschütz.

»Sei nicht Annika, sei Pipi!«, forderte ich sie auf.

»Der hat so einen Bart«, gähnte sie mich an. Jetzt war ich ratlos.

»Okay.« Ich sah ein, dass das mit Pipi wirklich einen ganz langen Bart hatte, und machte einen letzten Versuch: »Dann muss ich dir die Wahrheit sagen. Eigentlich wollte ich nicht, dass du traurig bist …« Ich gab mich geheimnisvoll und verschwörerisch. »Es ist auch besser, wenn du in die Sache nicht mit reingezogen wirst. Schau mal. Den Leuten, denen das Tandem gehört, die haben eben den kleinen Hund da drüben in die Seite getreten, dass er ganz schlimm gejault hat. Dabei wollte der kleine Kerl die beiden nur begrüßen.«

Vor dem Eingang zur Terrasse trottete gerade ein junger Foxterrier, auf den ich mit dem Finger zeigte. Dann machte ich weiter:

»Weißt du, wie weeeehhh DAS tut?«

Ich war jetzt richtig theatralisch und dann zuckte ich mit den Achseln.

»Was soll ich jetzt machen?«, fragte ich sie. »Keiner hat's gesehen, und du weißt ja, wenn Aussage gegen Aussage steht, dann gilt *In dubio pro reo*!«

»Pro was?«, fragte mich das Mädchen und trat wieder einen Schritt näher, mich immer noch vorsichtig und gleichzeitig anklagend musternd.

»Der Grundsatz *In dubio pro reo* sagt, dass im Strafprozess ein

Angeklagter nicht verurteilt werden darf, wenn dem Gericht Zweifel an seiner Schuld verbleiben, und hier gibt es außer mir selbst keinen Beweis. Oder siehst du hier Videokameras?«

Jetzt war ich der Klugscheißer, und dann machte ich den Sack zu:

»Wenn so böse Menschen mit ihren Füßen kleine, süße Hunde in die Seite treten, dass ihnen die Luft wegbleibt und sie winseln, dann muss man doch etwas machen dürfen? Findest du nicht auch? Am besten ist, dass man etwas macht, dass diesen bösen Menschen die Füße auch weh tun, mit denen sie zuvor Gottes unschuldige Geschöpfe getreten haben.«

Ich fand Gott war eine gute Instanz, um dem Ganzen noch ein gewisses testamentarisches Recht auf Rache zu geben.

»Deshalb sollen sie nicht bequem mit dem Fahrrad weiterfahren, sondern sie sollen sich Blasen an die Füße laufen!«

Die Kleine nickte, und ich war mit meinen manipulativpädagogischen Fähigkeiten mehr als zufrieden.

Gerade als sie sich zu mir runterhocken wollte, um jetzt selbst aus dem Hinterrad die Luft herauszulassen, sah ich, dass das Tandem nicht abgesperrt war, und mir fielen meine eigenen schmerzenden Füße ein. Wir könnten, anstatt zu Fuß zu der Kirche zu gehen, ja auch Fahrräder nehmen. Dieses hier zum Beispiel war noch nicht mal abgeschlossen. Und wer ein Boot klauen kann, für den sind Fahrräder nur Krümel in einer Chipstüte.

»Moment!« Ich hielt die Kleine auf. »Wir dürfen das aber trotzdem nicht machen.«

»Warum?«, fragte sie und guckte mich verständnislos an.

»Weil es Unrecht ist.«

Sie schaute immer noch ratlos und ich beendete alles mit der Frage »Was hätte Jesus getan?«, weil das Ding mit Gott anscheinend bei ihr ankam. Ohne ihre Antwort abzuwarten, sagte ich es ihr:

»Jesus hätte für die bösen Menschen gebetet.« Dabei kniete ich mich kurz hin, faltete meine Hände und nickte ihr zu, damit auch sie mit mir zusammen kurz beten konnte.

Als wir uns verabschiedeten, versprach ich ihr, dass ich heute Abend noch mal für die bösen Leute ganz besonders kräftig beten würde, und sie wollte das auch machen.

Mit dem Rad bis in die Stadt zu fahren, war eine klasse Idee. Sicherlich standen hier vier gute Fahrräder, die man heimlich vom Parkplatz schieben konnte. Wieder zurück bei den anderen berichtete ich von meinem Plan, und besonders Novelle war ganz angetan von der Aussicht, nicht weiter zu Fuß unterwegs sein zu müssen. So klauten wir letztendlich vorn auf dem Platz vor dem Eingang Fahrräder. Waren wir noch in Sachen Verkehrsmitteldiebstahl bei der kleinen Motorjacht ausgewiesene Profis, so stellte sich heraus, dass ohne Schlüssel oder wenigstens einen schweren Bolzenschneider selbst ein mickriger Drahtesel nicht so einfach mitzunehmen war. Fast alle Räder waren mit den üblichen Ketten- oder Bügelschlössern angebunden, und es dauerte, bis wir dann doch noch zwei halbwegs geeignete Räder gefunden hatten. Das eine war ein schwarzes Holland-Damenrad, dessen kleines Steckschloss an den Speichen ich auf die Seite biegen konnte. Das andere Rad war ein 24-Zoll-Mountainbike für Kinder. Mimi bestand auf das »normale« Fahrrad, da sie angeblich nichts mit Kettenschaltung anfangen konnte und eine gute, seriöse Rücktrittbremse einforderte. Unsere Beute bestand also aus einem schwarzem Damenrad, einem mickrigen Jugendrad und eben dem Tandem.

Heimlich schoben wir die drei Räder vom Hof. Zuvor schnappte ich mir noch einen etwas im Abseits stehenden, vollgepackten Rucksack, den wir in sicherem Abstand ausräumten, um Mimis Habe aus den zwei umständlichen Rollis umzupacken. Jetzt sahen wir fast aus wie wirkliche Touristen. Wanderschuhe fehlten noch, aber mittlerweile war ich zuversichtlich, was das Stehlen während unserer Reise betraf.

18. ERDBEERFELDER

Wir fuhren den Rest des Nachmittages. Zuerst noch ein Stück durch den duftenden Nadelwald mit seinen hohen Bäumen, dann durch Laubwälder, deren Blätter im Gegenlicht der Sonne leicht gelblich schimmerten. Wir suchten die kleine Waldkapelle, um dort den Rest des Picknicks zu vertilgen und um uns in den zusammengerollten Decken aus dem Schiff halbwegs bequem niederzulegen.

Den Weg zu der kleinen Kirche, die auf der Wanderkarte genau an einer ypsilonförmigen Weggablung eingezeichnet war, hatten wir von der Wanderkarte am Ausflugslokal abfotografiert. Ständig zogen wir auf dem kleinen Bildschirm das Foto der Karte groß, um zu sehen, wo denn nun diese Kapelle eigentlich war. Doch mit der Nahaufnahme verloren wir den Überblick und konnten den Weg nicht eindeutig bestimmen. Trotzdem, die Räder zu nehmen, war eine super Idee, und wir alle genossen den kühlen Fahrtwind. Auch wenn ich aufgrund des kleinen Kinderrades wohl doppelt so oft in die Pedale treten musste wie die anderen. Die Zeit verging wie im Flug. Novelle und Rofu hatten an der Tandempartnerschaft sichtlich Spaß. Den armen Rofu antreibend saß Novelle hinten und piekte und boxte ihn oder legte ihre Beine auf ihre Lenkstange. Er musste strampeln, während sie Rikschafahren spielte.

Bei einer leichten, schnurgeraden Abfahrt, die über einen breiten Waldweg durch eine endlose Eichenallee in das helle, kleine und entfernte Loch einer von den aufgereihten Bäumen preisgegebenen Lichtung führte, umklammerte sie ihn jauchzend. Wie bei einer rasenden Motorradfahrt. Wir überholten uns immer wieder abwechselnd und brüllten unserem

Ziel entgegen. Sogar Mimi reckte mit erhobenem Arm ihre geballte Faust gelöst und unbändig dem Fahrtwind und der Freiheit entgegen. Es war egal ob wir wirklich frei waren, denn wir fühlten uns so und das war alles was zählte.

»Keep rollin' rollin' rollin' ... Hei hooooooo«, kreischten wir ausgelassen.

Als wir unten ankamen und unsere Räder im Staub des Weges bremsten, erstreckten sich vor uns Erdbeerfelder. Wir sahen endlose Reihen von Pflanzen, in denen überall Menschen hockten und Erdbeeren pflückten. Auf dem Weg selbst herrschte ein wirres Gewimmel. Autos, die wie aus einer Tube an den Wegrand gequetscht Stoßstange an Stoßstange parkten. Wir schoben unsere Räder näher heran. An Tischen vor zwei Treckern mit Anhängern saßen Leute hinter Waagen, sie säumten eine Art Eingang zu den Feldern, die überall mit einem halbhohen Drahtzaun eingefriedet waren. Auf den Hängern türmten sich Stiegen mit frisch geernteten Erdbeeren, die von jungen Männern aufgeladen wurden.

Es gab einen überdachten Unterstand, an dem größere und kleinere Erdbeerkörbchen, Imkerhonig und sonstiger Biokram verkauft wurden. Auf einer wilden Blumenwiese daneben konnte man sich selbst einen Strauß pflücken und sich notfalls auch binden lassen. Überall blühten blau, gelb, weiß, rosa und rot gesprenkelte Blumen. Hummeln schmissen sich in die Pollen wie ins Bällebad. Dann titschten sie wie an einer unsichtbaren Gummischnur gezogen kurz wieder raus, um sich mit Wonne wieder reinplumpsen zu lassen.

Hinter der Theke stand ein langer, hagerer Kerl mit dichten schwarzen Locken, hohlen Wangen und einer faltigen Lederhaut, die wohl irgendwelche Mangelerscheinungen spiegelte.

Er trug eine Latzhose und lächelte. Neben dem Verkaufsstand sahen wir ein weiteres Gartenhaus mit einem Schild an der Tür, auf dem »Büro« stand, und darunter ein etwas kleineres Steckschild zum Wechseln mit der Aufschrift: »Tageslohn heute: je Kilo 3,86 Euro«. Ich fing an zu rechnen. Wenn jeder pro Tag nur zehn Kilo schaffen würde, dann kämen wir alle zusammen auf hundertfünfzig Euro. Das mal drei oder vier Tage und schon wäre die Kasse um ein gutes Stück aufgebessert.

»Ihr seid ein bisschen spät dran. Habt ihr mal auf die Uhr geguckt?« Ein dicker Kerl mit einem schwarzen Springsteen-T-Shirt unter einem offenen Jeanshemd hatte uns angesprochen, während wir dort noch mit den Rädern zwischen den Beinen standen und uns das Treiben anschauten. Hinter seinem gelbblonden buschigen Vollbart, der wie eine abgemähte Rolle Heu in seinem breiten Gesicht lag, grinste er ein bisschen komisch. Wir schauten ihn fragend an.

»Na, so drei Stunden habt ihr noch«, fuhr der Typ fort. »Ihr könnt euch hier im Workers-Office anmelden. Bezahlt wird nach Gewicht. Aber nur für die Ordentlichen. Also zermatscht sie nicht. Wenn ihr bleiben wollt, kostet die Unterkunft acht Euro die Nacht. Schlafsaal. Mit Dusche und Klo natürlich. Ihr seht mir nicht gerade wie Urlauber aus.«

Dann nahm er wie ein Gentleman Mimi die Tasche ab. Er starrte auf ihre Beine. Ich sah ganz genau, was er dachte, und das Bild in meinem Kopf, wie er seinen weißen Schwabbelbauch über sie wabern ließ und dabei grunzte, machte mich wütend. Dann wandte er seinen Blick von Mimis Schenkeln ab, musterte kurz Novelle und schaute zu Rofu.

»Ansonsten ist's wie bei der Heilsarmee. Kein Stress, keine Drogen, und wer sich nicht benimmt, fliegt raus. Alles klar?«

Und schon ging er mit Mimis Tasche in der Hand voran. Wir verstanden alle sofort. Der Typ bot uns gerade einen Schlafplatz und bezahlte Arbeit an.

»Ich bin Kurt. Ohne Helm und ohne Gurt.« Er zeigte auf sein Namensschild und stellte sich mit einer Jovialität, die nur dicke Menschen mit einem anderen Schwerpunkt haben, vor. Dann gaffte er wieder einen Moment zu lange in Richtung Mimi.

»Ich bin Mickey«, log ich. »Das sind Beatrice Kidow, Mallory Knox und Fritz, Fritz Honka.«

Dabei deutete ich auf Novelle, Mimi und zuletzt auf Rofu.

Ich dachte schon, ich hätte übertrieben, als die Fettbacke Rofu ansah und ihn fragte, weshalb er bei seinem Aussehen Fritz heißen würde. Eine kurze Stille lag um uns herum. So eine von der Sorte, in der von fast alles bis rein gar nichts passieren kann. Alle schauten sich für einen Moment an. Aber Rofu blieb cool und antwortete, dass er aus Deutsch-Namibia käme, und außerdem sei er adoptiert.

Cotton-Eye-Kurt runzelte seine schwitzigen Stirnwulste, drehte sich aber dann zu Mimi um.

»Und Sie, Mallory, das ist ein besonders schöner Name? Wo kommen Sie her?«

»Aus den Staaten«, fiel ich Mimi ins Wort, bevor sie etwas antworten konnte. Aber ich glaube, die Antwort interessierte ihn gar nicht, so wie er Mimi mit den Augen auszog. Als würde er jeden Moment ihren zarten, weißen, warmduftenden Körper wie einen gekochten Spargel mit seinen ranzigen, glibberglitschigen Schinkenscheiben umwickeln wollen.

»Morgen ist auf dem Hof das große Erdbeerfest. Mit Musik, Tanz, und es gibt Spanferkel. Ich hoffe, Sie kommen auch.«

Kurt versuchte die ganze Zeit, mit Mimi ins Gespräch zu

kommen. Uns duzte er. Aber Mimi nicht. Doch sie blieb stumm, lächelte ab und an, und schob ihr Rad.

Im Feldbüro konnten wir tatsächlich unsere Taschen abgeben. Eine Frau, vielleicht Anfang sechzig, mit Kittel und nach hinten gebundenen langen, grauen Haaren schaute uns durch eine runde Drahtbrille nacheinander an, als versuchte sie etwas in uns zu erkennen, zu lesen, uns in etwas Bekanntes einzusortieren. Auch sie erinnerte mich auf seltsame Art, genau wie der Hagere am Verkaufsstand, an die Waltons aus dem Fernsehen. Ob das nun an ihrer sackartigen Kleidung oder an dem großen John-Boy-Leberfleck auf ihrer Wange lag, konnte ich nicht genau zuordnen. »Erika« stand auf ihrem kleinen Namenschild, das sie an ihrem Kragen befestigt hatte. Sie reichte ein kleines Büchlein herüber, in das wir uns eintragen sollten. Nachdem wir unsere Namen aufgeschrieben und sie an einem Laptop noch einige Eintragungen vorgenommen hatte, gab sie jedem von uns ein Armband mit einem Schlüssel und einer Nummer drauf. Solche, wie es sie im Schwimmbad gibt.

»Die sind wichtig für euch.« Erika sprach laut. Ihre Stimme wollte gar nicht zu ihrem schlönzig-dürren Öko-Erscheinungsbild passen. Sie hatte den peitschenden Ton einer alten DDR-Eislauf-Trainerin.

»Mit den Nummern findet ihr eure Betten im Schlafsaal und euren Spind. Alles, was ihr erntet und gewogen wird, wird zu der Nummer notiert, damit ihr euer Geld bekommt. Um zwanzig Uhr ist Schluss. Dann holt ihr hier eure Taschen ab und die Trecker leiten euch zum Hof. Und die Bändchen nicht verlieren! Das kostet einen Zehner. Ihr könnt aber auch morgen früh anfangen und direkt zum Hof fahren. Ganz wie ihr wollt.«

Kurt war schon wieder verschwunden und wir entschieden uns dafür, noch auf den Feldern für den Rest des Tages Erdbeeren zu pflücken. In den drei Stunden schaffte ich fünf Kilo, und ich war tatsächlich ein bisschen stolz, als ich meine Eimer zum Wiegen zu den Treckern brachte und der Typ mein Nummernarmband auf ein elektronisches Lesegerät legte, um meinen Verdienst einzubuchen. Um zwanzig Uhr tönte eine große Tröte über die Felder und alle machten sich auf, um ihre restlichen geernteten Erdbeeren abzugeben. Schlangen bildeten sich vor den Wiegestationen. Als alles vereinnahmt und registriert war, stiegen die Pflücker neben die aufgestapelten Stiegen auf die Hänger und die Traktoren tuckerten los. Wir nahmen unsere Räder und fuhren hinterher. Vorbei an Wiesen mit Kühen, Maissilos und Stallungen, aus denen es nach Tier und Futtermittel roch, bis wir zu einer Toreinfahrt in einer alten Backsteinmauer kamen, die zu einem großen alten Gehöft mit altpreußischem Herrenhaus führte.

Bei unserer Ankunft begrüßten uns als Erstes einige bunte Bentheimer Schweine mit erfreutem Gequieke. Eine rot-weiße Katze nahm Reißaus und sprang über eine Fensterbank weiter nach oben und fort. Irgendwo bellten Hunde und einige verstreute freilaufende Hühner pickten auf dem Hof herum. Vor dem Gutshaus parkten vier gleiche dunkelblaue Range Rover, jeder mit einem weißen Logo auf den Türen. Daneben zwei Lieferwagen, aus denen Leute Bierbänke und Stehtische luden. Wieder andere hingen Lampions auf und bauten eine Art Bühne auf. An einer Ecke standen Buden aus Holz, die aber noch verschlossen waren. Überall standen Kartons oder Plastikkisten herum, aus denen etwas ausgeräumt wurde.

Der Fahrer wies uns den Weg in ein Gebäude etwas abseits, links vom Herrenhaus. Früher war das sicher einmal ein Stall gewesen. Am Eingang mussten wir unsere Armbändchen an ein Drehkreuz halten und dann war der Weg frei. Harte Sanifair-Romantik hieß uns auf gekachelten Böden und Wänden in grellem, unbarmherzigem Licht willkommen. Links hinter einer Wand aus Glasbausteinen waren die Waschräume, rechts führte der Weg in eine Kantine aus Edelstahl und geradeaus durch ging's in den Schlafsaal. Mäuerchen bildeten kleine, u-förmige, nach vorne offene Zellen. Ähnlich wie Zimmer ohne Türen und mit drei viertel hohen Wänden, in denen immer zwei Stockbetten gegenüberstanden. An der Kopfseite befanden sich vier Spinde. Dazwischen ein Tisch mit Plastikstühlen. An den Wänden hingen Verhaltensregeln. Ver- und Gebotsschilder mit dazu passenden kleinen Bildern. Piktoramme zeigten schwarze Figuren, die vor durchgestrichenen Kochtöpfen und anderem Kram standen. Manches Mal war auch nur der Kram durchgestrichen. Wie Zigaretten oder Alkoholflaschen. Eines zeigte sogar ein durchgestrichenes Pärchen, das zu eindeutig beieinander unter einer stilisierten Bettdecke lag. Alles in mindestens fünf Sprachen, und ich überlegte die ganze Zeit, was nicht verboten war.

Es war recht voll in diesem Schlafsaal. Leute unterschiedlichster Herkunft gingen ein und aus. Manche kamen mit Kulturbeuteln oder Plastiktüten aus den Waschräumen. Im Schlafsaal zählte ich rund zwanzig Gänge mit den vier Stockbettenabteilungen. Bunte Handtücher hingen herum und ein Geräuschpegel, bestehend aus Lachen, Gesprächen und Kommandos in unterschiedlichen Sprachen, waberte durch die Halle. Ich vermisste meinen gemütlichen Kaninchenstall bei Frau Schmottke. Aber der Job mit Übernachtungsmöglichkeit war eine glückliche Fügung, die wir alle dankend annahmen.

»Hey, ich bin Frank. Ich leite den Bereich hier und ich bin einer der Shareholder dieser Genossenschaft.« Alle schienen hier ihren Namen am Revers zu haben und ich war versucht, uns mit »P. Rosa«, »R. Oman« und »G. Dicht« vorzustellen. Aber nun hatten wir ja schon die Namen von gemeinen Serienkillern.

Frank war vielleicht Mitte dreißig und er hatte im Gegensatz zum dicken Kurt und dieser Eislauftrainerin von vorhin auf dem Feld etwas ikeamäßig Offenes und Sympathisches. Fehlte nur noch der nordische Akzent.

»Wenn ihr Wäsche waschen wollt, dann könnt ihr das im Waschsalon machen. Der ist rechts neben den Duschen. Kostet mit Waschmittel und Trocknen einszwanzig. Einfach den Chip an ein Lesegerät einer der Maschinen halten, und der Rest geht automatisch.«

»Danke. Was geht denn hier ohne Chip, Frääänk?«

Verdutzt schaute er mich an und überlegte, wich aber meiner Frage aus und erkundigte sich nach unseren Nummern. Dann führte er uns zu einer der Parzellen mit den Hochbetten.

»Bettbezüge bekommt ihr in meinem Büro, da hinten. Wenn ihr sie gewaschen zurückgebt, kostet das Bügeln von einer Garnitur zwei Euro. Ungewaschen vier.«

Er zeigte einen Gang entlang.

»Da könnt ihr auch zwischen sieben und neun und zwischen vier und sechs Uhr was kaufen. Zahnpasta und so etwas.«

»Mit dem Armbandchip«, ergänzte ich.

»Richtig. Und nicht verlieren.«

»Kostet nen Zehner«, fügte ich ganz informiert hinten dran.

Frank guckte wieder etwas misstrauisch. Er bemerkte meine Skepsis, nickte aber schließlich.

»Es ist es einfacher, wenn alles gut organisiert ist. Anfangs hatten wir andauernd Stress. Wir sind auf fast eintausendfünfhundert Hektar ein Öko-Großbetrieb. Wisst ihr, dass jeden Tag rund siebzig bis hundert Hektar wertvolles Land durch Besiedlung, Verkehr und Gewerbe verloren gehen. Weltweit kaufen Agrarkonzerne, Investoren und ganze Staaten die Äcker auf. Wir halten dagegen. Das geht nur mit einer perfekten Infrastruktur. Und mit einem Konzept! Als wir hier angefangen haben und die Arbeit nicht mehr selbst machen konnten, weil wir immer größer wurden und immer mehr Polen und Rumänen in den Anfangsjahren bei der Ernte helfen mussten, da gab es nur Streit und Unordnung. Dieser Bereich hat sogar einmal gebrannt. Das ist jetzt anders. Wir haben genaue Tagesabläufe und hocheffiziente Systeme. Alles ist geregelt und alles ist einfacher und sicherer.«

»Effizienz ist die Faulheit der Schlauen.« Das hatte ich einmal als Graffiti an einer Mauer gelesen. Ich verkniff mir den Spruch, weil ich es uns ja nicht verscherzen wollte, und die Aussicht auf ein Bett mit frischem Bezug befahl meinem antikapitalistischen und sozialistischen Geist, das Maul zu halten. So erlaubte ich mir nur zwei kleine, feige versteckte Taschenfäuste in meiner Hose.

Frank war sichtlich stolz und ich sah seine fette Armbanduhr, die unter den Ärmeln seines teuer wirkenden Karohemdes hervorlugte. Heimlich taufte ich ihn Hipster-Landlord.

»Macht euch erst mal fertig«, sprach Frank weiter. »Wir sehen uns morgen auf dem Erdbeerfest. Das ganze Dorf kommt und die Cartwrights und noch ein paar andere spielen auf der Bühne Folk- und Countrymusik.« Dabei legte er seine Hand auf meine Schulter, als ob wir irgendwo eine gemeinsame Tante hätten oder schon lange miteinander bekannt wären.

Dann verabschiedete er sich auf eine überfreundliche Art und ging zu der nächsten Parzelle mit Betten, um dort etwas mit den Leuten zu besprechen.

Novelle probierte ihre Matratze, und Mimi machte sich an einem Spind zu schaffen, um ihre Sachen dort einzuräumen. Rofu und ich warfen unsere Taschen aufs Bett, und während wir dann alle so da standen und uns wunderten, kam es mir vor, als seien wir durchnummerierte, menschliche Erbeerpflückmaschinen, komplett organisiert in einer im Farmer-Look getarnten, von Mark Zuckerberg geleiteten und durch Range Rover und Rolex ad absurdum geführten Fabrik.

Wir hatten noch etwas zum Essen ergattert und ich wurde, als ich mir noch mal draußen die Aufbauarbeiten zum Fest angesehen hatte, eingespannt, um noch ein paar Bierbänke zu schleppen. Ein Typ mit Namensschild notierte jeden Tisch und klebte Nummern auf das Holz. Hier war wirklich alles geregelt. Von dem Horn, das auf dem Feld jeweils zu Arbeitsbeginn und zu Schichtende tutete, über die Hygiene, die Fütterung der Arbeiter bis zu den Boxen mit den Stockbetten. Das Gehöft war in gewisser Weise ein hoch konzentriertes Lager mit billigen Arbeitskräften ohne Gleisanschluss. Wirksam, verlustfrei, systematisch und gierig-produktiv. Ich sah noch mal Frank, als er über den Hof ging und mit Telefon am Ohr in der Villa verschwand.

Abends im Schlafsaal, als das Gebrabbel und die Geräusche langsam verstummten, fragte Rofu von seinem Bett aus in einem bewunderndem Ton:

»Hast du die goldene Uhr von Frank gesehen?«

»Die mit den teuersten Uhren haben ein krankes Verhältnis zur Zeit. Zeit ist viel mehr als Stunden und Minuten. Zeit zu messen, ist das Unsinnigste überhaupt auf dieser Welt«, entgegnete Mimi aus ihrem Bett in der gegenüberliegenden dunklen Ecke.

»Wieso?«, antwortete Rofu ungläubig. »Es ist doch gut zu wissen, wann es zum Beispiel Abendessen gibt. Oder wann der Bus kommt.«

»Genau, darum geht es doch«, erwiderte Mimi. »Zeit findet immer in der Vergangenheit statt. Kaum bist du in der Gegenwart, ist sie auch schon vorbei, und in der Zukunft ist sie noch nicht passiert. Also, was soll die ganze Hast, die einen nur antreibt? Du machst dich doch nur verrückt. Es gibt doch Besseres, als den Sekunden hinterherzueilen. Der Bus kann früher oder später kommen. Und du kannst nichts dagegen machen. Und weißt du, warum? Weil der Bus seine eigene Zeit hat, und DIE ist nicht deine, die du gerade mit dem Gedanken daran, dass der Bus in zwei Stunden fünfzehn Minuten kommen wird, verplemperst, weil du dich für alles andere in den nächsten zwei Stunden blockierst und unfrei machst.

»Das Loslassen der Zeit ist die einzige kleine Unsterblichkeit, die wir dem Universum hier auf Erden abtrotzen können«, fasste ich schon fast schlafend zusammen.

»Genau«, sagte Mimi und dann zu Rofu: »Denk mal drüber nach.«

Dann war es für eine Weile still, bis ein »Bullshit« aus Rofus Ecke in den Raum drang. Er sagte es mehr zu sich selbst als zu uns anderen. Dann fragte er:

»Meint ihr, wir können überhaupt auf das Fest gehen? Wegen der Polizei und so?«

Was blieb uns anderes übrig. Wir konnten ja schlecht in unseren Betten bleiben, während draußen ein ganzes Dorf feiern wollte, und ich wusste, dass Novelle auf jeden Fall das Fest besuchen würde.

»Ich glaub schon«, antwortete ich. »Wir sind schon gut dreißig oder vierzig Kilometer im Landesinneren. Außerdem suchen sie ein Boot, und wenn wir nicht gerade die ganze Zeit zu viert aufeinander hocken, dann sollten wir in der Menschenmenge keinem auffallen. So wie das da draußen aussieht, erwarten die schon einige hundert Leute. Jedenfalls eine ganze Menge.«

19. BULLENREITEN

Am nächsten Morgen machten wir die Frühschicht auf dem Feld, weil Novelle nicht erst am späten Abend auf das Fest wollte. Wir alle ahnten nichts Gutes, und als wir so in den Reihen hockten und unsere Beeren pflückten, unterhielt ich mich mit Mimi darüber. Rofu und Novelle waren in einer anderen Reihe und ernteten dort die wirklich frischen, roten, saftigen Früchte.

»Sie wird sich betrinken«, sagte ich.

Mimi seufzte, unterbrach ihre Arbeit und nickte.

»Wir müssen einfach ein wenig aufpassen und sie ins Bett bringen, wenn es so weit ist.«

»Das machen wir«, sagte ich, »und wenn sie oder diese Nelly in ihr steil gehen wollen, dann fangen wir sie schon wieder ein.«

»Wir sollten auch mit Rofu reden. Auf ihn hört sie irgendwie besser als auf uns.«

Da hatte Mimi recht. Dann pflückten wir weiter jeder stumm vor sich hin. Ab und an leerten wir unsere Eimer bei den Anhängern am Eingang zum Feld und ließen das Gewicht auf unsere Armbänder einbuchen. Gegen Mittag fragte ich Mimi, was mir schon seit Tagen im Kopf herumschwirrte. Ich zögerte ein wenig und traute mich dann aber doch.

»Mimi …??«

»Ja, Dante.«

»Sag mal, warum hast du denn nun genau deinen Mann umgebracht?«

Die Gelegenheit schien mir passend, und obwohl ich es nicht erwartet hatte, erzählte sie. Dabei pflückte sie weiter ihre Erdbeeren und wirkte auf eigentümliche Weise unbeteiligt.

Ihr Mann hatte angefangen, sie zu schlagen. Anfänglich rutschte ihm im Streit die Hand aus, was er dann jedes Mal wieder bereute, und sie glaubte seinen Tränen und Beteuerungen.

»Wie das immer so ist«, sagte sie und zuckte mit den Schultern.

Mit der Zeit schlug er sie öfter. Seine Prügel wurden bei jedem Mal etwas heftiger. Ich wollte das dann alles doch nicht mehr im Detail wissen, aber Mimi pflückte ihre Beeren und erzählte lakonisch weiter. Von Rippenbrüchen durch Tritte und davon, dass er immer größeren Gefallen daran gefunden hatte, sie im Bett zu schlagen. Ins Gesicht und auf ihren nackten Körper. Jedes Mal ein Stück stärker, weil er seine Grenzen immer weiter verschob und sie schließlich ganz auflöste.

Kälte lag in Mimis Stimme, die von weit weg zu sprechen schien. Ich sah, wie Hass die Schönheit aus ihrem Gesicht wischte und etwas Verhärmtes und Vernarbtes preisgab, das auf ihren Zügen lauerte, um in Bösartigkeit jederzeit alles zu zerstören, was sie bedrohte.

Ich schaute sie an und ich begriff, dass Hass im Schmerz geboren wird und dass es die Verzweiflung ist, die ihn nährt und großzieht. Ich spürte die Unerträglichkeit ihrer erbarmungswürdigen Hilflosigkeit, und mir wurde bewusst, dass Hass niemals diskutierbar sein wird, weil er sonst nicht sein kann, was er ist – maßlos und ohne Mitleid. Ich glaubte zu verstehen, wie es ihr Hass gewesen ist, der sie aus ihrer Ohnmacht herausgeholt hatte, ihr die Wut und die Kraft gegeben hatte und sie zu dem befähigte, was sie getan hatte, damit ihr verletztes Selbstwertgefühl wieder heilen konnte. Ich sah in ihren Augen, wie der Hass sie stark gemacht hatte und zu einem Teil ihrer Identität geworden sein musste, weil er die Alternative zum

Aufgeben war. Wie er sich wie etwas Unstillbares bei ihr eingenistet hatte. Wie sie seine Gewalt als Werkzeug und als Gnade empfand, weil er ihr die Gewissheit fürs Überleben gab.

Ein Gefühl von Trauer, Mitleid und Furcht fasste mir ans Herz. Einmal in einem ist Hass ein kalter Splitter, an dem man tief verbrennt.

Mimi widmete sich wieder ihrer Arbeit. Beklommenheit lähmte mich, und ich suchte mit meinen Augen einen entfernten Punkt am Horizont, um mein Gleichgewicht wiederzufinden. Vielleicht war es egal, was wir ab jetzt noch vorhatten, ist doch alle Rettung immer nur eine Illusion und das Licht am Ende des Tunnels nur ein gleißendes Trugbild, das einem die Angst vor dem nehmen soll, was schon längst bestimmt und vorgesehen ist, weil man sich an einem Tag für den einen oder den anderen Weg entscheidet.

Gute vierzig Meter von uns entfernt sah ich Rofu und Novelle. Sie lachten und er warf ihr Erdbeeren in den Mund, den sie dafür weit aufsperrte. Sie sahen glücklich aus, und milde gestimmt fand ich aus meiner Beklommenheit zurück. Zurück in die Zeit und beinahe zurück bis auf die Erde. Voneinander getrennt, wie durch eine Wand aus Glas, pflückten wir, ohne ein Wort zu verlieren, weiter und schon bald wurde es Mittag. Wieder erklang die Feldtröte, die anzeigte, dass die Frühschicht zu Ende war, und holte uns aus unserem Schweigen heraus.

»Weißt du, was dein Problem ist, Dante?«

Ich hob den Kopf und schaute Mimi fragend an.

»Weißt du, was dich von uns unterscheidet?«

Unsicher zuckte ich mit den Schultern.

»Du hattest ein Leben, nach dem sich viele die Finger geleckt hätten, und jetzt treibst du dich herum. Unrasiert, mit

Zigarette im Mund, unsicher, aber trotzig, lächelnd, weltverloren, mit einem gewissen Charme von Hilflosigkeit. Du jammerst, weil dich das Leben nicht findet, wartest auf das Mädchen mit dem weißen Pferd, das mit ihrem Licht deine toten Sterne wieder anzündet. Aber die kommt nicht einfach so. Du musst schon selbst was tun, anstatt selbstmitleidig zu verzweifeln. Wenn es dir zu eng wird oder du nicht dort angekommen bist, wo du hin wolltest, ziehst du einfach los und gehst weiter. Du bist ständig auf einer Reise und suchst da draußen etwas, was du nie finden wirst, weil du auf deinen Wegen die Schritte nach innen vermeidest. Deshalb wirst du nicht von dir fortkommen und so auch nicht bei dir ankommen. So wirst du immer auf der Stelle treten, egal, wie weit du gegangen bist. Weißt du, Dante: Du bist ein Leuchtfeuer, das sich selbst sucht und dabei verbrennt. Du hattest immer die Wahl, doch du vermeidest sie. Das ist der Unterschied.«

Ich fühlte mich auf sonderbare Weise erkannt. Es war mir unangenehm, als sei ein hässliches Mal, das ich sorgsam zu verstecken versuchte, plötzlich sichtbar geworden. Es gibt Dinge in oder an einem, die man sogar vor sich selbst versteckt. Ich lebte gut in meiner Welt, wie sie war, und das, was ich über mich wusste, aber nicht wissen wollte, vermied ich anzuschauen. Wie ein Boxer fühlte ich die Wirkungstreffer, und das warme Blut der Wahrheit sickerte an mir herab. All die vorwärtstreibende Not, die ich in mir Jahr um Jahr gegen Zinsen versteckt hatte, erlöste sich nach außen und Mimi drückte mit ihren Worten mein Gesicht in meine eigene Pisse, wie bei einer Katze, die sich vor sich selbst ekeln und stubenrein werden soll.

Wir fuhren zurück zum Hof, auf dem schon ein buntes Treiben herrschte. Die Autos der Besucher reihten sich entlang der Backsteinmauer zum Innenhof. Überall waren Fahrräder angelehnt und es waren bestimmt schon einige hundert Leute da, die ihren Samstagnachmittag auf dem Erdbeerfest feiern wollten. Die beiden Bierwagen waren umzingelt, der Drehgrill mit dem halben Schwein und der Schwenkgrill, auf dem die Koteletts und Würstchen aus der anderen Hälfte des Schweins lagen, rauchten um die Wette. Es gab Kinderschminken und eine üppige Auslage mit Kuchen. Irgendwo stand eine Hüpfburg und ich entdeckte sogar ein elektrisches Bullenreiten, was mich besonders interessierte. Auf der Bühne sang ein Kinderchor, der von einem älteren Herren mit zackigen Armbewegungen dirigiert wurde. Gut besetzte Bierzeltgarnituren an den Seiten rechts und links. Wir gingen erst einmal an den aufgereihten Hütten, in denen Kuchen und Kram verkauft wurde, vorbei durch das Drehkreuz in unsere Schlaflager.

Novelle war nicht zu bremsen. Aufgeregt und in Windeseile duschte sie, zog sich um und kam mit besonders schwarzen Kajalaugen wieder zu unserer Parzelle. Rofu lag in seinem Bett und hörte Musik aus Kopfhörern. Mimi war vermutlich noch irgendwo im Trubel unterwegs. Ich schnappte mir meine Sachen, um unter der Dusche ein bisschen zu entspannen. Mimis Worte hatten mich angezählt und ich taumelte noch von der Wucht der Wahrheit, die sie mir unter das Zwerchfell geschlagen hatte. Es ist schwer, eine Welt ohne Antwort auf seine Fragen auszuhalten, und wenn man sie dann erhält, ist es auch nicht okay. Als ich mit dem Duschen fertig war und wieder bei unseren Betten ankam, waren Rofu und Novelle fort. Ich zog mich an und ging raus. Vor einer Holzbude fand ich Mimi. Sie schaute sich Weckgläser mit verschiedenen Leberpasteten an und fragte die Frau, die sie verkaufte, nach Zutaten wie Majoran und Salz. Mimi sah mich, legte ihren Arm um meine Hüften und zog mich an sich, während sie weiter die Gläser nacheinander in die andere Hand nahm und prüfte. Alles schien wieder gut zu sein und der Grauschleier auf meinem Gemüt, den ich auch beim Duschen nicht wegwaschen konnte, löste sich endlich auf.

»Willst du dir püriertes Schwein im Glas kaufen?«

Mimi lächelte.

»Für uns Engländer sind eine gute Leberpastete und Rotwein eine Art Nabelschnur zur europäischen Kultur.«

Eine Stimme kurz hinter uns störte.

»Wir betreiben als Biohof Ackerbau, Milchviehhaltung, Mutterkuhhaltung, Gemüse- und Maisanbau und natürlich den Anbau von Erdbeeren und auch Spargel.«

Frank stand mit Kurt, dessen dickes Gesicht in der heißen Mittagssonne hellrot glühte, hinter uns. Kurt gaffte wieder aus seinen Aspikaugen auf Mimi und griente. Ich hätte ihn am liebsten zerteilt und in eines der Weckgläser reingepresst.

»Ihr kennt Kurt ja schon«, fuhr Frank auf seine freundschaftlich joviale Art fort und er berührte mich wieder so merkwürdig am Arm, als müsse er zu allem Gesagten eine körperliche Verbindung herstellen.

»Wir sind Kompagnons. Ich bin sozusagen der CEO. Also für alles zuständig. Kurt macht das Personal, und dann sind da noch Johann für die Technik, Barbara für den Verkauf und Luise, meine Frau. Ihr werdet sie später kennenlernen. Wir produzieren Sahnequark, Joghurt und Milch. Unsere fünfundfünfzig Milchkühe weiden draußen auf den satten Moorböden. Die kleine Hausschlachterei verkauft das Fleisch von den Bullen in der Region, meist privat oder an Restaurants. Den Mais und das Getreide für das Futter bauen wir natürlich selbst an. Es wird, soweit es geht, nichts hinzugekauft. Auf der anderen Seite sind die Stallungen für die Kühe.« Dabei zeigte er in eine unbestimmte Richtung.

»Wenn ihr wollt, zeige ich euch gern einmal unseren voll automatisierten Milchroboter. Die Kühe gehen nacheinander in eine kleine Box, der Roboter setzt automatisch die desinfizierten Sauger an die Zitzen an und die Milch fließt gleich in große Kannen. Die Tiere tragen Transponder um den Hals, damit der Roboter weiß, ob sie überhaupt eine Melkberechtigung haben, oder er registriert auch Unregelmäßigkeiten, damit Johann, der alles am Computer programmiert, einschreiten kann.«

»Einen Transponder für Melkberechtigungen«, wiederholte ich und fummelte dabei an meinem elektronischem Armband.

»Die Kühe geben fünfzehn bis zwanzig Liter Milch pro Tag.« Frank war ganz offensichtlich in seinem Element. Er wirkte wie ein neureicher Selfmade-Millionär, der keine Deppen mehr finden konnte, die ihn bewunderten.

»Die Milch kommt dann in große Tanks. Von dort läuft sie für zwanzig Sekunden über heiße Platten und wird auf über siebzig Grad Celsius erhitzt. Wenn sie wieder abgekühlt ist, wird sie automatisch in die Tetrapackungen gefüllt. Joghurt und Quark werden ebenfalls direkt in den Milchverarbeitungsräumen hergestellt und verpackt. Die ganze Anlage hat mehrere Millionen gekostet. Der ROI muss in ein paar Jahren eintreten.«

»Roy?«, fragte ich ihn, um überhaupt was zu sagen.

»Der Return on Invest. Also der Tag, an dem wir zum ersten Mal mehr einnehmen, als wir ausgegeben haben, mein Freund.«

Jetzt tätschelte er schon wieder meinen Arm. »Und wisst ihr, was der Clou ist?«

Mimi und ich schüttelten beide den Kopf.

»Wir haben eine Massagebürste für die Kühe. Das ist ein bisschen wie die Rollen einer Autowaschanlage. Ich sag euch: Die mögen das wie irre.«

»Habt Ihr so was auch für die Saisonarbeiter? Vielleicht ein unterirdisches Wellnessbad mit Sauna und Whirlpool?«, fragte ich ihn etwas ketzerisch.

Frank lächelte mich nieder, während Kurt ein Glas Leberwurst nahm und es Mimi wie ein Hund, der Stöckchen geholt hatte, reichte. Mimi bedankte sich distanziert, aber nicht abweisend und steckte es in ihre Tasche.

»Wir schauen uns noch ein wenig auf dem tollen Fest um.« Ich versuchte, die beiden loszuwerden. Frank wiederholte seine Einladung zur Melkroboterbesichtigung, grüßte und kam sofort mit jemand anderen in ein Gespräch. Vermutlich ging es da um Milchförderquoten und EU-Subventionen. Kurt klebte weiter an uns, bis sich Mimi mit dem Argument verabschiedete, dass sie nach der Feldarbeit jetzt endlich einmal duschen gehen wolle, was noch nicht einmal gelogen war.

»Wir sehen uns heute Abend.« Kurt winkte ihr mit seinen dicken Fingern nach und dann verschwand er auch endlich in der Menge. Seine sülzigen Augen wirkten etwas betrübt.

Die Sonne brannte wirklich heiß. Mimi verschwand, um zu duschen, und ich trottete über das Fest. Ich hatte Lust auf einen Schweinebraten mit Zwiebeln im Brötchen und dazu ein großes kaltes Bier. Nachdem ich überall angestanden hatte und endlich, in meiner Linken was zum Essen und in meiner Rechten einen 0,3-Becher Bier, in Richtung eines freien Platzes an einer der Bierzeltgarnituren balancierte, freute ich mich über diese Ablenkung sehr. Ein Fest, auf dem Leute in der Sonne feierten, etwas ausgelassen waren und den Zwängen des Alltags für einige Stunden entfliehen konnten. Ich unterhielt mich mit einem Pärchen, das im nächsten Ort wohnte. Sie erzählten mir davon, wie die jungen Leute hier den alten Hof übernommen und zu dem gemacht haben, was er heute sei. Sie berichteten, dass Geld im Spiel gewesen sei, das die Inhaber von Haus aus gehabt haben, und dass jetzt in jedem Jahr das Erdbeerfest stattfinde. Ein Höhepunkt in der gesamten Region. Die zwei waren nett, und der Mann gab mir noch ein Bier aus. Aus der Entfernung sah ich Novelle und Rofu in der Menge. Sie hatte einen großen Becher Bier in der Hand und versprühte Festivalstimmung. Gut, dass Rofu ein Auge auf sie hatte. Mimi war den Nachmittag über nicht auffindbar, und so ließ auch ich mich über das Fest treiben. Ich verdrückte noch einen Teller Paella, den ich mir an einem Stand holte. Ein wenig später stieß ich auf Novelle und Rofu und wir teilten uns noch eine Portion Reibekuchen. Novelles Augen waren zwar etwas glasig, aber sie freute sich über die Menschen und das Fest und überlegte, ob sie sich beim Kinderschminken etwas Lustiges aufmalen lassen sollte. Rofu erzählte von afrikanischen Familienfesten, die wohl eine ähnliche Dimension gehabt haben mussten. Das eigentliche Fest hier spielte sich zwischen Gutshaus und den umgebauten Hallen für die Arbeiter ab. Doch auf dem weitläufigen Gelände fanden wir etwas abseits eine schöne Liegewiese, auf der wir in Ruhe unsere letzten Reibekuchen verdrückten. Irgendwann verabschiedeten sich Rofu und Novelle, weil sie sich wegen der Hitze umziehen wollten.

Die Biere wirkten in der Sonne. Ich fühlte mich schon ganz teigig. Nachdem die beiden weg waren, wollte ich endlich die Sache mit dem elektrischen Bullenreiten in Augenschein nehmen. Blöd war nur das Schlangendilemma. Mindestens fünfzehn Väter mit ihren Kindern standen in einer Reihe vor mir. Anzustehen ist wirklich nicht meins. Ich bin ja sogar zu ungeduldig, um auf Rolltreppen zu stehen. Dazu bekam ich schon wieder Durst. Da jedoch das oberste Gebot des Anstehens »Weggegangen, Platz vergangen« lautet, übte ich mich in Verzicht und führte stumme Selbstgespräche:

»Komm, wir gehen!«

»Wir können nicht.«

»Warum nicht?«

»Wir warten auf Godot in der verfickten Schlange.«

»Ah!«

Godot war in diesem Fall ein prächtiger Bulle mit Beinen aus glänzender Hydraulik. Echtes Kuhfell hing über seinem Rücken bis auf die Seiten hinunter, und er fackelte nicht lange. Der Typ an der Bedienung war zwar nett zu den Kindern und ließ sie etwas länger bis auf Stufe zwei oder drei rumbocken und kreiseln, aber bei den Vätern ging es von eins direkt zu sechs und dann ab in das runde Luftkissen. Ich, als alter Seemann, der das Schwanken und Wackeln ja gewohnt war, wollte ein richtiges Rodeo, und Godot, der alte Bock, würde mich zu spüren bekommen, während ich wie ein Profi mit einem Arm in der Luft nach Gleichgewicht rudern würde. Wenigstens die Papas wollte ich ausstechen. Es lief gut. Zumindest am Anfang. Mit der Eleganz eines Tangotänzers, gleichzeitig steif wie Stahlbeton und biegsam wie Bambus, ließ ich mich auf dem Bock nieder und krallte eine Hand in den Bügel zwischen meinen Beinen. Auf mein Zeichen startete der Kerl am Mischpult den Elektrobullen. Stufe eins. Zwei, vier. Dann kam direkt die gefühlte Zwölf, ich wurde über das Luftkissen hinweg geschleudert und landete mit dem Kopf an den

Metallfüßen der Steuerung, an der der Typ stand und durch seine fehlenden Zähne giffelte. Eigentlich weiß man das, und ich kam mir bescheuert vor. Denn die unwiderrufliche Regel lautet: Der Kirmesvogel verliert nie.

Ich rappelte mich wieder auf und klopfte mir den Dreck aus Hose und Shirt. Der Kopf tat ein bisschen weh. Der Kerl war ein Arsch, ganz offensichtlich, und zu gerne hätte ich ihm noch einen weiteren Zahn aus seinem faulen Gebiss gehauen. Meine Beule am Kopf würde wieder abschwellen, aber so ein Zahn, der weg ist, das bleibt. Ich beließ es dabei und begnügte mich damit, ein bisschen Verachtung auszuspucken. Ich hielt nach den anderen Ausschau und sah Novelle, die schon ganz vorne in der Warteschlange stand und gerade Rofu einen halb vollen Becher Bier in die Hand drückte.

Zwei Minuten später saß sie auf Godot. Ihre schwarzen Haare klebten schweißnass auf ihrer Stirn, sie grinste und sah wie eines ihrer Mangagirls aus, es fehlte nur noch das Messer zwischen ihren Zähnen. Die tätowierte Schlange, die sich aus ihren Shorts über ihre Beine schlängelte, presste sich gegen das Kuhfell, und ich sah Sehnen, die hervortraten. Der Penner am Mischpult ließ Novelle gewähren und schwang sie ein. Eine besonders lange Runde fünf. Die Sechs und so weiter. Jetzt wurde es schon schwierig. Aber Novelle war zäh. Egal in welche Richtung Godot abrupt ausbocken wollte, sie parierte. Mit hochrotem Gesicht bei Stufe acht und neun lag sie jetzt nur noch auf dem austreibenden, unbarmherzigen Bullen, der sie gleichzeitig überall hin wirbelte. Die Leute versammelten sich, um ein wild gewordenes Mädchen zu sehen, das versuchte, der Physik ihren Willen aufzuzwingen, und sich dafür wie ein Pitbull im Fell der Maschine festbiss. Der Kirmestyp am Regler hatte mit einem Mal eine genauso irre, sexuelle Komponente im Blick wie Novelle. Er spielte mit ihr und drehte die Stufe wieder etwas runter, damit sie sich sicher fühlte, um dann plötzlich um drei, vier Einheiten nach oben zu fahren. Aber es half nichts. Novelle war wie ein Tier in einem verrückten Paarungs-Amoktanz. Auch wenn sie tot zusammenbrechen würde, nie würde sie sich abwerfen lassen. Je länger sie sich hielt, desto mehr fraß sie von den Eiern des zahnlosen Kirmesvogels, der sich auf eine gruselige Art mit ihr maß und dessen Grinsen sich mit jeder Sekunde, die sich Novelle oben hielt, weiter verzerrte. Bis er auf höchster Stufe dem Ganzen ein Ende bereitete.

Novelle wurde gegen den Rand des Luftkissens geschleudert. Schnaufend, spuckend und mit einem wilden Glimmen in den Augen sprang sie sofort wieder auf ihre Beine, biss sich auf die Unterlippe, zog die Nase hoch und ging noch mal auf den Bullen zu. Dann trat sie viermal mit angezogenem Knie gegen das Elektrotier wie gegen einen Boxsack, der nach einem harten Training seine letzten und härtesten Prügel bekam. Erst jetzt stieg sie über die Bande, immer noch prustend. Sie taumelte noch ein wenig benommen zurück zu Rofu und ließ sich ihr Bier geben. In einem Zug leerte sie den Rest des Bechers und nahm Rofu an die Hand.

»Komm mit«, befahl sie, »die Party tanzt sich nicht von allein.«

Mich beachtete sie gar nicht, doch ich spürte ihr Herzklopfen. Es war keine Verbissenheit oder Wut, die in ihr pochte, etwas anderes schien aufgeregt in ihr zu schlagen.

Sie zog den verdutzten Rofu hinter den Vorhang aus Menschen, die sich vor der Bühne versammelt hatten, um das Konzert einer recht guten Coverband zu verfolgen. Die Jungs spielten Milkyway und Tom Petty. Bei *Into the great wide open* spürte ich, wie mich die Musik schon immer begleitet hat. Ich dachte an meine Jugend, und ich dachte an Tom Petty mit seiner selbstverständlichen Coolness. Damals, als ich mein sterbendes Dorf verlassen hatte und auch in das große, weite Offene aufbrach. Damals, als ich mit meinem Rucksack über die Landstraßen zog, ging er ab und zu neben mir her. Mit einer Feder am Hut und seiner Gitarre gab er einem Fünfzehnjährigen etwas von seiner Zwanglosigkeit mit auf den Weg. Damals spendete er in einer unbestimmten Situation Trost und Zuversicht. So wie jetzt auch.

Ich holte mir noch ein weiteres Bier und sah Mimi an einem Ausschank für Wein stehen, zusammen mit Frank, dem CEO, und einer schönen, langhaarigen Frau, die in einem eng anliegenden weißen Sommerkleid wie der Raffaello-Werbung entstiegen aussah. Gold blitzte an ihren Ohren und am Handgelenk. Sicherlich war das Luise, Franks Frau. Ich wollte jetzt noch nicht zu Mimi. Später würde ich ihr sagen, dass sie recht hatte mit dem, was sie auf dem Feld zu mir gesagt hatte. Aber eben noch nicht jetzt. Rofu passte sicherlich auf Novelle auf, und so kaufte ich mir, obwohl ich eigentlich pappsatt war, noch eine kleine Schale Champignons mit Knoblauchsoße und schlenderte zum Rand der Tanzfläche zurück. Der Abend zog auf und sein Rot schimmerte unter der Weite eines blauen Himmels. Die Band von eben wurde von einer weiteren Band abgelöst und ich fragte mich, wann denn diese Cartwrights endlich anfangen würden zu spielen. Aber hier draußen gab es bestimmt keine Sperrstunde und das Fest war noch gut besucht.

Jetzt spielten sie Supermax *Lovemaschine*. Drei lange, dürre Kerle so um die zwanzig, mit dicken Gürtelschnallen und sehr,

sehr langen Bärten. Einer am Bass, einer hatte das Schlagzeug und einer am Keyboard, der auch den Gesang übernahm. Auf dem Tanzboden schwenkten und schwappten die Leute. Ältere Menschen mit beigen Klamotten und auch junge Männer und Frauen mit bunten T-Shirts. Alles waberte und wippte und die Fläche füllte sich. Ich sah Rofu, wie er hippte und hoppte. Er bewegte sich wie ein gebremster Derwisch, der auf den Tempowechsel wartete. Five, six, seven, … Bass.

Novelle tanzte ihm gegenüber. Die Hände zu kleinen Fäusten neben ihrem Kopf geballt. Verloren. Entrückt im Beat. Die Augen halb geschlossen. Sie schüttelte die Beine. Ihre Hüften schienen sich kurz danach in entgegengesetzter Richtung zu bewegen, bis sich ihre Brust einen Wimpernschlag danach wieder auf die andere Seite drehte und sie mit hoch gestreckten Armen entgegenschwang. Elektrizität. Rofu schien Novelle mit den Schultern zu schieben und zu ziehen, als wären sie an einer Leine miteinander verbunden. Jeder an einer Seite zappelnd, sich windend, voneinander weg und aufeinander zu. Rofu war ein ziemlich cooler Tänzer. Seine Moves steckten auch den Rest der Masse an. Er stach wie ein flammender, blauer Teufel aus einem brennenden Feld, der mit seinem Pferdefuß fest stampfend versuchte, weite Flächen zu entzünden, und Novelle war wie eine Flasche spritzendes Feuerzeugbenzin.

Die Band gab ihr Bestes. Jetzt *Superstition* und dann *Masterblaster* von Stevie Wonder. Ich war auch längst fortgerissen. Anfangs klopfte ich nur zurückhaltend mit dem Fuß, aber dann schloss ich meine Augen zur Hälfte und drehte mich los. Irgendwo sah ich den dicken Kurt. Verschwitzt tanzte auch er, und sein nasses Shirt hing über seinem speckigen Bauch. Dann kniff ich meine Lider ganz zusammen, drehte mich weiter, und er war wieder weg. Ich hob vom Boden ab, löste mich, verließ meinen Körper. Genau wie Rofu und Novelle. Als ich landete und die Augen wieder aufriss, weil die Musik schon längst gewechselt hatte, sah ich, wie Novelle ihre Arme um Rofus Hüfte geschlungen hatte und sich an ihn schmiegte. Ich sah auch, wie Rofu gar nicht mehr tanzte und unbeholfen mit Novelle am Bauch klebend Bewegungen versuchte. Kurz bevor sich die Massen wieder wie ein Vorhang vor die beiden schoben und sie aus meinem Sichtfeld verschwanden, erkannte ich noch, wie Novelle Rofu wegstieß und ihm vors Schienbein trat.

20. NASENBLUTEN

Ich arbeitete mich zu ihnen durch, doch als ich ankam, war Novelle verschwunden und Rofu hielt sich das Bein. Er humpelte mit mir aus dem Gewühl, und als es etwas ruhiger um uns war, fragte ich ihn, was gewesen sei.

»Sie hat zu viel getrunken.«

»Ach«, sagte ich, »und weiter?«

Er druckste rum und rieb sich das Bein. Von einem besorgten Beschützerinstinkt getrieben stieß ich ihn angriffslustig an und schubste ihn ein Stück zurück. Wütend forderte ich ihn auf, endlich zu antworten, doch er zögerte noch immer und sah sich um. Hilflos. Flehend und schließlich sich ergebend.

»ICH BIN GAY! ... Scheiße!«

Jetzt stieß er mich zurück, holte zwei, drei Mal Luft und schnaubte hilflos, bevor er alle Spannung verlor, in sich zusammenfiel und sich mühsam und langsam auf einen der Heuballen setzte, die überall aufgestellt waren. Dann erzählte er, beinahe krächzend, wie Novelle sich beim Tanzen einfach an ihn gedrängt und ihm zugeflüstert hatte: »Ich liebe dich.« Und dass das anders klang. Und dass das anders war. Und wie er das nie für möglich gehalten hatte. Er es nicht gesehen hatte. Es nicht sehen konnte. Und wie er ihr, schließlich selbst ganz schwindelig, gesagt hatte, dass er schwul sei. Und dass er ahnte, was passieren würde. Und dass er sie deshalb hilflos und verzweifelt festhielt. Und dass er auch ihre Hilflosigkeit und Verzweiflung in ihrer Umarmung gespürt hatte.

»Du bist schwul?«, antwortete ich verdutzt, anstatt nach Novelle zu fragen. Dann fing ich mich wieder. »Alter, ich hab kein Problem damit. Wieso auch.«

Wenn wir in einer Welt leben würden, in der es keine

Ausgrenzung gäbe, wäre das dann ja auch wirklich kein Thema mehr. Aber so lange Frauen, Farbige und Fremde, Juden, Jesiden oder Menschen mit langen oder kurzen Nasen um gleiche Rechte kämpfen müssen, so lange ist das alles eben nicht selbstverständlich. Ich kann den Vorteil einfach nicht erkennen, den ich hätte, wenn sich zwei Männer oder zwei Frauen nicht küssen würden. Dass Frauen oder ethnische Volksgruppen benachteiligt werden, kann man der Gier der anderen zuschreiben. Aber dass Sex zwischen zwei Menschen ein Agendapunkt von Unbeteiligten sein soll, das will mir nicht in den Kopf.

Rofu verstand meine Haltung und ich sah seine Erleichterung in seinem aufklarenden Gesicht.

»Aber da ist etwas zwischen dir und Novelle. Das spürt man«, setzte ich nach.

»Allah! What the hell is supposed to be between us?« Wie immer, wenn Rofu aufgeregt war, fiel er ins Englische zurück. Nach einer Pause flüsterte er mit leiser Stimme, die aus seinem Inneren und Verborgenen zu sprechen schien:

»There is so much sweet and good in her. She is like a tramp. Without a home – all alone.«

Ich tat einen Schritt auf ihn zu, reichte ihm die Hand und antwortete:

»Das sind wir alle – schon viel zu lange und zu oft auf falschen Straßen unterwegs.«

Rofu ließ sich von mir hochziehen

»Wir suchen sie. Und wo ist Mimi?«, fragte ich und wir schoben uns durch die Leute in Richtung der Fressbuden und unserer Unterkunft. Dort angekommen, war alles, wie es war. Leer. Novelles Sachen lagen auf ihrem Bett und auch von Mimi keine Spur. Wieder draußen suchten wir weiter. Zuerst an den Ständen, an denen es etwas zu trinken gab. Dann etwas abseits in den Winkeln und hinter den Häusern. Schließlich fanden wir sie am Parkplatz, dort, wo die kleinen Lkws der Lieferanten standen. Über einen Stapel leerer Erdbeerkisten gebeugt stand Kurt mit heruntergelassenen Hosen hinter ihr und fickte sie, während ein anderer Kerl, bestimmt noch keine zwanzig, etwas scheu ihre kleinen Brüste massierte. Auf dem Boden daneben abgestellt standen ihre halb vollen Biergläser.

Mit Anlauf sprang ich Kurt von hinten ins Kreuz und wir krachten über die Erdbeerstiegen in den Dreck. Ich wuchtete ihm eine aufs Maul und wollte endlich das aus ihm machen, wozu er bestimmt war. Ich wollte ihm endlich die Hackfresse verpassen, die er verdiente.

Es war Rofu, der mich von ihm wegzog. Der andere Kerl war abgehauen. Kurts Nase war gebrochen, wie angestochen blutete er aus seinem Gesicht. Novelle krabbelte auf die Seite und zog sich ihre Sachen hoch. Aber anstatt jetzt in ihr Elend umzukippen, so wie wir es mittlerweile gewohnt waren, war sie immer noch auf hundertachtzig. Sie schubste Rofu von sich, der zögerlich versuchte, sie irgendwie einzufangen. Mir verpasste sie, noch bevor ich aufstehen konnte, einen gewaltigen Tritt in die Seite. Dann lief sie schreiend weg, drehte sich noch mal um, zögerte für einen Moment und brüllte:

»Ihr Wichser!«

Sie lief weiter und wir hörten noch mal:

»Ihr elendigen, verfickten Wichser!«

Rofu wollte Kurt auf die Beine ziehen, der wehrte ihn aber ab. Als wir drei endlich nach Luft holend beieinander standen, setzte ich an, noch mal in Kurts Gesicht zu schlagen, aber Rofu hielt mich zurück. Das Blut aus Kurts Nase lief in seinen dicken Bart. Seine Hose war immer noch nach unten gerutscht. Sein Teil sah aus wie ein mickriges, dunkelrotes, mariniertes

Stück Lammfilet, das über einem Sack aus gelblicher Hühnerhaut baumelte. Novelle musste ihre Tage gehabt haben. Kurt war nicht nur im Gesicht blutverschmiert.

»Das kleine Miststück hat das so gewollt«, keuchte er, als er sich anzog. »Morgen seid ihr hier weg«, raunte er uns noch zu. Dann machte er sich davon, zurück zum Fest mit all den an einem lauen Sommerabend unbeschwert feiernden Leuten.

Rofu brauchte noch einige Minuten, um mich zu beruhigen. Zu sehr stand mir das, was ich mitansehen musste, im Gesicht. Das Bild von Novelle auf den Erdbeerkisten und Kurt an ihrem mageren Hintern. Selbst wenn ich die Augen schloss, klebte die Szenerie unter meinen Lidern. Ich suchte einen Schalter, um all das wegzuknipsen, doch es gelang mir nicht. So wie das letzte Foto in einem alten Dia-Apparat, das für einen Moment noch sichtbar bleibt, obwohl die Projektion schon verschwunden ist, so unbarmherzig ließ sich die Realität bitten, aus der Gegenwart zu verschwinden und endlich in die Vergangenheit zu treten, damit das Vergessen mit seiner Arbeit anfangen konnte. Manche Bilder verblassen nie, weil sie in einem Vakuum gelagert werden. Konserviert. Ohne Luft und ohne die geringste Chance auf Rost.

Ich hätte mit meinen Fäusten wild in die Welt schlagen können und war versucht, Rofu die Schuld an allem zu geben. Weshalb hatte er nicht gesagt, dass er schwul ist? Ich fragte ihn das, als wir zurück auf das Fest gingen, um Novelle und Mimi zu finden. Aber als er mit der Hand auf die Stelle deutete, wo die Muschel seines Ohrs einmal gewesen sein musste, und er mir nur mit kurzen Worten erzählte, dass sie ihn in Khartum erwischt und ihm dafür das Ohr abgeschnitten hatten, verstand ich, dass es nicht so einfach war und dass ein Outing etwas sehr Privates und in manchen Gegenden auch sehr gefährlich ist. Warum eigentlich ist dieser fürchterliche Begriff nicht längst durch ein Wort wie Homecoming ersetzt worden?

Kurz bevor wir auf dem Festplatz eintrafen, musste ich mich übergeben. An der Ecke des Gutshauses kotzte ich alles aus. Ich spuckte Novelles Tabletten, die sie auf dem Schiff genommen hatte, ich erbrach die Pilze von Mimis Mann und ich spie Rofus blutiges Ohr in den Staub. Ich hatte mit einem Mal furchtbare Angst um Novelle. Die kleine, zarte Novelle – wie schwer musste es für sie gewesen sein? Nach all dem, und weil sich seit ihrer Kindheit nichts geändert hat. Wie groß musste ihre Hoffnung gewesen sein? Wie viel Mut musste sie schürfen, um sich Rofu schutzlos zu zeigen? Wie tief musste der Stich in ihrem vernarbten Herzen sitzen?

Sie hatte sich geirrt. Man fängt an zu vertrauen, dabei *vertraut* man sich. Genauso wie man sich verirrt oder verläuft. Das ist hart. Vor allem, wenn man seit Jahren aufgehört hat, überhaupt irgendwem zu vertrauen. Novelle breitete ihre Arme genau demjenigen gegenüber aus, der zwar stark genug war, aber diese Art von Liebe nicht tragen konnte. Dabei brauchte sie so dringend jemanden an ihrer Seite, weil sie im Begriff war, sich selbst zu verlassen. Sie stolperte in die Gärten von Menschenfressern, darauf hoffend, eines Tages verschlungen zu werden. Weil sie vielleicht nur so etwas fühlte? Oder weil sie längst aufgehört hatte, zu fühlen? Vielleicht würde sie ab jetzt nie wieder etwas fühlen?

Auf dem Fest war alles, wie es sein sollte. Die Hauptband spielte die versprochenen Countrylieder, Menschen tanzten und drängten sich noch immer an den Ständen, um etwas zu trinken oder zu essen zu ergattern. Wolken zogen auf.

Wir entdeckten Mimi. Sie saß etwas abseits auf einem der Heuballen, knabberte an einem kleinen Fleischspieß und hielt ein Glas Erdbeerbowle in der Hand. Kurt sahen wir nicht. Nachdem uns Mimi stumm zugehört hatte, schüttelte sie den Kopf und redete von Verantwortung, machte uns Vorwürfe. Sie sagte, dass das Leben nur eine einzige Aufgabe stelle. Dass man Verantwortung übernehme. Es wolle nichts anderes als das. Wir sollen für irgendetwas verdammt noch mal die Verantwortung übernehmen. Sonst sei das Leben nutzlos.

Wie begossen standen wir da und ich war versucht, mich zu verteidigen. Zu sagen, dass Rofu nicht darauf aufgepasst hatte, dass Novelle nicht zu viel zu trinken bekäme. Aber das schien mir nur vorgeschoben. Wie hätte der arme Rofu denn auch anders damit umgehen sollen, als Novelle beim Tanzen ihm ihre Liebe erklärte.

Wir verteilten uns und suchten Novelle. Ich ahnte, dass sie verschwunden bleiben würde. Doch ich wünschte mir, sie gleich irgendwo zu finden. Von mir aus als ein Häufchen heulendes Elend, aber wenigstens noch bei uns und nicht fort. Wir suchten die ganze Nacht. Immer wieder trafen wir uns auf dem Hof, der jetzt schon längst dunkel und verlassen war. Nur vereinzelt sah man noch Jugendliche in Grüppchen. Knutschend oder miteinander lachend. Novelle konnte ja nicht wirklich weit weg sein. Ihre Sachen waren noch da, und wir alle konnten uns nicht vorstellen, dass sie ohne ihre Mangabilder einfach so abhauen würde. Als es schon sieben Uhr morgens war und der Abbau der Holzhütten schon im vollen Gange, gaben wir auf. Auch weil Frank zu uns kam und uns aufforderte zu verschwinden. Er nahm uns die Armbänder ab, ohne Anstalten zu machen, uns unseren Lohn auszuzahlen.

21. VAGINA SEE

Mit den gepackten Sachen schoben wir resigniert und wortlos unsere Räder entlang einer Allee. Vorbei an gelben Rapsfeldern. Wir hatten alle Sachen von Novelle mitgenommen. Keiner wollte aufsteigen und fahren, und so trotteten wir mit gesenkten Köpfen hintereinander her. An einem der endlos aufgereihten Alleebäumen stand ein Unfallkreuz, Rofu blieb stehen und betrachtete es. Ein verdorrter Rest Blumen hing aus einem grünen Steckkelch wie ein verrottendes Gerippe. Darüber, an dem Baum befestigt, ein Bilderrahmen mit einem Foto. Durch die eingezogene Feuchtigkeit konnte man kein Gesicht mehr erkennen. Nur noch verschmiertes rot-gelbes Papier. Verblichen und bald zerfallen. Dieses morbide Stillleben, das längst nicht mehr lebte, erinnerte daran, dass trotz aller Vergänglichkeit ein Mensch einem andern einmal wichtig gewesen ist. Plötzlich wusste ich, weshalb Rofu nicht weiterging.

»Wir müssen zurück!«

Mimi kam von hinten mit ihrem Rad angerollt.

»We have to go back«, wiederholte Rofu. »Wenn man wen verloren hat, dann wartet man da, wo man sich zuletzt gesehen hat. That's our fuckin' duty! Why did I forget that?«

Mimi legte ihren Arm auf seine Schulter. Sanft, beinahe tröstend sagte sie:

»Beruhige dich, Rofu, du hast ja recht.«

Dann zündete sie sich, wie immer in aufgeregten Momenten, eine Zigarette an, zog einmal und reichte sie Rofu, der sie zu meinem Erstaunen wie von selbst nahm und, ohne zu husten, zweimal inhalierte. Wir stiegen auf die Räder und fuhren zurück, bis wir zu einer Lichtung zwischen einem Waldstück und dem Hofgelände des Biobauernhofes kamen. Am Rand entdeckten wir einen Hochsitz. Nah genug, um in Ruhe auf den Hof zu schauen, und so geschützt, dass man uns nicht entdecken würde. Wir waren uns alle einig: Novelle würde ihre Sachen holen. Schon wegen der Mangabilder. Wir legten die Räder ins Gras und kletterten hinauf. Von oben sahen wir die Stallungen und die Hallen, in denen Milch verarbeitet wurde. Am Horizont ragten Silos in den Himmel, und das Gutshaus leuchtete in einem prächtigeren Weiß als so manche Südstaatenvilla. Es fehlte nur noch ein klagender Bluesgesang, der mit dem Wind von den Pflückern auf den Erdbeerfeldern herüberwehte. Den Schlafsaal für das Personal hatten wir gut im Blick. Auch wenn alles etwas weit entfernt war, waren wir sicher, dass wir Novelle zumindest als kleinen Punkt sofort erkennen würden. Ein Fernglas wäre hilfreich gewesen. Der Hof wurde immer noch aufgeräumt und ich entdeckte Frank. Er zeichnete gerade auf einem Papier etwas ab und ein Fahrer sprang in seinen Transporter und steuerte vom Hof. Kurt sahen wir nicht, und dafür war ich dankbar. Mimi sagte, sie werde mit dem Rad zu den Erdbeerfeldern fahren, um Novelle dort zu suchen. Vielleicht würde sie ja arbeiten. Wir hielten das zwar für unwahrscheinlich, aber Mimi wollte unbedingt und stieg die Holzsprossen wieder nach unten.

Oben auf dem Bänkchen sitzend sortierte Rofu die Sachen aus unseren Taschen, bis er auch Novelles Zeug in seinen Händen hielt. Es war nicht viel. Ein paar Klamotten, die Mangas und Schminkzeug. Als wir wieder alles zurückstecken wollten, fiel ein kleines Foto zwischen den Sachen heraus. Es war alt und in der Mitte geknickt. Auf einer Wiese vor einem Bergmassiv zeigte es ein kleines dunkelhaariges Mädchen im Dirndl. Lachend mit Zahnlücke. Dahinter ein Mann und eine Frau. Alle sahen glücklich aus.

»Mein Gott, ist das Ins-Leben-Finden denn wirklich für jeden von uns so kompliziert?«, fragte ich Rofu, als ich Novelles Tasche wieder zumachte. Er zuckte mit den Schultern, weil er darauf ja auch keine Antwort hatte. Wir sprachen die ganze Zeit kein Wort und warteten auf Mimi und vor allem auf Novelle, wie sie über den Hof zu den Unterkünften schleichen würde, um uns zu suchen. Aber nichts passierte. Weil doch noch viele Menschen mit Aufräumen beschäftigt waren, hatte ich Angst, sie vielleicht übersehen zu haben.

Ich wurde müde und mir fielen fast die Augen zu. Alle Anstrengung, nicht zu blinzeln, war zwecklos. Wir hatten nicht geschlafen und nun löschte die Erschöpfung das Licht und zog die Vorhänge zu. Irgendwo bellte ein Hund. Dann war es still und letzte Gedanken im Halbschlaf gespensterten vor der aufziehenden Finsternis. Bilder reihten sich aneinander, wandelten sich, verschwanden. Novelle, Mimi, eine Straße, Schritte und Teer. Ein Flüstern, verhallend, von rechts? Wind, ein Name, und immer das Meer. Gib mir einen neuen Namen. Hab meinen tief vergraben. Bist du einsam, stirbt dein Name zuerst. Niemand, der ihn sagt.

»Novelle, was auch immer mit dir geschehen ist. Wo immer du jetzt sein magst. Ich werde nicht zulassen, dass du ohne deinen Namen gelebt hast.«

»Sie ist nur verschwunden. She's not dead!« Rofu stupste mich an, rüttelte mich wieder zurück in mein erstes orientierungsloses Bewusstsein.

»Scheiße. Wie lange war ich weg? Wie spät ist es?«, fragte ich ihn.

»Du hast vielleicht zwanzig Minuten geschlafen. Es ist vielleicht vier pm«, antwortete er.

»Okay. Haben wir was zu trinken?«

Ich hatte einen solch trockenen und klebrigen Mund, als hätte ich an einem Prittstift gelutscht.

»Wir haben kein Wasser. Du hast geträumt. Warum soll sie tot sein? Sie ist gestern nur fortgelaufen. She's a runaway.«

Was Rofu sagte, stimmte. Ich hatte wirres Zeug geträumt. Von Straßen, die sich wie Fließbänder endlos in das große weite Nichts hineinschieben, und von toten Novelles, die erstarrt und mit aufgerissenen Augen unter der Eisdecke eines tiefen Sees trieben.

Zwei Tage und eine Nacht richteten wir uns auf dem Hochsitz ein. Wir schliefen im Sitzen. Auf der Bank, in einer Reihe aneinandergedrückt. Trotz der Enge und der unbequemen Haltung fluchte oder murrte keiner über die Situation, abwechselnd spähten wir den Hof aus. Schwierig wurde es am Ende der Schichten, wenn die Leute von den Treckern angekarrt kamen und dann in die Personalhalle drangen, in der wir noch vor einem Tag ein frisches Bett hatten. Mimi besorgte am ersten Tag drei große Flaschen Wasser, und sie hatte Erdbeeren dabei. Unzählige Erdbeeren – eine Kombination, die bei uns allen zu Durchfall führte. Immer wenn einer neuen Druck verspürte und eilig die morschen Stufen des Hochsitzes runterkletterte, sprach Rofu von Montessoris anstatt von Montezumas Rache. Egal wie oft wir ihn verbesserten, er bekam das einfach nicht rein. Mimi hatte es am schlimmsten erwischt, und ihr war es besonders unangenehm. In der Nacht stieg sie sicher fünf- oder sechsmal nach unten. Schließlich wiesen wir ihr den Platz außen, direkt an der Leiter, zu.

Weil wir zwar hundemüde waren, aber nicht wirklich schlafen konnten, und die Zeit unbequem und lang wurde, unterhielten wir uns. Zum Beispiel über den Wert von Betten und von Schlaf im Allgemeinen.

»Die armen Menschen, die kein Bett haben«, jammerte Mimi ein wenig.

»Man gewöhnt sich daran. Du legst dich hin und schläfst. Ganz einfach«, antwortete Rofu.

Das sah Mimi völlig anders.

»Daran werde ich mich nie gewöhnen. Ein Bett ist mehr als das. Man kriecht nicht nur in ein Bett, sondern in sich selbst, und schon deshalb sollten die Begleitumstände des Schlafens möglichst angenehm sein. Nicht wie hier im Sitzen oder wie bei vielen Obdachlosen unter Brücken mit alten Pappen zwischen Plastiktüten. Schlafen ist mehr, als sich einfach nur auszuruhen, weil man müde ist. Es ist wie eine heilige und unberührbare Zeit im Kampf des Daseins. Es ist so etwas wie ein Pflaster für die Wunden des Tages. Es sollte ein Grundrecht auf guten Schlaf geben. Also mit dem perfekten Kopfkissen, oder besser gleich zwei, und einer guten Decke, die gerade das richtige Gewicht hat. Nicht zu vergessen: die Unterlage! Sie darf nicht zu weich, aber auch nicht zu hart sein, mehr habe ich dazu nicht zu sagen!«

Da hatte sie recht und ich dachte an die nächtliche Matratzentauschaktion im Hotel. Rofu schien in der Hinsicht mit weitaus weniger auskommen zu können.

Zwischendurch sprachen wir auch über Novelle. Über ihre Not und ihr Verhalten und über unsere Sorge um sie.

Ich dachte an das Buch des Franzosen, das ich mittlerweile beendet hatte. Der Erzähler hatte sein Mädchen am Ende umgebracht. Nicht wie man es sich jetzt denken könnte. Er tat es aus Liebe. Sie war zum Schluss in einer Anstalt gelandet. Ruhig gestellt und ans Bett gefesselt. Weit ab von sich selbst und der Welt. Am Strand spazierend, seinen schweren Gedanken folgend, findet der Erzähler einen toten Fisch. Er erkennt, dass es ihm unmöglich sein wird, sein Mädchen auf diese Weise zurückzulassen. Eben wie einen toten und kalten Fisch in einem Leben, das keines mehr war. Er tut es aus Liebe und deshalb jenseits von Gut oder Böse. Mit einem Kissen verhilft er ihr zur endgültigen und für sie einzig noch möglichen Freiheit.

Um die Zeit totzuschlagen, erzählte ich von anderen Orten mit sonderbaren Namen.

Das vertrieb die schweren Gedanken für eine Weile. Ich berichtete von Motzen in Sachsen, Göttin bei Hamburg, Schlangenbad, Leichendorf, Pißdorf und Oberkaka.

Rofu war sehr irritiert, und er hatte besondere Freude an den fäkalen Feinheiten, die ich ihm erklärte. Wir amüsierten uns und überlegten Geschichten, wie die Dörfer wohl zu ihrem Namen gekommen waren. Wenn sich die Erdbeeren mit Grummeln im Bauch meldeten und wieder wer nach unten in die Büsche musste, ging es ab jetzt folglich runter nach Unterkaka. Am besten jedoch war der kleine Ort Waging am See am Waginger See.

»WHAT?«, fragte Rofu, »A VAGINA SEE! Das ist incredible. Man kann doch nicht ein … What the fuck had happened? Wo ist dieser Ort? Ich muss ihn unbedingt besuchen.«

Rofu bekam beinahe gar keine Luft mehr. Ungläubig lachend schüttelte er den Kopf. Mimi konnte dieser Art von Gespräch nicht viel abgewinnen. Aber als ich erklärte, dass Waging am See beinahe bei Salzburg läge, horchte sie auf und fragte, wie die Geschichte mit dem Pass damals ausgegangen sei, als der dürre Mann in die Wohnung kam und Fotos von Rofu machte.

»Hab drei Tage gewartet«, berichtete Rofu. »An einem Morgen – ich habe geschlafen – habe ich dann ein Auto gehört. Dann Schritte. Es war noch sehr früh und noch dunkel draußen. Das Schloss an der Tür wurde gedreht und andere Männer kamen rein. Verbanden meine Augen, und ich bin dann hinten in einem Auto wohin gefahren worden. Dann hat man mich rausgelassen, an einer Straße, und mir einen Brief mit den Papieren gegeben. Das war alles. Ich hatte große Angst, dass alles Betrug war und man mein ganzes Geld weggenommen hat. Aber ich habe die Papiere gekriegt.«

»Also findest du die Wohnung nicht? Oder doch?«, fragte Mimi.

»Ich weiß nicht. Aber wenn ich die Industry Area sehe, mit den vielen Autos, dann kann ich auch das Haus finden.«

»Dann müssen wir suchen und dort warten«, beschloss Mimi. Es schien, dass sie die Idee auf ein neues Leben, ohne auf der Hut zu sein, doch mehr beschäftigte, als sie zugab.

»Und was ist mit Novelle?«, fragte Rofu.

Schweigen. Damit war das Gespräch und die kurzweilige Ablenkung endgültig erloschen. Wir sanken zurück in unser stilles Auf-der-Bank-Sitzen und jeder versuchte stoisch darauf zu achten, wer oder was sich auf dem Hof bewegte. Novelle kam nicht. Und die Wolken über uns huschten mit unseren Gedanken dahin. Welch ein Strohkopf ich doch gewesen bin. Ich hatte doch bemerkt, dass mit Novelle in den letzten Tagen etwas geschah. Wie sie sich verändert hatte. Wie sie offener wurde und sich bei uns und besonders an Rofu angelehnt hatte. Wie sie versuchte, gegen ihre Geister zu kämpfen, und wie die sich gewehrt hatten. Wir hätten sie nie, nie, niemals auf dem Fest an Alkohol lassen dürfen. Gerade jetzt, als sie im Begriff war, sich aus dem Griff ihrer Dämonen zu befreien. Wusste ich doch um ihre Eskapaden. Ihr blaues Auge zeigte es zu deutlich. Ich machte mir Vorwürfe, aber Mimi beruhigte mich, dass keiner imstande gewesen sei, vorauszusehen, dass sie Gefühle für Rofu hatte. Dass das, was Novelle für Liebe hielt, etwas anderes sei. Sie sich vielleicht in die Idee des Verliebtseins verliebt habe, weil Bedürfnisse aus ihr aufschäumten und nach Hilfe riefen. Vielleicht so, wie Verwundete ihre Retter lieben? Das beruhigte vor allem Rofu, und wir saßen eine weitere Zeit über diesen Gedanken stumm beieinander.

»Wir fahren nach Salzburg und holen den Pass für Mimi. Das ist klar.«

Die beiden sahen zu mir herüber, so als sei ich von Sinnen oder als spreche ich in einer fremden Sprache.

»Das ist klar«, wiederholte Rofu lakonisch, ohne seinen Blick vom Hof abzuwenden. Mimi sagte gar nichts. Aber ich redete weiter. Ich hatte wenigstens einen Plan. Schließlich konnten wir nicht ewig oben auf dem Jägersitz hocken bleiben.

»Wir fahren trotzdem nach Alt Ottoking. Das sind wir Novelle schuldig. Auch wenn sie fort ist. Ich finde, wir sollten ihren Vater aufsuchen. Aber ohne Gewalt und so. Vielleicht finden wir so was wie Kinderpornos oder sonstigen pädophilen Mist bei ihm. Und dann können wir dieses kranke Schwein anzeigen. Anonym vielleicht? Wir müssen dem nämlich gar nichts abschneiden. Das machen die im Knast mit Kinderschändern sowieso.«

Die beiden sahen mich wieder ausdruckslos an.

»Ja, das ist eine gute Idee«, antwortete Rofu trocken.

Mimi fand den Vorschlag ausgesprochen gut, und es schien, einige Lebensgeister hatten sich an unseren schweren Trübsalvorhängen vorbeigemogelt. Denn bei allen Sorgen um Novelle, auch wir hatten ein neues Leben zu suchen, das ganz offensichtlich nicht einfach so dahergeschneit kam und uns einlud mitzufahren. Wir mussten schon selbst gehen.

»Alt Ottoking ist nicht weit von Salzburg, und weißt du was, Rofu?« Ich grinste jetzt von einem Ohr bis zum anderen und trommelte einen Tusch mit meinen Händen auf seine Oberschenkel.

»Wir fahren zum Vagina See! Der ist nämlich auch ganz in der Nähe.«

Auch wenn man auf seinem Weg das Ziel nicht erreichen wird, ist es besser, wenigstens mit Hoffnung zu reisen. Selbst wenn wir bei Novelles Vater nicht fündig würden und die Aussicht auf Mimis neuen Pass wegen unserer kleinen finanziellen Mittel gering schien, hätten wir mit einem kurzen Verweilen an einem schönen See nicht das allerschlechteste Erlebnis. Vor allem wenn dieser einen auch noch so einen bekloppten Namen hat. Trotz all der Strapazen, die ich jetzt in meinen Knochen spürte, hatten wir wenigstens bisher auf unserem Weg schöne Orte gesehen, die allesamt dafür geeignet waren, ihre Besucher um den Verstand zu bringen.

Am Morgen des neuen Tages verließen wir den Jägerstand. Ich ließ mein Kinderrad stehen und wurde auf dem Tandem zu Rofus neuem Sozius. Der Weg führte uns zurück. Über die Landstraße wieder vorbei an dem Baum mit dem verblichenem Foto und immer geradeaus. Wir folgten den gelben Schildern in Richtung Kreisstadt, die an jeder Kreuzung eine geringere Anzahl Kilometer bis zum Ziel anzeigten. Stunde um Stunde fuhren wir durch Ehrfurcht gebietende Alleen mit mächtigen Bäumen, die womöglich alle Antworten auf die Fragen des Lebens in ihrem alten Holz verborgen trugen. Wir rollten entlang an Wäldern und Rapsfeldern. Es roch nach faulender Wiese, und der Fahrtwind schmeckte nach Wald und nach Kiefer.

Keiner sagte etwas, und wie die Bäume am Rand zogen rasche Erinnerungen vorbei – die kurzen Momente mit Novelle, an denen wir miteinander lachten, der gemeinsame Weihnachtsabend an dem schönen See. An die Robben, die keine Schuld hatten.

Novelle hatte uns miteinander verknüpft und dabei etwas verändert. Etwas ausgelöst, das sich in uns losgelöst hatte. Mitgefühl wurde zu Fürsorge und Toleranz zu Selbstlosigkeit. Niemand kannte Novelle wirklich. Zu kurz war die Zeit mit ihr gewesen. Aber es gibt solche Menschen, die einfach in ein anderes Leben schießen, Fremden den Finger in die Wunde oder die Hand auf die Stirn legen, auf sonderbare Weise berühren und dem Leben eine neue Richtung weisen. So jemand war Novelle. Vielleicht auch, weil wir nichts Besseres wussten. Vermutlich aber, weil wir alle, nicht nur Novelle, der Einsamkeit überdrüssig waren, ohne es selbst bemerkt zu haben. Jetzt war sie fort. Zurück blieb eine Leere, die niemand von uns alleine hätte schließen können.

Die noch zu fahrenden Kilometer verringerten sich. Die Straßen wurden breiter und der Verkehr dichter. Lkws donnerten über Schlaglöcher, unbarmherzig an einer Frau und zwei Männern vorbei, die auf ihren Rädern immer langsamer einem Punkt entgegenrollten, der ein Ende und vielleicht ein Anfang zu sein schien.

22. GELBES GUMMIBOOT

Die Stadt war instand gesetzt und nur letzte Gerüste und Baugruben zeugten noch vom Verfall, der einst diese Gegend über die Dörfer und Höfe bis tief in das Land zerfressen wollte. Alles erinnerte mich an meine Kindheit in meinem eigenen Dorf. Jenem, das hinter der Schallschutzwand der Autobahn ganz bestimmt noch immer genauso verloren dalag, wie ich es vor Jahren verlassen hatte. Ich spürte die Unmöglichkeit, seiner Heimat zu entkommen. Sie ist immer an einem. Wie Haut.

Die Fassaden der bunten Häuser in der Fußgängerzone wirkten wie pittoreske Wirtstiere für die überall gleichen Ladenketten, die sich dort wie Parasiten eingenistet hatten. Sie standen da wie ausgeweidete Kreaturen aus Fachwerk und Stein, die mit aufgerissenen Mündern darauf warteten, Instant-Träumereien zu erfüllen. Gleichgültig, gesichtslos, ausdruckslos. So wie die Menschen, die sich dort Linderung ihrer sonst unerträglichen Leere des Lebens kaufen. Ohne jemals Sattheit zu verspüren, konsumieren sie und verzehren sich dabei am Ende selbst. Und in ihren Exkrementen lebt das Ungeziefer weiter auf dieser Welt. Doch der ist das egal. Wir sind nur Insekten, die sich auf ihr mühen, bis wir abfallen oder unter ihrem Gewicht zerquetscht werden.

Wie wohltuend es war, als wir den alten Bahnhof mit seinem Backsteingebäude erreichten.

Dort angekommen studierten wir die Fahrpläne und bezahlten drei Tickets für den Zug nach München über Berlin. In unserem Zugabteil setzten wir uns alle nebeneinander mit dem Rücken zur Fahrtrichtung. Zuvor half Rofu Mimi beim

Gepäck. Wir hatten noch zwei Äpfel, von denen wir abwechselnd abbissen. Schließlich kam Berlin näher, und Rofu wollte die Stadt sehen.

»Können wir einen Stopp in Berlin machen? Ich muss the wall unbedingt sehen«, bettelte er.

Ich hob eine Braue und antwortete: »Die ist aber fast gar nicht mehr da.«

»Das macht nix. Aber ich muss sehen, wie es passieren konnte, dass sie nicht mehr da ist.«

Er bat und bettelte und rutschte unruhig auf seinem Sitz hin und her, schaute aus dem Fenster und dann wieder in den Faltplan mit den Stationen und Ankunftszeiten. Er erkundigte sich alle fünf Minuten nach der Uhrzeit, und je näher wir Berlin entgegenkamen, desto aufgekratzter wurde er. Er wollte wissen, wie ohne Gewalt etwas Undurchlässiges durchdrungen werden konnte. Er hatte die Zäune an den Grenzen zu Kroatien gesehen. Die bewaffneten Patrouillen mit ihren Hunden. Die Befestigung, die er in beide Richtungen überwunden hatte, nachdem er schon übers Meer gekommen war.

Also beschlossen wir, einen späteren Anschlusszug nach München zu nehmen, packten unsere Sachen in Schließfächer und erkundigten uns nach dem Weg zum Mauerpark. Dort steht noch ein langes Stück der alten Befestigungsanlage. Als wir ankamen und uns durch des Gewimmel der Menschen, vorbei an den Fressbuden, Flohmarktständen, Musikern und Straßenkünstlern gezwängt hatten, war Rofu ganz still. Während ich mich mit Mimi auf die Wiese setzte und dem bunten Treiben zusah, schritt Rofu die ganzen dreihundert Meter der alten Mauer beinahe andächtig entlang und genauso langsam wieder zurück. Wieder bei uns befand er:

»Es ist gut, dass es eine Mauer gewesen ist und kein Zaun. Die Farbe hat ihr das Böse weggenommen. Die Leute konnten sie malen. Mit Bildern und bunter Farbe.«

»Anmalen oder bemalen, Rofu«, verbesserte ich ihn.

»Hä?«

»Egal. Aber auf der Ostseite war die Mauer bestimmt nicht bemalt.«

»Genau. Ist egal. Weil Kunst gar nicht Grenzen kennt und deshalb ist die Mauer kaputtgegangen. Ist egal, von welcher Seite. Die Bilder kommen in die Gedanken und Herzen und dann macht das da was. Ganz langsam. Stück um Stück machen sie frei. Eine Zaun kann man nicht malen«

»BE-malen«, wiederholte ich mich. »Und wenn die Ostseite nicht BE-malt war, dann haben die Leute da auch keine Bilder gesehen.«

Rofu war sehr überzeugt, und vielleicht hatte er ja doch recht. Auch wenn es keine Grafittis waren, so sind es aber ganz sicher all die anderen Bilder gewesen. Illustrierte Begierden, die in die Menschen gedrungen sind und sie unaufhaltsam zur Freiheit trieben. Nichts ist gewaltiger als die Sehnsucht, die einen zieht. Keine Grenze, die sie nicht verschieben könnte. Waren wir drei nicht auch ein Beweis dafür? Rofu war es auf jeden Fall. Wir verließen den Park und schlenderten in Richtung Prenzlauer Berg mit seinen Straßencafés und den kleinen Läden, die ein bisschen wie die Mauer bemalt waren. Ich genoss das quirlige Treiben, das hier in sich selbst zu ruhen schien. Mimi war wie immer ein wenig angespannt und ihre Blicke huschten umher. Ich konnte es trotz ihrer Sonnenbrille bemerken. Rofu schien etwas verwundert darüber, dass er nun in der größten deutschen Stadt war, die ein geordnetes Durcheinander zu haben schien. Ganz anders als die Städte in Afrika oder auch in Italien, wo das Straßenleben weniger Erleben als Überleben sein mag. So oder so ähnlich sagte er es jedenfalls. Wir schlenderten durch die Stadt, schleckten Eis aus der Waffel, aßen Falafel und probierten Berliner Weiße, grün und auch rot. Ich fühlte mich gut in diesem Treiben, in der Stadt, die an meiner Ruhelosigkeit herumzündelte.

Viel zu lange war ich paralysiert an der Küste mir selbst und meinen Gedanken überlassen. Hier flogen die Eindrücke vorbei und man konnte sich ergeben und ihnen nachschauen oder, wenn man wollte, einem aufsitzen und mit ihm weiterziehen. Egal was geschieht – an jeder Ecke wartet ein neues Leben, das dann anders verlaufen wird als das an dem Abzweig zuvor. Doch es war keine Zeit, sich treiben zu lassen und sich in etwas Unbekanntes zu stürzen. Wir hatten ja eine Pflicht zu erfüllen. Wir wollten den Pass für Mimi, und wir wollten Novelle wenigstens nachträglich beistehen. Vielleicht würde sie es erfahren. Wir erreichten den Bahnhof und ich überlegte nochmals für eine Sekunde, dem Impuls nachzugeben, einfach hierzubleiben. Es würde sich etwas finden. Doch ich wischte den Gedanken beiseite. Lieber wollte ich ein Teil unserer Unternehmungen sein. Ein Ziel haben. Nicht wie die Flipperkugel in mir, die ohne Sinn wohin schießt, um nach kurzer Euphorie in ein Loch zu fallen.

Nach einer langen und umständlichen Zugfahrt standen wir am frühen Morgen des nächsten Tages vor einem noch geschlossenen Café auf einer menschenleeren Badewiese unter Bäumen am Waginger See, der übrigens direkt bei einem Ort gelegen ist, der Petting heißt.

Ich verkniff es mir, darauf näher einzugehen, denn die Ruhe am Morgen, der Geruch des aquamarinblauen Wassers und das Panorama der Berchtesgadener Alpen flößte uns eine

Feierlichkeit ein, die ich nicht mit Albernheiten stören wollte. Wir hatten das erste Ziel unserer Reise erreicht und es fühlte sich so an, als hätten wir die mächtigen Berge mit ihren archaischen Felswänden, die vor uns lagen, bezwungen. Eine hatten wir auf unserem Weg verloren, und ich glaube, wir dachten alle ein bisschen an Novelle.

Wir setzten uns in den Außenbereich des noch verschlossenen Cafés und sogen die Landschaft in uns ein. Wir zählten noch mal unser Geld.

»Was meinst du, was wird der Pass kosten, wenn wir diesen Schleuser, Sević, nicht bezahlen müssen? Direkt beim Fälscher muss es ja billiger sein.«

Ich war ein wenig besorgt. Die Zugtickets waren teuer gewesen und wir hatten in Berlin auch etwas ausgegeben.

»Ich weiß nicht«, antwortete Rofu, »wir brauchen bestimmt noch zweitausend. Besser drei. Reserve ist wichtig.«

»Wir haben keine Reserve. Die hätten wir auf den Erdbeerfeldern gut verdienen können«, gab ich mit kleiner Stimme zu bedenken.

»Wir können hinfahren und gucken, was passiert«, sagte Mimi, bevor sie aufstand, um an einem Wasserhahn, der an der Außenwand des Cafés befestigt war, Hände und Gesicht zu waschen. Was blieb uns auch anderes übrig. Wir konnten immer noch ein Stück nach Süden in die Skigebiete fahren, um Arbeit zu finden. Vielleicht in Saalbach? Spüler und Köche werden immer gebraucht, und der Vorteil ist, dass man, wie bei der Schmottke, ein Dach und ein Bett erhält.

»Wie weit ist es bis Salzburg?«, erkundigte sich Mimi.

»Ich glaube, nicht weit. Nur über die Grenze.«

Ich nahm mein Telefon und checkte im Routenplaner die Entfernung.

»Circa vierzig Kilometer«, beantwortete ich Mimis Frage und reichte den beiden das Handy.

»Wir fahren nach Freilassing, das ist auf der deutschen Seite, und dann hinter der Grenze sind wir schon da.«

Rofu betrachtete die Karte auf dem Telefon, zog das Bild groß und wieder klein und strich über den Ausschnitt auf dem Bildschirm. Dann noch mal und noch mal. Gute fünf Minuten drehte er das Telefon in seinen Händen. Schließlich sagte er:

»Wir gehen hier über die Grenze«, und zeigte uns einen Ausschnitt bei einem Ort, der Laufen hieß. »We need a boat.« Er deutete mit dem Finger auf die Salzach, den Fluss, der die Grenze markiert. »Da müssen wir rüber.«

»Na, das ist doch leicht«, gab ich zurück, und Mimi schmunzelte.

»Dieses Mal aber bitte eine größere Jacht. Vielleicht mit Hubschrauberlandeplatz oder wenigstens Personal«, scherzte sie und strich sich dabei durch ihre roten Stoppelhaare, die im Licht des Morgens wie Herbstlaub leuchteten. Es tat gut, wahrzunehmen, dass sie etwas Leichtigkeit gewonnen hatte.

»Genau, so ein richtiges russisches Abramowitsch-Oligarchen-Schiff. Aber nur, wenn ich einen blauen Blazer mit Goldknöpfen bekomme und du dann frisch erblondet, mit unter dem Pushup verknoteter Bluse und goldenen Pumps ein Gläschen mit Spritz trinken magst«, gab ich breit grinsend zurück.

Mimi lachte. »Kein Problem.«

Rofu wartete bei den Taschen und Mimi und ich suchten den Campingplatz ab, der etwas weiter hinten gelegen war. Dort saßen schon einige Frühaufsteher vor ihren Wohnmobilen, und ich dachte daran, dass wir ja auch einen Campingbus stehlen könnten. Wir gingen die Reihen des Platzes ab und schauten nach einem Schlauchboot. Schließlich fasste mich Mimi an der Schulter und zeigte auf ein aufgepumptes gelbes Gummiboot, welches neben einem Zelt lag. Wir schauten noch eine Weile in alle Richtungen und inspizierten die Nachbarschaft, und als wir sicher waren, dass alles um uns herum still war, schlichen wir an gespannten Kordeln, die an Heringen verknotet waren, vorbei und nahmen das Paddelboot einfach mit. Es war nicht besonders groß, aber ich war sicher, dass es für unser Vorhaben ausreichen würde. Wir waren schon wieder gute dreißig Meter von dem Punkt entfernt, als Mimi stehen blieb, noch mal umkehrte und schließlich mit einem Paddel zurückkam. Während wir zurück zum Café gingen, wo Rofu auf uns wartete, ließen wir schon die Luft aus dem Boot. Beim Café stopften wir es in eine Tasche, zusammen mit dem Paddel, das sich praktischerweise auseinanderschrauben ließ. Dann gingen wir los und vor meinem inneren Auge tauchte ein Fahndungsplakat mit unseren Gesichtern auf.

23. TOM BOMBADIL

Wir wanderten den ganzen Tag. Ich hatte die Rumlauferei wirklich über, aber anstatt herumzunölen, biss ich die Zähne aufeinander. Schritt für Schritt, und je weiter wir kamen, desto mehr knirschte mein Kiefer. Ich spürte unendliche Müdigkeit. Abends schlugen wir uns durch ein kleines Wäldchen, dahinter lag die Salzach. Sie war nicht besonders breit oder beeindruckend, so wie man es für eine Landesgrenze erwarten würde. Rofu machte sich daran, das Gummiboot aufzupusten, und als es einigermaßen prall gefüllt war, warteten wir noch mal für zwei Stunden im Dickicht. Dann schleppten wir das Boot zum Fluss und zogen uns bis auf die Unterwäsche aus. Mimi kletterte hinein und sicherte die Taschen. Rofu und ich stiegen in das kalte Wasser und hielten die kleine gelbe Fähre, er vorn, ich hinten. Das Paddel brauchten wir nicht, wir konnten durchs Wasser waten. Es dauerte keine zwei Minuten, dann waren wir in Österreich. Wir zogen uns wieder an, und nachdem wir die Luft abgelassen hatten, versteckten wir das Boot in einem dichten Gestrüpp unter Ästen und Laub.

»Ich will was essen und endlich ein richtiges Bett.« Jetzt beklagte ich mich doch. Es brach richtig aus mir heraus. Ich konnte und ich wollte einfach nicht mehr.

»Ich bin kaputt. Das ewige Laufen und die Rumreiserei machen mich fertig. Ich möchte eine schöne, heiße Hühnersuppe. Mit Grießklößchen. So eine richtige Suppe. Eine für die Seele! Eine, die wärmt. Verdammt noch mal!«

»Der eine hat die Mühe, der andere bekommt die Brühe.«

Mimi schmunzelte und legte ihren Arm um meine herabhängenden Schultern. Dabei zog sie mich an sich heran und versuchte, mich warm zu rubbeln. Im Wasser war die Kälte bis in tiefe Schichten meines Körpers gekrochen. Und obwohl ich mich gleich angezogen hatte, fror ich wie ein Schneider, weil ich ja auch so eine dünne Bohnenstange war. Wir verbrachten die Nacht auf einer Bank in einem Bushaltehäuschen. Alles war still, und die Kälte lag auf meinen Knochen, unfähig, meinen Körper zu verlassen.

»Du hast Fieber«, sagte Mimi. Sie legte ihre Hand auf meine Stirn und ließ sie dort liegen. Das tat gut. Versteckt unter der Haut haben wir alle diese verborgenen Eingänge zu uns. An der Stirn, hinter den Ohren, im Nacken, vielleicht über dem Zwerchfell und ganz bestimmt an der Seite des Halses. Es war schön, berührt zu werden. Es war schön, über ihre kühlen Hände den warmen strömenden Austausch zu spüren. Etwas von ihr floss in mich und nahm mir gleichzeitig alles Giftige. Als würde sie mit ihrer Hand klares, wohltuendes Wasser in mich füllen, um damit all den verschlackten Dreck von meinem Grund zu lösen. Das war beinahe besser als warme, tröstende Hühnersuppe. Auf der Bank liegend, meinen Kopf in ihrem Schoß, fühlte ich mich geborgen. Die Augen fielen mir zu. Als würde ich vor dem Ausgang eines Tunnels stehen und rückwärts wieder in ihn hineingehen, umschloss mich die Dunkelheit. So schnell, dass ich keine Zeit mehr hatte, zu denken: Jetzt bald schlafe ich ein.

Ich erinnere mich noch, wie wir über dunkle Straßen gingen. Ich glaube, dass es nieselte. Wie durch eine beschlagene Scheibe nahm ich die Rücklichter der Autos wahr, bis sie schließlich immer kleiner werdend ein letztes Mal wie die roten leuchtenden Augen eines lauernden Monsters im Wald aufblitzen, um dann mit dem sich entfernenden Heulen der Reifen auf dem Asphalt in das von Dickicht umsäumte Nichts zu verschwinden. Bis uns dann endlich die Stille und die Nacht wieder mit ihrer dicken Decke umhüllte und uns vor der Gefahr dort draußen abschirmte.

Ich hatte fürchterliche Albträume. Die, die sich schon auf dem Hochsitz, als wir nach Novelle Ausschau gehalten haben, angekündigt hatten. Die mit den fließbandartigen Straßen, die sich in ein entferntes Nirgendwo hineinschoben, und die von der toten Novelle, die in einem See unter einer zugefrorenen Eisschicht trieb. Nur jetzt sah ich auch Mimi dort. Wie sie in dem kaltblauen Eiswasser von unten nach Luft ringend mit ihren Fäusten gegen die gläserne Decke schlug.

Kurz tauchte ich aus tiefster Düsternis wieder empor und hörte ganz entfernt die Stimmen von Mimi und Rofu. Wie sie sagte, dass das Geld ohnehin nicht für einen Pass ausreichen würde und wir jetzt etwas Ruhe und einen guten Schlafplatz benötigten. Dass wir doch keine getriebenen Tiere seien und dass ich vor Fieber heiß glühe. Dann versank ich erneut und kam danach wieder zurück.

»Wo sind wir?« Ich blickte mich um. Wir waren in einem mit hellem Holz getäfelten Zimmer. Wände, Decke, Tür – alles war, typisch für diese Gegend, mit Kiefer verschalt. Ich lag in einem Bett und die ausgewaschenen Bilder in meinem Kopf wurden wie bei einem sich selbst entwickelndem Polaroidfoto endlich klar. Nachdem wir durch die Salzach gewatet waren, ging's mir richtig mies und die Krankheit kroch wie Lava aus ihrem verborgenem Herd in meine Gliedmaßen. Dann das Geräusch der sich schließenden Drucklufttüren eines Linienbusses. Die Tour durch die Nacht. Oder war es schon früher Morgen? Der Blick aus dem Fenster mit den Regentropfen, die im Fahrtwind auseinandertrieben.

»Wir sind in Obertrum bei Salzburg«, sagte Mimi, »und wir haben hier ein Zimmer. Es ist ein Bauernhof mit Ferienwohnungen.«

»Die Leute sind okay. Wir haben gesagt, dass wir Saisonworker sind und auf dem Weg in die Ski-Area«, ergänzte Rofu.

»Ist Mimi dein richtiger Name?«, fragte ich sie, als sie mir einen Becher dampfende Fünf-Minuten-Terrine reichte. Während meiner Schlaf- und Wachphasen beschäftigte mich diese Frage, die mir als ein Tabu erschien. Denn Mimi war Mimi. Ihre Reserviertheit war wie ein Schutzschild, das ein Nahekommen oder gar ein Durchdringen zu ihr verbot oder unmöglich machte. Doch während der ganzen Zeit spürte ich ihre Hand auf meiner Stirn und somit auch eine merkwürdige Verbindung, die es mir erlaubte, zu fragen.

»Ich heiße Margret.« Mimi lächelte. »Du hattest hohes Fieber und hast drei Tage geschlafen. Eine bessere Hühnersuppe habe ich leider nicht.«

Ich richtete mich auf und schaute mich um. Neben dem Doppelbett, dessen Kissen ich durchgeschwitzt hatte, stand noch eine Aufklappliege in einer Nische. Auf dem Nachttisch lagen Paracetamol, eine kleine Plastikflasche, die einen, wie ich mich jetzt erinnere, bitteren Saft beinhaltete, und ein Teelöffel. Ich sah einen Wasserkocher und eine Kaffeemaschine auf einem Schränkchen, das aus dem gleichen Holz zu sein schien wie der Rest des Zimmers. Das Glutamat in der Suppe überdeckte den schlechten Geschmack in meinem Mund. Ich rutschte noch etwas nach oben, dabei achtete ich darauf, Mimi nicht anzuatmen, bis ich aufrecht saß. Dann trank ich vorsichtig von der heißen Brühe. Rofu stand am Fenster und schlürfte auch aus einem dampfenden Fertigsuppenbecher.

»Haben wir schon eine Idee, wo wir nach Rofus Wohnung suchen sollen? So ganz klein ist Salzburg nun nicht.« Ich spürte, wie ich wieder zu Kräften kam.

»Wir haben eine Karte und alle Industriegebiete bemalt. Hier guck.«

Rofu schien zuversichtlich und reichte mir einen großen Aufklappplan. Einer von der Sorte, die einmal ausgebreitet, wenn überhaupt nur mit einer langjährigen Origami-Ausbildung wieder zurückgefaltet werden konnte.

»Dieses Mal heißt es höchstens angemalt. Die Berliner Mauer ist *be*malt und Frauen sind, wenn sie sich geschminkt haben, *ange*malt. Besser, man sagt markiert«, verbesserte ich Rofu und stellte mir vor, wie er einer Frau sagen würde, dass sie sich im Gesicht schön markiert habe.

Rofu runzelte die Stirn und boxte mir auf das Bein, als er mir die Karte aufs Bett legte.

»We are here.« Er tippte mit seinem Finger auf eine Stelle des Plans.

»Du hast gesagt, dass du ganz viele Autos auf einem Parkplatz gesehen hast«, fragte ich ihn.

»Ja, sehr viele Autos standen da, und flache Hallen.«

»Dann müssen wir eine große Firma finden, in der viele Leute arbeiten.«

»Wie groß war denn der Parkplatz?«, mischte sich Mimi ein.

»Sehr groß«, antwortete Rofu. »Sehr sehr groß!«

»Das ist doch was«, sagte ich. »Wir suchen die größten produzierenden Gewerbe. Ich würde sagen, im Umkreis von fünfzig Kilometern um Salzburg. Das kann nicht so schwer sein.«

Mimi sah glücklich aus.

»Haben wir Internet?«, fragte ich.

»Ja, aber schlecht«, meinte Rofu.

»Egal. Vielleicht kann man schon etwas auf der Karte erkennen?« Ich drehte den Plan, der wie eine zweite Decke aus Papier über meinem Plumeau lag. Aber ich fand selbst in den mit Kugelschreiber eingekreisten Gebieten nichts, das mich sofort aus dem Bett hätte hüpfen lassen.

»Vielleicht beim Flughafen? Da sind immer viele Autos. Hast du Flugzeuge gehört?«

Rofu verneinte. »Aber ich glaube, ein Motorway ist da in der Nähe. Ich habe Geräusche von schnellen Autos gehört.«

Das schloss sicher einige der eingekreisten Gebiete auf der Karte aus. Hektisch verfolgten wir die Autobahnen. Aber wir kamen nicht so richtig weiter.

»Lasst uns frühstücken gehen«, unterbrach uns Mimi.

»Frühstück?«, fragte ich leicht entrüstet. »Wieso musste ich dann diesen Dosenscheiß trinken?«

»Der ist okay«, sagte Rofu und nippte noch mal an seiner heißen Tasse.

Mimi grinste. »Na, du wolltest doch eine tröstende Hühnersuppe für die Seele.«

»Das war eher sinnbildlich gemeint, ihr hättet besser eine Pizza bestellt oder was vom Knödelblitz oder beim Haxentaxi, wenn's etwas bayrischer sein soll«, grummelte ich zurück, während ich die Straßenkarte und die Bettdecke auf die Seite wischte und ins Bad verschwand. Dort war auch alles aus Holz. Sogar die Klobrille passte vom Farbton zu Waschtisch und Schrank.

Zwanzig Minuten später saßen wir bei der Bäuerin in der holzgetäfelten Bauernküche. Die Frau des Hauses war sicher einsneunzig groß, mit breiten Schultern, und sie trug graue Filzpantoffel. Ihre grüne Arbeiterhose ließ vermuten, dass sie die meiste Zeit draußen beschäftigt war.

»Griaß euch. Ist der Patient wieder erwacht?«, fragte sie herzlich. Sie war vielleicht Mitte dreißig. Ihr Gesicht hatte trotz der spröden Lippen feine Züge. Um ihren Mund hatte sie viele kleine horizontale Falten, und ihre Wangen waren gerötet. Mir fiel auf, dass sie die ganze Zeit lächelte. Auch wenn sie nicht mit uns sprach und sich ihrer Küchenarbeit zuwendete. Sie stellte uns Käse, etwas Schinken, Brot und selbst gemachte Marmelade auf den Tisch. Schließlich kam sie mit einer Kanne wirklich gut riechendem Kaffee, zog ihre Schürze aus und setzte sich zu uns. Sie erzählte von ihrem Hof, den sie mit ihrem Mann bewirtschaftete, der jetzt aber, nachdem er seine Früharbeit im Stall gemacht hatte, schlief. Abends sortiere er in einem Speditionsdepot am Ort Pakete, da der Hof mit den sechzehn Kühen nicht genug abwerfe. Überhaupt gehe es den Kleinbauern jedes Jahr immer ein wenig schlechter. Aber man müsse nach vorne schauen, sagte sie und strahlte dabei unverbrauchte Zuversicht aus. Zwischendurch stand sie immer mal wieder auf, um zu verschwinden und dann zum Beispiel mit einem Korb Wäsche durch die Küche zu laufen oder um irgendwelches Gerät draußen vor den mit Geranien geschmückten Holzfenstern abzulegen. Nachdem wir Käse- und Schinkenbrote gegessen und viel Kaffee getrunken hatten, fragte uns unsere Gastgeberin, ob wir mit in den Stall kommen wollen.

Sie hieß Lisa. Lisa von Elisabeth. Lieber wäre ihr Lilly gewesen, aber das hatte sich nicht ergeben. Betty hätte ihr auch noch gefallen. Aber sie wurde eben eine Lisa. Draußen sah ich das Bauernhaus. Ein richtig schönes, altes Gebäude. Unten aus weiß verputztem Stein und mit grünen Schlagläden, die aufgeklappt neben den Fenstern hingen. Oben aus Holz mit großen Balkonen auf allen Seiten. Gegenüber war eine

Scheune, auch aus Holz. Dort angekommen sah ich einen alten, roten Deutz-Trecker und Anbaugeräte. Also schwere Gabelzinken und sonstiges Eisenzeug, das man sich vor den Trecker spannen konnte, um etwa das Gras zu mähen. Lisas Hof war das komplette Gegenteil der preußischen Kolchose von Rolex-Frank und Schweinskopf-Kurt. Hier gab es keine Computer und klimatisierte Hallen. Hier gab es noch Schweiß, Blut und vermutlich viele Tränen, die ihre ersten Ränder unter Lisas Augen hinterlassen hatten, obwohl sie die unverrückbare Stärke, die vielleicht nur Mütter haben können, ausstrahlte. An kleinen Details, dem Unaufgeräumten, dem Brüchigen und dem nicht Nachlackiertem, sah man den Fraß, der eines Tages die Dinge zu ihrem Ende führen würde. So wie bei den vielen anderen familiengeführten Höfen. Seit 2003 gaben in Österreich durchschnittlich jedes Jahr um die zweitausend Landwirte ihren Betrieb auf, und dieser, mit dieser netten und herzlichen Bäuerin, deren Mann bereits einem Zweiterwerb nachgehen musste, stand auch schon auf einer noch nicht geschriebenen Todesliste. Steigende Auflagenflut, überzogene Bürokratie, Dumpingpreise für Lebensmittel und die ungerechte Handelspolitik haben viele kleine Landwirte an den Rand ihrer kleinen Existenz getrieben.

Wieder zurück in der Kücher und beim letzten Schluck Kaffee, der in der Kannes schon kalt geworden war, seufzte Lisa dann doch ein wenig:

»Weil kaum Touristen kommen, haben wir so genannte Startwohnungen an Flüchtlinge vermietet. In eurem Zimmer haben bis zum Frühjahr zwei syrische Männer gewohnt. Das geht über den Diakonischen Flüchtlingsdienst, der auch die Miete bezahlt. Aber seit sie die Grenzen so gut wie zugemacht haben, ist niemand mehr gekommen.«

»Mein Freund Rofu war, als er aus Afrika gekommen ist, an vielen Stationen. Auch hier in der Gegend«, log ich. Rofu nickte. Er kannte mich ja mittlerweile ein bisschen besser. »Leider wissen wir den Ort nicht mehr genau. Gerne wäre er dort noch mal hin. Da war eine Firma mit einem sehr großen Parkplatz.«

»Also den größten Parkplatz von Österreich hat der Lagermax«, scherzte Lisa.

»Wer?«, fragte ich nach.

»Na, der Lagermax. Das ist eine Spedition hier in Obertrum, und die machen in Straßwalchen Autotransport. Das ist eine halbe Stunde entfernt. Mein Mann arbeitet hier im Ort beim Lagermax. Er sortiert da abends Pakete.«

»Ja, es war ein sehr, sehr großer Autoplatz dort«, sagte Rofu. Ich blickte zu Mimi und sah, wie ihre Augen leuchteten.

»Lagermax ist sehr groß. Die transportieren fast alles. Pakete aus Obertrum und eben ganze Autos drüben in Straßwalchen«, erklärte Lisa.

Es war schon gegen Mittag, als ein großer, hagerer Blondschopf mit Haaren bis über die Ohren und mit Pickel im Gesicht hereinkam und von oben herab kurz angebunden grüßte. Seine Kopfhörer baumelten an seinem Hals und man konnte blechernes Stampfen einer unbestimmbaren Musik hören.

»Sport und Mathe fallen aus«, grummelte er noch, als er dann hinter der Kühlschranktür verschwand.

»Das ist Lukas, unser Sohn«, erklärte mir Lisa. »Er ist jetzt vierzehn. Nicht das beste Alter. Aber auch wenn er nicht so aussieht, er ist zuverlässig.« Lukas schaute kurz hinter dem Kühlschrank vor und grinste. Man sah den liebevollen Stolz in Lisas Mutteraugen. Mimi und Rofu hatten anscheinend schon Bekanntschaft mit Lukas gemacht.

»Bin weg zum See.« Lukas kam noch mal zu uns rüber, umarmte seine Mutter und schon knallte die Haustüre. Lisa lächelte glücklich, während sie ihre Hände in ihrem Schoß gefaltet hielt.

Die Harmonie und der Frieden, die unter dem Dach dieses alten Bauernhauses wohnten, wirkten auf mich wie Bombadils Wald. Der aus Herr der Ringe, der es nicht in den Film geschafft hat. Tom Bombadil lebte in einem Wald. Er war mit seinem unbeschwerten Gemüt so standhaft sorglos, dass ihn keine Gefahr erreichen konnte. Sein Reich und das seiner Frau Goldbeere hätte selbst Mordor nicht einnehmen können. Dass er weder Angst, Argwohn und Neid verspürte, noch Streit suchte, machte ihn unbezwingbar. Nichts Böses konnte durch seinen Wald zu ihm durchdringen, und diese Sicherheit strahlten Lisa und ihr Mann, den ich später noch kennenlernen sollte, auch aus. Und doch strömten die entfernten Berge, deren Felswände in der tief stehenden Sonne glänzten, etwas Unheilvolles aus, so wie sie das immer tun. So wie es auch bei Mordor ist.

Wir blieben noch für eine ganze Woche. Etwas Erholung tat uns gut. Vor allem mir, da ich nach dem Fieber noch nicht ganz auf dem Damm war, und wir wussten ja alle nicht, wie es weitergehen würde und wie weit unsere Reise noch war.

An einem Samstagmorgen bezahlten wir gerne von unserem wenigen Geld die Unterkunft. Bis dahin machten wir uns nützlich. Rofu half im Stall und Mimi putzte zusammen mit Lisa im Haus. Da ich schon immer ein Frühaufsteher war, half ich Lisas Mann Matthias morgens bei den Kühen. Er hatte eine alte Melkmaschine, deren Saugtrichter immer einzeln von Kuh zu Kuh gesteckt wurden. Am Abend, als er sich dann zum Kistenschieben in seine Spedition aufmachte, durfte ich auf seinem Schlagzeug spielen, das er in einem kleinen Nebenschuppen für sich ganz alleine aufgebaut hatte. Er überließ mir einfach sein Refugium mit Drums und Postern von Metallbands an der Wand zum Rumspielen.

Ohne, dass wir es aussprachen: Die friedvollen Momente im Idyll bei Lisa, Matthias und Lukas weckten in uns ein Begehren nach etwas Längerem und Festem. Einer Ankunft in einer Zukunft. In einem Zuhause. Da, wo man seine Triebe einpflanzt. Seinen Garten bestellt. Wurzeln schlägt. Dort, wo man sich niederlässt und den Stürmen standhält. An einem guten Fleck bei Menschen, die gut sind.

Als wir uns zum Abschied die Hände reichten, wünschte ich beiden aus tiefstem Herzen alles Glück. Obwohl ich sie nie wieder gesehen habe, will ich noch heute fest daran glauben, dass es gerade diese Kleinbauernfamilie irgendwie geschafft hat und dass ihnen nichts Schlimmes passiert ist. Genau wie bei Goldbeere und Bombadil. So sehr wünschte ich mir einen solchen Ort. Für mich und ganz besonders für Novelle.

24. EL DORADO

Früher waren wir wohl alle wie flatternde Vögel auf einem meist beschwerlichen Weg, der kein Ziel, sondern nur Stationen hatte. Nur manchmal trieben wir für einen kurzen Moment mit den warmen Aufwinden der Freiheit und spürten die Grenzenlosigkeit unter unseren Federn. Doch eine Reise ohne Ziel ist meist eine Fahrt im Kreis, ohne ein vergangenes oder zukünftiges Zuhause je zu erreichen. Und so vermischt sich das Heimweh und die Sehnsucht mit der Trauer um verlorene Orte, die es vielleicht nie gegeben hat oder die für immer unauffindbar bleiben. Manche heißen Xanadu und Fantasien. Andere suchen den Zauberberg oder träumen sich nach Manderley. Unser Ort der Träume, unser El Dorado, war ein großer Parkplatz einer Spedition in Österreich.

Aus der Entfernung sahen die vielen bunten Fahrzeuge aus, als sei eine gigantische Bonbontüte über einem riesigen Feld geplatzt. Unzählige Autos, mit denen Tausende Menschen wohin fahren und von woher kommen würden.

»Ob man das vom Mond aus sehen kann?«, fragte Rofu.

Wir spazierten durch die Straßen des Ortes, und es dauerte nicht lange, bis Rofu die Richtung fand und dann das Haus entdeckte, in dem er damals auf den dünnen Mann mit seinen neuen Papieren gewartet hatte.

Mimi wollte entgegen ihrer überlegten Art sofort losstürzen, doch ich hielt sie zurück.

»Warte einen Moment. Wir wissen nicht, was oder wer uns erwartet, und wir haben doch alles beschlossen.«

Sie zog die Nase hoch, überlegte für einen Moment und nickte. Dabei schaute sie mich flehend an. In der Woche bei Lisa und Matthias hatten wir lange darüber gesprochen, was und wie wir das alles machen wollten. Schließlich würde das Geld nicht reichen. Wir wollten deshalb bei der Wohnung in Erfahrung bringen, wie wir an den eigentlichen Fälscher rankommen könnten, ohne ihn ansprechen zu müssen. Vielleicht würde wer auftauchen und wir könnten ihm folgen. Nur um herauszufinden, wo der Fälscher wohnt oder wo er seine Werkstatt hat. Dann wollten wir nach Saalbach-Hinterglemm, um dort so lange zu arbeiten, bis wir genug verdient hätten. Als Zimmermädchen oder Küchenhilfe. Ganz egal und auch egal, was wir bezahlt bekämen. Hätten wir den Mann, der die Papiere macht, zu früh angesprochen, ohne ihm seinen Lohn geben zu können, dann hätte das Risiko bestanden, dass er untertauchte und vielleicht für uns für immer verschwand. Ich sah Mimis Anspannung, die sich jetzt löste. Sie wand sich aus meiner Hand, mit der ich sie immer noch festhielt.

»Ich weiß«, sagte sie schließlich und dann war sie plötzlich in der zweiten Etage beim Türeingang und klingelte. Sie drehte sich kurz noch mal um und flüsterte ein lautloses »Ich frage nach dem Weg« in unsere Richtung. Zu groß war ihre Neugierde, rasch wollte sie dem Hoffnungsschimmer näher kommen.

Rofu und ich sahen, wie eine junge Mutter mit einem Kind auf dem Arm die Türe öffnete und mit Mimi sprach. Aus der Entfernung wurden wir zu Zeugen, wie sich Mimi am Türrahmen festhielt und wie die junge Frau kurz verschwand und mit einem Glas Wasser zurückkam. Die Wohnung war keine angemietete Übergangsbleibe von Menschenschleusern. Jetzt wohnte dort eine Frau mit einem Kleinkind in vermutlich ärmlichen Verhältnissen. Vielleicht arbeitete sie in der Autospedition. Wer weiß das schon.

Niedergeschlagen und mit leeren Blicken suchten wir den kleinen Bahnhof des Ortes. Unbeholfen versuchte ich an Mimi heranzukommen. Wollte sie wissen lassen, dass wir da seien. Doch sie beachtete uns gar nicht, nahm uns nicht mal wahr. Am Bahnsteig angekommen mussten wir nicht lange auf den Zug nach Salzburg warten. Es war die einzige Linie. In der Stadt, deren Festung mächtig über den Menschen thront, fanden wir ein kleines Hotel mit Geweihen im Treppenhaus. Beinahe wortlos bezahlte Mimi zwei Zimmer im Voraus und verschwand in einem davon.

Ich kaufte noch eine Tüte Chips und schloss dann mit Rofu, der schon oben auf mich wartete, unser Zimmer auf. Er war niedergeschlagen und wirkte müde. Die ganze Erholung, die wir bei Lisa gefunden hatten, schien aufgebraucht. Das Dasein fühlte sich wieder an wie eine schleichende, einschläfernde CO_2-Vergiftung. Auch wenn Mimi und vielleicht Novelle die längste Zeit von uns allen unterwegs gewesen waren, so hatte Rofu sicherlich den weitesten Weg und ganz bestimmt die meisten Stationen hinter sich gebracht. Unsere Reise war immer noch ein Kreisen. Wir alle, jeder auf seine Weise, kamen permanent wieder dort an, wo wir schon einmal waren. Ich wusste auch nicht mehr weiter und plapperte unbeholfen dagegen an. Dass wir bis jetzt ja eine schöne Reise gehabt haben, und etwas von »Always Look on the Bright Side of Life«. Nur um überhaupt etwas zu sagen, um die Schatten wenigstens ein bisschen zu vertreiben. Rofu war gerade im Bad, doch als er mich hörte, kam er wütend herausgeschossen und fuhr mich an:

»Walla! Flucht ist weglaufen und verstecken. Keine Scheißreise mit so einem Scheiß wie: Der Weg ist das Ziel. So was Beklopptes! Der Weg ist das Ziel, der Weg ist das Ziel.« Er wiederholte es immer wieder und schlug dabei die Hände über seinem Kopf zusammen. »Das sagen doch nur die, die schon längst ein Ziel gefunden haben. Weißt du, was nämlich der Unterschied ist? Reisen ist finden. Aber Flucht, das ist Suche. Eine rastlose, verschissene, unendliche Suche, und selbst wenn man unterwegs festgehalten wird und nichts tun kann, bleibt immer dieses ruhelose Getriebensein in deinem Kopf. Flucht kostet alle Kraft, sie ist ein ständiges, anstrengendes Raufklettern, um dann wieder ein Stück weit herunterzufallen. So wie Mimi jetzt. Manche stürzen sogar so sehr ab, dass sie das Ganze nicht überleben. Sie sterben auf dem Meer, vor Erschöpfung, durch Krankheit, Gewalt oder einfach aus Kummer. Flucht ist ein ständiges Zerplatzen von Träumen, ein Wechselbad aus Angst vor jedem neuen Aufbruch in etwas Unbekanntes und der Hoffnung, dass es dort nicht mehr so schwer sein wird. Flucht ist keine Scheißreise! Flucht ist nichts anderes als das Wort Fluch mit einem Kreuz am Ende, so wie auf euren Friedhöfen.«

Am nächsten Morgen klopften wir an Mimis Zimmertüre. Alles war still. Wir gingen hinunter, vorbei an den Schädeln all der toten Gämsen und Bergziegen, in den Frühstücksraum. Es roch nach frischem Kaffee und warmem Brot. Rofu war immer noch sehr schweigsam, und da ich nichts Blödes mehr sagen wollte, blieb ich es auch.

Die Bedienung, vermutlich ein Türke oder ein Kurde, der sich als »Herr Wolfgang« vorstellte, brachte uns eine Thermosflasche und zwei Haferl für den Kaffee. Unter seiner Nase hatte er einen prächtigem Schnauzbart, ähnlich dem von Josef Stalin. Dann übergab er uns einen Briefumschlag. Verwundert sah ich ihn an und sagte, dass wir bereits gestern im Voraus bezahlt haben. Er zuckte mit den Schultern, sagte, dass der Brief von der Frau mit den roten Haaren sei, und ging zum Buffet, um von dort mit einer halb leeren Schüssel Joghurt in der Küche zu verschwinden.

Ich öffnete das Kuvert und zog einige Geldscheine und einen handgeschriebenen Brief heraus. Oben, auf der rechten Seite des Blattes, neben einem kleinen, selbst gezeichneten Leuchtturm, stand ihr voller Name und eine Adresse. Wir beide ahnten, was dort auf einem Blatt Papier mit Bleistift geschrieben stand.

Margret Johnson-Church, Davies Street 6, W1K 3DN Mayfair, London

Mein lieber Dante, mein starker Rofu,

bitte verzeiht mir. Ihr lest jetzt diesen Brief, weil ihr mich vermutlich festgehalten hättet oder – noch schlimmer – ihr wärt mit mir weitergereist. Aber es ist egal, was wir tun oder wohin wir ziehen, niemand kann vor sich selbst fliehen. Ich bin 47 Jahre und ich bin fast mein ganzes Leben fortgelaufen, habe mich versteckt, um nicht gefunden zu werden.
Die Unsichtbarkeit ist ein einsames Gefängnis, durch dessen Fenster du nach draußen blickst, dessen Mauern dich aber vor der Teilhabe an der Welt trennen. Ihr habt mir das Gefühl zurückgegeben, wie es ist, wieder gesehen zu werden, und wie es sich anfühlt, an der Welt teilzuhaben. Dafür danke ich euch so sehr. Ich möchte endlich wieder sichtbar sein. Ein Leben in Unsichtbarkeit ist so, als wäre man gar nicht vorhanden, als sei man tot und müsste gleichzeitig mit dem Leben da draußen zurechtkommen.

Deshalb gehe ich zurück nach London. Ich lasse Euch das restliche Geld da. Es fehlen 600 Euro. Die brauche ich für die Fahrt, und einmal möchte ich noch an einem schönen Ort sitzen und Austern essen und den Geschmack des Meeres auf meiner Zunge für das, was kommt, festhalten.

Dann werde ich mich stellen, und sie werden mich wegsperren. Vielleicht für fünf Jahre oder etwas mehr. Das kann ich noch aushalten. Denn danach habe ich noch ein wirkliches Leben. Eines, das echt und greifbar ist. Keines, das ich verstecken oder vortäuschen muss. Denn das Dasein, wie es jetzt ist, ist mir in all den Jahren zu schwer geworden, ich habe keine Kraft mehr, es zu tragen. Ich will bei diesem einen Leben verdammt noch mal mitmachen und nicht nur zuschauen. Das geht nur, wenn ich nicht mehr unsichtbar bin. Vielleicht eröffne ich dann eine Modeboutique. So wie Vivienne Westwood.

Ich umarme Euch. So fest, damit ich so viel, wie es nur geht, von Euch mitnehmen kann, genauso wie den Geschmack von Meer auf meiner Zunge.

Good bye. Love.
Eure Margret

Dann folgten noch zwei persönliche Postskripta. Eines an Rofu und ein längeres an mich.

P.S.:
Mein lieber Rofu, du bist ein Fels! Ich weiß, dass sich Deine Träume erfüllen werden.

P.S.S.:
Dante, Du träumst den Traum des Verlorenseins und suchst Dich selbst, doch es ist immer jemand anderes, den Du siehst. Du bist noch jung und das Leben scheint lang, und Du denkst, es gibt genug Zeit, die Du noch töten kannst. Doch eines Tages liegen zehn Jahre hinter Dir und dann fängst Du an zu rennen, willst die Sonne einholen, aber sie sinkt und dann es wird kalt. Denk daran, was ich Dir auf den Erdbeerfeldern sagte. Sehne Dich nicht ständig nach einer besseren Wirklichkeit, sondern lerne, sie zu ertragen, so wie sie ist. Denn es die Deine und die einzige, die Du jemals haben wirst. Es ist an Dir, sie an die Hand zu nehmen oder sie loszulassen. Aber Du wirst auf der ganzen Welt niemals eine andere finden. Nirgends. Glaube mir, ich weiß, worüber ich spreche. Pass auf Dich auf.

Ich liebe Dich sehr.

Das war's. Enttäuschung ist die Schwester der Hoffnung, die Tochter der Sehnsucht und die Mutter der Verzweiflung. Sie ist eine Wunde, die schmerzt, schwer heilt und vielleicht eines Tages vernarbt. Manchmal aber auch nicht. Dann ist sie tödlich. Ich verstand, was Mimi schrieb. Sie wollte nicht sterben. Keinen Tod, der sie in ihrem Leben gefangen hielt.

Mit dem Brief in der Hand über dem Teller mit Butterresten und Käserinde, das Geräusch der monoton klappernden Spülmaschine aus Stalins Küche im Ohr und dabei wortlos Rofu gegenübersitzend, spürte ich, dass ich dem Punkt, an den ich selbst zurückmusste, vielleicht ganz nahe war, auch wenn er mir noch verborgen schien.

Mimi hatte recht. Es macht keinen Unterschied, wer man sein will oder wohin man geht, um dann dort was auch immer zu finden. Ohne zuerst bei sich selbst anzukommen, entdeckt man keine neue Welt, und ich hatte mich in all den Jahren immer ein bisschen weiter verlaufen. Mimi hatte ihre Entscheidung getroffen. Zurückgehen. Dahin, wo sie damals ihre eigene Wirklichkeit fallen ließ, um sie genau dort wieder aufzuheben. Mimi konnte in mich hineinsehen, und sie hat auch mir die Augen geöffnet. Klar und wach verstand ich ihre provokante Frage für mein Leben: Wie viel Leere muss man in sich tragen, bis die Existenz gefüllt ist? Die Antwort lautet: Man kann nicht sein, wenn man noch nie gewesen ist. Weil ich es möglichst vermied, mich festzulegen, hatte ich es verpasst, zu etwas zu werden oder etwas zu sein, das eine andere Substanz als das Flüchtige hat.

Und auch für Novelle hoffte ich, dass sie einen eigenen Weg entdecken würde, dessen Anstrengungen sie selbst schaffen konnte. Vielleicht wartete auf sie auch eine Frage, eine die wir zu stellen hatten, damit sie selbst dorthin gelangen konnte, wo es für sie warm und hell sein würde. Denn von Mimi hatte ich gerade eben gelernt, dass keiner einem anderen für immer in der Dunkelheit leuchten kann. Man muss es schaffen, selbst das Licht zu sein. Wir mussten Novelle zeigen, dass sie stark genug dafür war, denn niemand weiß, wie weit seine Kräfte gehen, bis er sie versucht hat.

So saßen wir also da, Rofu und ich. Bestimmt eine halbe Stunde. Jeder für sich alleine. Keiner aß und wir tranken abwechselnd von unserem kalten Kaffee, während das Schlagen der Spülmaschine aus Wolfgang Stalins Gulag hinten in der Küche unseren Aufbruch forderte.

»Allah«, durchbrach Rofu die Stille, »es ist richtig so. Wird ihr nicht so viel passieren. Vielleicht wirklich nur fünf Jahre. Und dann gehen wir sie besuchen, und sie kocht für uns.«

»Ja, Klöße und Hühnchen«, sagte ich, ohne den Kopf aus meinen Händen, die ihn an beiden Seiten stützten, zu heben.

»Crispy and soft«, sagte Rofu.

»Genau, und danach eine Crème brûlée.«

»Was für eine Creme, die brüllt?«

»Vergiss es.«

Wir verließen Wolfgang Stalin und seine Pension. Mit unseren Sachen vor der Tür schauten wir uns fragend an. Rofu lächelte, und ich musste auch grinsen. Da war er wieder. Der kurze Moment der Vogelfreiheit, dem die Welt gerade groß genug ist.

»Weißt du was?«, fragte ich ihn mit plötzlicher Zuversicht und ganz ohne den sonst üblichen Fatalismus. Aufmunternd schlug ich ihm auf die Jacke.

»Jetzt besuchen wir den Ottoking. Scheißegal. Hinterglemm ist überall und jetzt kann es ruhig mal warten. Wir haben Mimis Geld, und falsche Pässe, die wir eh nicht bezahlen können, brauchen wir ohnehin nicht mehr.«

»YESS SIR, let's go to Ottoking.«

Und so gingen wir los. Als sei es nach El Dorado.

25. HEINO

Bis Ottoking waren es circa siebzig Kilometer. Wir wanderten langsam, meist schweigend, nebeneinander her. Ergriffen von dem, was mit Mimi und Novelle geschehen war, aber auch von den Dingen, die uns selbst betrafen, verloren wir im Schutz einer plötzlichen Zuversicht unsere Angst vor dem großen, überall lauernden Unbekannten. Vielleicht war ich irgendwann, möglicherweise gestern, in das Alter geraten, in dem man anfängt, sich vor Neuem zu fürchten, und ich hatte es nicht bemerkt oder wollte es einfach nicht wahrhaben. Doch jetzt fühlte ich mich wieder jung und furchtlos. Unsere Schritte waren leicht und die Stunden hatten mit einem Mal genau das Mehr an Minuten, in dem man das Leben bemerkt. Ich hatte es schon auf unserem Fußweg, und auch als wir alle vier mit den Rädern bei den Kanälen und Seen unterwegs waren, gespürt, dass Zeit nur dann knapp wird, wenn man versucht sie einzuholen. Lässt man sie gewähren, breitet sie sich vor einem aus. Vielleicht war Rofu in der Nacht, als Mimi verschwand, im Unrecht gewesen und der Weg ist doch das Ziel, weil es nicht darauf ankommt, anzukommen, sondern darauf, dass man überhaupt antritt und loszieht.

»Du bist nicht so schnell zu Fuß.«

»Muss ich auch nicht«, erwiderte ich, »Schlendern ist Luxus. Ich hab's da eher mit den Pilgern. Schön langsam und am besten alles nicht so anstrengend.« Dabei überlegte ich, ob sich am Wegesrand nicht noch ein Stück Holz für einen Wanderstock finden würde. So einen wie Gandalfs vielleicht? Anderseits hatte ich Bilder von Nordic walkenden Menschen im Kopf, die einen der beiden Stöcke verloren hatten und deshalb ohne ihr anderes Ruder verzweifelt im Kreis herumlaufen mussten.

»Warst du eigentlich mal in Mekka?«, fragte ich Rofu, weil mich der Pilgergedanke und das Im-Kreis-Herumlaufen nun beschäftigte. Außerdem waren wir ja auch irgendwie auf einer Reise zu einem Wallfahrtsort.

»Ahh, die Hadsch. Man sagt, man soll einmal im Leben da gewesen sein.«

»Und?«, fragte ich neugierig. Rofu war ganz klar gläubig, aber ich hatte ihn noch nie beten gesehen.

»Nein, war ich nicht,« antwortete er, »Allah entscheidet nicht nach den Regeln der Menschen! Er sieht ihr Herz. Er sieht, ob wir Show machen oder nicht. Ob wir etwas Reines in uns fühlen. Allah kommt zu uns so, wie wir zu ihm kommen. Dafür müssen wir nämlich nirgendwo hin. Der braucht keine festgelegten Rituale von Leuten, die Rituale brauchen, damit sie sich im Leben an etwas halten können.«

Das schien mir schlau zu sein. Schon Martin Luther hat ja alles Pilgern als Narrenwerk abgetan. Dennoch, überall zieht es die Leute irgendwo hin. Nach Lourdes, in Richtung Mekka, zur Klagemauer oder nach Graceland. Monate- und jahrelang laufen sie durch die Gegend und beten, oder sie tun sonst was, oder das Sonstige tut was mit ihnen. Das Spirituelle des Pilgerns ist nicht von der Hand zu weisen. Den Weg zu sich selbst zu gehen, ist wie ein Heraustreten aus der Metaphysik in die tatsächliche Physik, Schritt für Schritt, und dann wieder zurück. Meist ist es die Suche nach Orientierung und Einfachheit gegenüber der Komplexität des Lebens. Ich sah es ja sogar an mir. Auch wenn ich nicht unterwegs war, um irgendeinem Schrein mit Knöchelchen eines toten Heiligen zu huldigen, so hatte das Unterwegssein etwas mit mir gemacht. Das leise Sirren in mir war verstummt.

»Weißt du eigentlich, dass wir einen gemeinsamen Feiertag haben?« fragte ich Rofu.

»Nein«, antwortete er und guckte mich fragend an.

»Den 1. November. Allah Heiligen«, grinste ich.

Rofu verzog das Gesicht und legte einen Schritt zu, während der feine Schotter unter unseren Schuhen knirschte.

Die Wanderung dauerte drei Tage. An den Abenden suchten wir eine kleine Herberge und morgens, nachdem wir Kaffee und Frühstück hatten, zogen wir weiter. Schließlich kamen wir in Altötting auf einem großen, sehr imposanten Marktplatz an, in dessen Mitte eine kleine Kirche stand. Hier war es beinahe so beschaulich wie im alten Seebad. Nur mit dem Unterschied, dass alles aufs Feinste herausgeputzt war. Die Fassaden der Häuser, die den Platz säumten, strotzten, als wären sie mit Vita Buer Lecithin gestrichen. Alles war sauber, keine weggeworfenen Zigarettenkippen störten das Bild. Kleine weiße Daunenfedern schwebten im Blau des Himmels, der wie frisch gewaschen da oben aufgehangen schien. Bayern ist schön, und wenn die Kühe irgendwo am glücklichsten sind, dann sicher hier. Vielleicht hatten wir auf unserem Weg den Bärenmarke-Bär irgendwo verpasst, als er mit seinen Milchkännchen auf einer oben gelegenen Alm stand.

Wir kamen uns etwas verloren vor. Ich hatte mir Ottoking jedenfalls kleiner vorgestellt.

»Wie finden wir denn jetzt das Haus von Novelle?«, fragte mich Rofu etwas ratlos. Wir hatten zwar ihre Tasche mit den Mangabildern, aber darin waren keinerlei Papiere, wie etwa ein Personalausweis, auf dem ihre Adresse gestanden hätte.

»Wir fragen«, antwortete ich. »Ein Mädchen aus einer Gegend, in der bestimmt jeder jeden kennt, das so einen bescheuerten Vornamen hat, das lässt sich herauskriegen.« Dabei zog ich Rofu in ein Café, weil ich dringendst aufs Klo musste. Nachdem wir einen Platz gefunden hatten und die Taschen an der Seite standen, eilte ich durch das Lokal und die Treppe hinunter zu den Toiletten. Franz-Josef Strauß, Papst Benedict, mehrere Jungfrauen Maria und Jesuskinder und sonstige mehr oder weniger prominente Leute, die hier schon einmal gewesen zu sein schienen, schauten vorwurfsvoll aus ihren Bilderrahmen im Treppenhaus. Auf manchen Fotos waren Autogramme. Hier gabs keine Kondomautomaten, nur einen für Zigaretten, der verschämt zwischen Damen- und Herrenklo, einsam mit einem würdelosmachenden Plastikdeckchen und einer Töpferschale drauf, im Flur stand. Rofu wartete währenddessen draußen an einem Tisch. Als ich zurückkam, bestellten wir Apfelkuchen und Kaffee mit Sahne bei einer alten und öttigen Kellnerin im Dirndl, die trotz langjähriger Erfahrung im Fremdenverkehr ganz offensichtlich nicht mit uns klarkam. Wir trauten uns nicht, sie nach Novelle zu fragen. Bestimmt hätte sie uns den Lappen, mit dem sie die Tische abwischte, ins Gesicht geschlagen. Aber der Kuchen schmeckte vorzüglich. Er war sogar noch ein bisschen warm. Neben uns an den Tischen saßen Wanderer in atmungsaktiver Outdoorkleidung und mit schrillen, ins Haar geschobenen Sonnenbrillen. Neben ihnen standen ihre Rucksäcke. Andere strömten in die kleine Kirche gegenüber. Es war im Prinzip nicht viel anders als anderswo auch.

»Ich hab im Internet geguckt. Hier in Ottoking gibt's die schwarze Madonna. Das ist so eine aus Holz geschnitzte Puppe. Da in der Kirche. Die ist so in etwa wie eure Kaaba, wo deine Leute hingehen. Nur dass wir nicht um unsere Heiligen herumlaufen.«

Ich kramte nach meinem Handy und zeigte Rofu auf dem Bildschirm ein Foto.

Wir bezahlten unseren Kuchen und gingen quer über den Platz in Richtung Kirche, da ich Lady Madonna doch ganz gerne auch einmal aus der Nähe betrachten wollte. Am Ende war ich etwas ernüchtert. Ein Holzpüppchen in einem güldenen Schrein, mit einem Kleidchen aus Brokat und einer Krone auf dem Kopf. Sie sah ein bisschen aus wie ein Schrumpfkopf mit lieblichen Gesichtszügen. Alles vor einer riesigen Wand mit Tand und Gold. Katholischer Prunk. Habemus Popanz. Dabei soll der neue Papst ja so bescheiden sein.

Wieder draußen beschlossen wir, in kleinen Läden nach Novelle herumzufragen. Es war aber auch zu blöd, dass wir ihren Nachnamen nicht kannten. Wir sprachen überall Leute an, aber so gut wir auch versuchten, Novelle zu beschreiben, keiner kannte sie. Entmutigt setzten wir uns auf ein kleines Mäuerchen und tranken abwechselnd von einer Bananenmilch, die wir uns in einem kleinen Supermarkt gekauft hatten.

»Vielleicht soll es nicht sein. Aber im Herzen bleiben wir Freunde. Auch mit Mimi, und bestimmt sehen wir uns eines Tages wieder«, sagte Rofu.

Ich dachte darüber nach, für wie lange denn Freunde wirklich Freunde bleiben können. Freundschaft nährt sich an sich selbst. Ohne ein Miteinander verblasst sie wie eine grau gewordene Tapete. Vergessen mit der Fahrt der Zeit. Werden die Bilder abgehängt, erzählen nur noch die Ränder die Geschichten von Liebe, Abenteuer, dem Lachen und vielleicht von gemeinsamen Leid. Ich verdrängte den Gedanken und fragte Rofu:

»Wollen wir noch einen Apfelkuchen bei der Dirndlhexe essen?«

»Sehr gut«, sagte er und wischte sich einen weißen Rest von Bananenmilch aus seinem schwarzen Gesicht. Dabei wiederholte er das Wort Dirndl zweimal und schüttelte mit dem Kopf. Beim Lokal angekommen fanden wir genau unseren alten Platz auf der Terrasse und bestellten wieder zwei Strudel, aber dieses Mal nicht mit Kaffee sondern mit Schorle. Auf Google suchte Rofu nach »Novelle« und »Altötting«. Er hoffte auf etwas wie einen alten Zeitungsbericht. In etwa so: »Altötting: Links im Bild die kleine Novelle Soundso, wie sie gerade einem Polizisten in den Hals beißt, als der sie wegen Trunkenheit verhaften wollte.«

Aber wir fanden keine Treffer. Nach einer weiteren Apfelschorle, die schön trüb war, musste ich aufs Klo. Wieder ging ich am staatstragenden FJS mit seinem eckigen Kopf und dem dicken Doppelkinn, einigen Päpsten und Schlagerstars der Volksmusik vorbei die Treppe runter. Auf einem Bild entdeckte ich sogar Heino. War ja klar. Ich musste schmunzeln und überlegte, wie »Komm in meinen Wigwam« zu Papst Benedict passen wollte, der zwei Bilder weiter über ihm hing.

Als ich fertig war und wieder nach oben stieg, schaute ich noch mal auf den blonden Barden mit seiner Sonnenbrille, und da sah ich sie. Novelle in einem Dirndl mit einem Tablett in der Hand im Hintergrund. Sie war es ganz unverkennbar mit ihrer schwarzen Frisur und dem leicht mürrischen Mund. Auf dem Foto war sie vielleicht fünfzehn oder sechzehn Jahre alt, aber es war ganz eindeutig unsere Novelle! Zuerst erstarrt und dann ganz aufgeregt rannte ich die Treppe nach oben. Noch im Restaurant rief ich zu Rofu nach draußen:

»Ich hab sie. Ich hab sie.«

Wenig später standen wir mit der grantigen Bedienung vor Heinos Bild, und sie fing direkt an zu fluchen:

»Deifel! Dea Satansbradn. Des is de gloa Perlhuba. Ned lang hod de do gearbeid. Oan Gast hods a Packerl Watschn ind

Lädschn gschlogn. De war scho a schwierigs Kind. Is scho a Dragödie, dass ihr Muadda so fria zum Herrgott gangen is.«

Dann scheuchte sie uns mit einem »Und etz schleichts eich« aus ihrem Lokal.

Es hatte keinen Sinn, erneut nachzufragen. Rofu hatte nichts verstanden, außer dass man hier vermutlich nicht so gut auf Novelle zu sprechen war, aber das wunderte uns nicht wirklich. Ich versuchte, das Bajuwarisch unseres schimpfenden Servierfräuleins zu dechiffrieren, und dann war es ganz klar: DE GLOA PERLHUBA. Die kleine Novelle Perlhuber. Das war ihr Name, mit dem wir ihren Vater finden konnten, auch wenn immer noch nicht ganz klar war, was wir dann dort täten. Vielleicht sollten wir uns Skimasken kaufen, um vorbereitet zu sein, wenn wir ihn in seinem Haus überfallen? Wir konnten ja schlecht klingeln und sagen: »Verzeihen Sie bitte, dürften wir mal eben an Ihre Festplatte, Sie wissen schon, wegen der Kinderpornos.« Aber jetzt waren wir bis hierhin gekommen, und alles Weitere blendeten wir lieber erst mal aus.

Alfred Perlhubers Haus stand alleine auf einer kleinen Anhöhe etwas abseits, in einem Vorort. Es war so verfallen, dass man hätte glauben können, es sei nicht bewohnt. Auf dem Dach fehlten Ziegel, an einigen Stellen konnte man das Gerippe der Lattung sehen. Grüne, gelbe und blaue Säcke waren an einer Seite des Hauses aufgeschichtet und vermoderten. Sperrmüll türmte sich links neben der Haustüre und im Vorgarten. Überall wuchsen hüfthoch Unkraut und sich selbst ausgesäte, kleine, dünne Bäume. Äste ragten aus den Regenrinnen, von denen eine bereits nach unten herabhing. Hier konnte unmöglich jemand wohnen. Andererseits sah die Bruchbude mit dem ganzen Moos, das an den Balken und Fenstern klebte, auch nicht viel anders aus als die Personalbaracken bei der Schmottke.

Wir betrachteten das Haus und waren – mal wieder – etwas ratlos.

»Wenn keiner da, können wir auch mal gucken.« Rofu stand auf, packte seine Sachen und ging los.

Ich wollte es ihm gerade nachtun, als drüben am Haus ein Fenster aufging. Dann flog ein Schrank nach unten, der auf den Bodenplatten krachend zerbarst. Weitere Gegenstände folgten. Schließlich lugte ein Kopf aus dem Fenster. Die schwarzen Haare waren mit einem Band zusammengehalten. Wir hörten, wie die Frau Rotz hochzog und dann nach draußen spukte. Rofu rannte sofort los.

»NOVELLE«, schrie er laut. Seine Tasche warf er einfach ins Gras.

»Rofu? ROFUUUU!« Es war die Art, wie sie es rief, was mich beruhigte und mir die komische Angst nach diesem plötzlichen und völlig unerwarteten Wiedersehensschock nahm. Jetzt ließ ich auch meine Sachen einfach liegen und lief schnell in Richtung des Hauses.

26. AZRAEL

Wie im Kitschfilm rannten sich die beiden entgegen. Nicht in Zeitlupe, sondern in vollem Lauf bog Novelle aus der Haustüre und sprang auf Rofu. Dabei riss sie ihn zu Boden. Ihre dünnen nackten Beine, die aus einer Jeansshorts wie Streichhölzer herauslugten, schlangen sich um Rofu, als wollte sie ihn erdrücken. Fast so wie bei Godot, dem elektrischen Bullen. Sie saß auf ihm und fuhr mit ihren Händen immer wieder über sein Gesicht. Dann ließ sie sich auf ihn fallen und gluckste.

Nachdem sie Rofu endlich freigelassen hatte, rappelte sie sich auf und kam zu mir. Schüchtern blickte sie von unten durch ihren Pony zu mir nach oben und biss verlegen auf ihre Lippen. Für einen Moment standen wir einfach so da. Dann machte ich einen Schritt auf sie zu und drückte sie mit meinen Armen beinahe ebenso fest, wie sie es eben bei Rofu getan hatte. Das war so herzlich, tief und schön, als gäbe es nichts, was zwischen uns gepasst hätte, und so ist es bei einer innigen Umarmung ja auch.

»Wo, wo ist Mimi?« Suchend schaute sie sich um, als wir uns wieder voneinander gelöst hatten.

Als weder Rofu noch ich eine Antwort gaben, ballte sie für einen ganz kurzen Moment ihre kleinen Fäuste. Jetzt tat Rofu einen Schritt auf sie zu und legte seinen Arm um ihre Schultern, und ich sah, wie das Flimmern ihrer aufkommenden Verkrampfung wegzuckte.

»Sie ist zurück. Zurück in UK. Back to life. Verstehst du?«

Novelle schüttelte den Kopf und schaute fragend zu mir herüber, als wäre ich imstande, ihr im nächsten Moment eine bessere Erklärung geben zu können. Ich vermochte es nicht, stattdessen kramte ich durch die zerrissene Innentasche bis nach unten in das Futter meiner Jacke und fischte Mimis Brief nach oben.

Fast drei Wochen waren seit der Sache mit Kurt hinter dem Lieferwagen vergangen. Novelle war seinerzeit vom Erdbeerhof aufgebrochen und per Anhalter direkt hierher nach Altötting gefahren. Sie wusste, dass wir uns auch auf den Weg dorthin machen wollten, weil sie Fetzen unserer Gespräche mitgehört hatte. Sie lachte, als sie es uns erzählte. Jetzt saßen wir in der Küche ihrer Kindheit und es war, als wären wir in einer entfernten Raumkapsel, die uns von der Erde getrennt hatte. Ein Abreißkalender an der Wand mit einem alten Datum. Vergilbt. Holzschränke, manche mit, andere ohne Schiebetüren. Ein furnierter Küchentisch auf rot meliertem, ausgefranstem Linoleum. Abgeschürft und verbraucht. Ein breiter Streifen Tesaband, der sich durch die tägliche Sonne und das Kondenswasser bald völlig auflösen würde, hielt eine Fensterscheibe zusammen, und über einem Spülbecken aus stumpfem Porzellan hing ein blinder Spiegel. Wenn sich Geister wohlfühlen würden, dann ganz sicher hier. Ich ertappte mich mehrfach dabei, wie ich über meine Schulter nach dem Schatten von Novelles Vater blickte. Doch der war nicht mehr da. Er lebte seit fast drei Jahren in einem Heim für Demenzkranke, wie uns Novelle später erzählte. Also war Novelle in das Haus eingezogen und hatte angefangen aufzuräumen. Alles schien wie ausgewechselt und gut. Getrunken hatte sie seitdem nicht mehr. Sie sagte, dass sie so furchtbar stolz auf mich gewesen sei, weil ich Kurt verprügelt habe. Das habe noch keiner für sie getan, und das sei der Punkt gewesen, an dem sie begriffen habe, dass sie etwas in ihrem Leben ändern müsse. Sie sagte, dass sie auf einmal ganz viel verstanden habe. Dass sie, wenn sie überleben wolle, die Dinge zuerst bei sich selbst suchen müsse. Sie schien so klug, überlegt und vernünftig. Als sie Mimis Brief das zweite Mal las, nickte sie dauernd mit dem Kopf, während sie unruhig nach jeder Zeile an ihrer Zigarette zog.

Ich hatte mit allem gerechnet, ich war so gut wie auf alles vorbereitet gewesen, aber nie, niemals hätte ich mir eine nüchterne Novelle, und das gerade hier an diesem Ort, vorstellen können. Man konnte es sehen. Ganz klar. Novelle war anders. Anders, als ich sie kannte. Alles Scheue, Unsichere und auch das gleichzeitig Beißende schien verlegt. Ich traute der Situation nicht.

»Und dein Vater?«, fragte ich sie.

Sie schüttelte den Kopf und drückte die Kippe auf einem alten Teller aus. Dann antwortete sie knapp:

»Er hat Alzheimer. Lebt in einem Heim. Hier in der Nähe. Die Stadt hat einen Vormund bestellt.«

»Scheiße«, sagte ich. »Jetzt kommt der ungestraft davon. Noch nicht einmal ein bisschen Gewissen, das ihn jetzt noch quälen kann.«

Ich war wütend. Wütend auf alle, die ungeschoren im Leben davonkommen. Wie nie zuvor wünschte ich mir die Existenz der Hölle. Dass wenigstens dort all die Drückeberger, die sich tarnen, verstellen und verstecken, ins Netz gingen, um für ewig zu zappeln und zu schmoren.

»Is okay, es ist okay«, antwortete Novelle.

»Und jetzt? Was machen wir jetzt?«, fragte Rofu.

»Wir machen das, was wir können«, sagte Novelle wie selbstverständlich und voller Überzeugung. »Wir richten das Haus her, Rofu muss jetzt kochen, zumindest bis Mimi wieder da ist, ich mache die Zimmer und du den anderen Kram.« Dabei schaute sie zu mir. »Und dann vermieten wir die Zimmer an die Pilger und Besucher.«

»Dafür brauchen wir Geld«, gab ich zu bedenken und ich wunderte mich über Novelle. Ich konnte mir einfach nicht vorstellen, dass sie einen Plan hatte. Das passte nicht zu ihr, und dennoch schien es so zu sein. Wie eine vom Blitz geläuterte Abhängige wirkte sie auf mich. Jemand, der seine ganze Kraft dafür aufgebracht hatte, trocken zu bleiben, um das Leben auf die Reihe zu bekommen. Es schien, als sei sie durch ein Loch in der Eisdecke einem zugefrorenen, tiefen, trüben Tümpel entstiegen und versuchte nun verbissen, über die glatte Oberfläche auf die andere Seite zu gelangen. Nicht wissend, aber voller trotzender Zuversicht, dass das Eis sie tragen würde. Novelle war so furchtbar anders, aber ich freute mich darüber, dass sie eine Art Ziel oder eine Richtung gefunden hatte und anscheinend niemanden mehr brauchte, der ihr den Weg leuchtete.

»Wir haben was gespart«, berichtete Novelle. Jetzt waren wir noch überraschter, als wir es eh schon waren. Das, was ihr Vater in all den Jahren nicht verbraucht hatte, war in einer Kaffeedose unter gemahlenem Pulver versteckt. So erzählte Novelle es uns. Sie wusste von der Spardose und hatte gleich nach ihrer Ankunft, als sie festgestellt hatte, dass das Haus leer war, dort nachgeschaut. Es waren achttausend Euro und sechstausend D-Mark in sehr großen Scheinen. Sie zeigte uns das Geld. Ich fand die braunen Tausender mit dem bärtigen Typen im Fellmantel sehr beeindruckend. Wie ein Trapper aus Alaska oder ein Stammesfürst aus den kalten Bergen Kurdistans sah er aus. Oder wie ein Zuhälter.

Wir richteten uns also in dem alten, leer stehenden Haus ein. Mit Rofu flickte ich sogar das Dach. Das war einige Tage nachdem an einem Morgen meine Matratze mit mir darauf beinahe wie ein Floß in einem kleinen See schwamm. So gut wie alles hatten wir ausgeräumt. Nur noch ein Rest der nackten und noch brauchbaren Möbel stapelte sich in dem größten Zimmer, das früher wohl einmal die gute Stube war. Novelle wollte offensichtlich alle Erinnerungen ausräumen und wir halfen, ohne zu fragen. Einen Computer mit Kinderpornos gab es gar nicht.

Novelle verteilte die Aufgaben. Wir strichen Türen, Möbel und Fensterrahmen. Dabei nahmen wir an Farben, was da und noch brauchbar war. So bekam das Haus eine rote Tür und blaue, grüne und weiße Fensterrahmen mit gelben Schlagläden. Rofu baute aus altem Holz und Draht einen Kaninchenstall, in dem bald zwei graue Rammler wohnten, die abends im Haus herumliefen. Eines Samstags hatten wir sogar eine vollkommen neue Veranda. Die morschen Holzdielen hatten wir erneuert, alle Balken gestrichen und einen großen runden Tisch mit vielen Stühlen drumherum, ebenso bunt wie die Fensterläden, aufgestellt.

Gerne hätte ich mir während oder nach der Arbeit ein kaltes Bier gegönnt. Aber ich verkniff es mir, eines zu kaufen. Es gab keinen Alkohol im Haus, und ich wollte nichts dafür tun, dass Novelle wieder das Saufen anfing, wenn sie nun schon so gut dabei war. Stattdessen kippte ich auf meinen Einkaufsfahrten schnelles Dosenbier. Es gab einen roten Simca, der nicht mehr ansprang und dessen Reifen platt waren. Novelle bezahlte eine Werkstatt, seitdem hatten wir ein Auto. Es war an mir, die Einkäufe zu tätigen, da nur ich einen Führerschein hatte. So kam ich wenigstens gelegentlich zu einem lecker Bier. Komisch fühlte es sich trotzdem an. Nun war ich es, der heimlich trank, und nicht mehr Novelle, auch wenn ich es nicht wegen des Vergessens tat, sondern um den Moment einzufangen. Ich war beschwingt, ich hatte etwas, womit ich meine Leere füllen konnte, und je mehr ich in sie hineingab, umso leichter fühlte sich das Leben an.

Mit dem Umbau des Hauses hatte ich eine Aufgabe. Ich durfte etwas sein, an einem Platz, der mich aufnahm. Zum ersten Mal musste ich mir keine Gedanken darüber machen, welchen Ort ich als Nächstes erreichen musste. Schon deshalb ignorierte ich die mögliche Gefahr, die wie ich glaubte, immer noch von Novelle ausging. Da war etwas, das hinter ihren Kajalstrichen und ihren schwarzen Wimpern lauerte. Rofu bemerkte nichts davon, denn die neue Novelle war vernünftig und vielleicht ein bisschen zurückhaltend.

»Findest du sie nicht etwas sonderbar?«, fragte ich ihn, als wir zusammen mit Bürsten und Wassereimer in einem Zimmer vor einer Wand standen und Tapeten abrissen.

»Sie ist doch sonderbar. Sowieso.«

»Ja, aber sie ist so, ich weiß auch nicht …, sie ist so … beherrscht?« Ich versuchte, mein Unbehagen auszudrücken, und fluchte gleichzeitig »Scheißknibbelei!«, weil Rofu die ganze Zeit große Lappen abriss und ich immer an den fitzeligen Stellen hängen blieb und dabei der milchige Leim unter meinen Fingernägeln immer dicker anpappte.

»Is doch gut. Ist wie die Tapete. Ziel ohne Geduld ist genauso scheiße wie Geduld ohne Ziel.« Dabei grinste er schadenfroh zu mir rüber, während ich verzweifelt einen festklebenden Papierstreifen wegkratzte. »Und jetzt hat sie ein Ziel«, fuhr er vergnügt fort. »Sie hat ein sehr gutes Ziel. Hier, mit dem Haus, und sie hält daran fest. Sie ist geduldig mit sich, sie trinkt nicht mehr und wir arbeiten den ganzen Tag. Das ist gut.« Er machte eine kurze Pause, dann meinte er: »Du bist eher der mit mehr Geduld als Ziel. Außer mit der Tapete.«

Dabei zog er schon wieder eine halbe Bahn in einem Stück von der Wand.

»Jaja«, erwiderte ich mürrisch, »und unser letztes Ziel kostet uns den Arsch.«

Wieso bemerkte Rofu nicht, dass die Dämonen immer noch auf Novelles Schultern saßen? Weil er sie nicht sehen konnte, grinsten sie mich umso frecher an. Es war ja auch nicht so, dass Novelle wie ausgetauscht war. Sie war wie immer, nur war sie jetzt eben nicht mehr so abwesend, wenn wir zusammen waren. Sie redete vernünftiges Zeug, auch wenn sie, wie immer, an die Decke ging, wenn etwas nicht so war, wie sie es mochte. Doch das war nie besonders schlimm. Eher wie ein kurzer Stromstoß. Dann war es wieder vorbei, und sie war zuckersüß und nahm uns in den Arm, bedankte sich für alles tausend Mal und legte dabei ihren Kopf auf die Seite.

Dennoch: Ich hatte unbestimmte Vorahnungen, die manchmal blitzschnell vorbeihuschten. Wie einmal, als wir uns zufällig begegneten und ich meinte, ganz leise ihr eindringliches Murmeln in ihrer fremden Sprache zu hören.

Nach fast vier Monaten, in denen wir das halbe Haus auf Vordermann gebracht hatten, verbrannten wir an einem späten Samstagnachmittag in einem großen Feuerhaufen alles, was wir ausgeräumt hatten. Möbel, Unterlagen und unendlich viele Kartons mit Sachen darin. Es war ein riesiger Berg. Jetzt konnten die Gäste kommen. Sechs Zimmer hatten wir mit neuen Zwischenwänden versehen und mit frischen Betten eingerichtet. Vier auf der ersten Etage und zwei im Speicher. Überall hängten wir Jesus-Zeugs auf und stellten Marienfiguren hin. Im Flur hing sogar eine Manga-Mutter-Maria. Rofu hatte das Bild auf die Rückseite einer Tapetenbahn gemalt.

Novelle war darüber schlichtweg aus dem Häuschen geraten und hatte XXL-Strahlen in ihren Augen, als wir ihr das Gemälde schenkten.

Wir machten alles im Haus »religiös«. Im Internet und in einem Antiquariat hatten wir Bibeln in unterschiedlichen Sprachen gekauft, die wir in den Zimmern auslegten. Allerdings bestand ich für das Gemeinschaftszimmer auch auf ein Exemplar von »Die Bibel nach Biff« und auch Nietzsche wurde angeschafft. So als kleines Gegengewicht.

Achtundzwanzig Euro sollte die Nacht kosten. Frühstück und eine warme Suppe extra. In der Stadt verteilten wir Zettel und Aufkleber. Entlang der Pilgerwege stellten wir kleine Holzkreuze mit Richtungspfeilen und einer ungefähren Kilometerangabe auf. »Guesthouse King Otto« stand darauf. Darunter noch: »God would choose the pure way«. Sozusagen als Slogan, mit dem man sich identifizieren sollte. Ich sah mich schon als Laienprediger. So wie im amerikanischen Bibelgürtel in den Südstaaten. An Rofu übte ich ab und an, in dem ich ihm die Hand auf die Stirn legte und mit fester Stimme sagte:

»DUUUH BIST GEHEILT. HALLE-LU-JA.«

Er fand meine Blasphemie zwar doof, aber er ließ mich gewähren. Wenn ich ganz kühn träumte, stellte ich mir ein großes weißes Zelt mit einem illuminierten riesigen Kreuz im Garten vor. Da würde ich das Wort des Herren verkünden. Mit einem winzig kleinen Touch Gospel. Aber nicht zu viel, um die Hardliner und heimlichen Rassisten nicht zu verschrecken. Zum Schluss des Abends würde ich dann mit meinem Glauben, der Hilfe von oben und auch mit ein wenig Tam-Tam und Trommelwirbel Lahme zum Gehen bringen. Der Klassiker eben. Danach würden Novelle und Rofu reichlich

Spenden sammeln. Immer muss ich über das Ziel hinausschießen. Vor allem in meinen Gedanken.

Das Geld war völlig aufgebraucht. Aus dem Haus war eine verrückte Alpenversion der Villa Kunterbunt geworden, sogar mit Veranda. Im Orient sagt man: wie das Kleid, so die Gastfreundschaft. Unsere war voller Farbe und mit krummen Wänden, weil Rofu die Arbeit mit einer Wasserwaage strikt abgelehnt hatte.

Andächtig und gedankenverloren saßen wir, dem Tanz des Feuers folgend, bis tief in die Nacht bei knisternder Stille nah beieinander. Der Schein und die Wärme der Glut legten sich auf unsere Wangen und unsere Augen wurden allmählich schwerer. Schließlich hatte jeder im Flackern der Flammen sein Mantra gefunden, auf dem er zu seinen Orten reisen konnte. Dorthin, wo er, den Blick entrückt, in seinem Inneren beschützt und in Sicherheit war. Ich schaute in das warme Licht, dachte an Mimi und sinnierte darüber, weshalb es gerade wir vier waren, die sich gefunden hatten. In meinen Gedanken war Mimi immer noch bei uns. Waren wir uns nur zufällig begegnet? So wie die Besatzung eines Schiffs? Eines verlorenen Schiffs? Oder eines, das nun endlich Kompass und Hafen hat? Könnte es denn nicht auch sein, dass jeder etwas von sich in seinem Gegenüber entdeckt hat? Eine Einzigartigkeit in einem selbst, die es nur für einen ganz bestimmten anderen gibt? Das perfekte Grau? Manchmal findet sich die Heimat nicht an einem Ort, sondern in Menschen.

Die Zeit im stillen Dunkel verging und wir vergaßen alles um uns herum. Das, was noch vor, und auch jenes, was bereits hinter uns lag. Nach Stunden des Schweigens, als alles

Heruntergebrannte schon spät in der Nacht vor uns rötlich glimmte, sagte Novelle mit ernster Stimme, dass sie ihren Vater holen würde.

Ich konnte es nicht fassen und auch Rofu war abrupt herausgerissen aus der schläfrigen Trance, die einen unwillkürlich bei einem langen, in sich gekehrten Blick ins Feuer befällt.

»Spinnst du?!«, fragte ich verdutzt und Rofu kräuselte seine Stirn. »Vor ein paar Monaten hast du uns deinen Scheiß erzählt, damals bei den Robben.«

»Das verstehst du nicht«, antwortete Novelle, immer noch ins Feuer blickend. Ich fasste sie an ihren Handgelenken und drehte die Innenseite ihrer Arme nach oben, so dass sie ihre Narben, die sie sich vor Jahren selbst zugefügt hatte, ansehen musste. Ich sah noch das Bild vor mir, als Rofu sie damals genauso festhielt, um ihr den Schmerz zu nehmen. Doch jetzt sollte sie ihre Qual fühlen, damit sie sich erinnerte. Ich meine, Novelle hatte ja richtigen Scheiß erlebt. Sie konnte trotz des Mists, den sie durchmachen musste, ja nicht über Nacht zu Mutter Theresa oder gar zu Jesus geworden sein, der seinen Peinigern verzeiht. Novelle war ein missbrauchtes Kind, das sich in sich selbst zurückgezogen hatte und der Welt da draußen nur entweder betäubt oder aggressiv gegenübertreten konnte. Vielleicht war hier an diesem Ort, in diesem beschissenem Altötting, doch irgendwie zu viel Jesus oder Gnade? Wie konnte sie so verzeihen? Novelle löste ihre Handgelenke aus meinem Griff und murmelte noch mal:

»Das verstehst du nicht.«

Doch dann erklärte sie uns, weshalb ihr Vater bald bei uns einziehen würde: Die Stadt müsse ansonsten das Haus verkaufen, um damit die Kosten des Pflegeheims auszugleichen. Es sei nur deshalb nicht schon längst unter den Hammer geraten, weil ihr ein Teil vom Grundstück gehöre. Ihre Mutter habe es, kurz bevor sie gestorben sei, direkt ihr, Novelle, vererbt und nicht ihrem Mann.

Novelle zog einen amtlichen Brief aus der Tasche, machte Anstalten ihn vorzulesen, doch dann warf sie ihn einfach in die Glut, die sich, kurz auflodernd, hungrig an dem Umschlag hochfraß. Danach saß sie eine Weile still da, ihre Hände lagen ohnmächtig auf ihrem Schoß, bis sie aufstand, sich die Decke nahm und über ihre Schultern legte. Sie stand auf und ging an den Pfosten vorbei, an denen die Wäscheleine gespannt war und die beinahe ebenso schmal wie Novelle selbst waren, zurück ins Haus. Dorthin, wo sie als Kind beim Falten der Bettlaken von ihrer Mutter geherzt und gedrückt worden war, als alles noch sicher war. Ich wollte noch etwas zu Rofu sagen, aber mir war das alles zu viel und ich verschwand ebenfalls in meinem Zimmer.

In der Nacht wachte ich auf. Ich ging die Treppe hinunter, um mir in der Küche Wasser zu holen. Der Rauch des Feuers hatte sich auf meine Kehle gelegt und schmeckte bitter. Schon auf den ersten Stufen bemerkte ich das nervöse Flackern von Kerzenlicht. Auf dem unteren Absatz angekommen hörte ich leises Murmeln. Vorsichtig, ganz vorsichtig schlich ich mich an und lugte um die Ecke. Novelle saß am Küchentisch, vor ihr einige Teelichter. Den Kopf in die Hände gestützt und mit Blick nach unten auf die Tischplatte redete sie abgehackt und leise mit sich selbst:

»Mama, ich weiß nicht, ob ich das bringe. Ich hab's doch versucht und gemacht, was du gesagt hast. Du hast mir geraten, dass ich nach Hause kommen soll, dass es dann besser wird. Aber so kann ich es nicht. Dafür hab ich keine Kraft.

Hab die doch längst aufgebraucht. Warum bist du gegangen? Ich bin so allein, und es tut so beschissen weh.«

Sie wechselte in ihr flüsterndes Sprechen zurück, das ich nicht verstand. Den Kopf immer noch auf ihren Händen, deren Finger sich in ihr schwarzes Haar krallten. Ich drückte mich an die Wand und versuchte etwas zu verstehen, doch so sehr ich mich auch bemühte, es gelang mir nicht. Dann wurde ihre Stimme wieder klarer und fester, so als würde sie auf das leise, fauchende Hauchen antworten.

»Schau, ich hab das alles geschafft. Zusammen mit Rofu und Dante. Bitte mach, dass ich sie nicht wieder verliere. Nicht noch einmal. Ich hab solche Angst und ich weiß so wenig vom Leben. Ich war so lange allein, und wenn ich ihn jetzt, wo er endlich weg ist, aus dem Heim holen muss, dann macht er mir auch noch das kaputt. Ich weiß es. Er macht es kaputt! Ich kann das einfach nicht, und dann ist nichts mehr da. Nichts. Nichts. Nichts. Nichts. Er hat alles kaputt gemacht.«

Sie ließ ihren Kopf auf die Kante des Tisches sinken und schluchzte mit gebrochenem Atem, bis alle Töne verklungen und nur noch das hoffnungslose, leise Jammern über all die Unerträglichkeit ihres Elends grauenvoll aus ihrer Einöde ächzte. So wie ein Mensch nur das letzte Mal still in sich hineinweint.

Von ihrem Wimmern umklammert schlich ich mich wieder nach oben. Der Himmel kann nicht mehr warten. Zu lange hat er sich versteckt, lichtlos verhangen, und Novelle darunter. Ich spürte, wie mein Zorn entbrannte. Seit ich sie kannte, wollte ich, dass sie irgendwie damit aufhört, tot zu sein. Und jetzt, nachdem sie endlich begriffen hatte, dass uns das Leben lehrt, wie man am besten lebt, wenn man nur lang genug lebt, und sie nun mit dem Leben angefangen hatte und ihr Haus leer geräumt war, kamen ihre Geister wieder zurück.

Mein erster Gedanke war, mit Rofu zu sprechen. Doch er hätte nur eine Lösung vorgeschlagen, die aus buddhistischem, gegenwartsverlassenem Abwarten und aus Das-Beste-draus-Machen bestanden hätte. »Es wird schon irgendwie gehen«, hätte er gesagt und Novelle besonders im Auge behalten.

Ich packte ein paar Sachen und trat in diese beschissene und verzweifelte Nacht. Unten am Hang, da wo wir vorhin noch beisammen am Feuer saßen, glühte der Rest von Novelles Vergangenheit. Nebel aus Rauch lag im Tal. Ich ging über die Wiese der schwarzen Wand des Walds entgegen.

Kurz drehte ich mich noch einmal um und sah das Haus. Es wirkte so klein, lieblich, schutzlos-verloren. Die frische Nachtluft füllte meine Lungen und das Notwendige schlich herbei, um dem Schrecklichen entgegenzutreten. Den Wall der dunklen Bäume auf der einen Seite neben mir wanderte ich in Richtung des Ortes die Straße entlang. Die Nacht hatte alles Licht gefressen und hauchte ihren Atem durch das Geäst und über mein Gesicht. Alles war still, nur der Gebirgsbach strömte unruhig und kalt. Nach einigen Kilometern stadteinwärts rastete ich an einer Böschung. Es war gegen zwei oder drei Uhr, ich hatte noch ein wenig Zeit. Das Pflegeheim, in dem einer lebte, der seinem Kind die Seele genommen hatte, war nicht mehr weit. Bevor es dämmerte, musste ich da sein.

Dem Lauf des Wassers hinterhersehend, hielt ich ganz still und lauschte in mich hinein. Alles Gedachte und zuvor Überlegte, das Beschlossene, die Dinge, die sich gefunden hatten, und auch das längst Verworfene krampfte in meinen Gedanken zu einem pulsierenden Klumpen, der anfing zu kochen. Ich versuchte mir eine Kippe zu drehen, doch der letzte Rest aus meinem Tabakbeutel rieselte durch das Zigarettenpapier. Zur Wärme und Kälte meines Blutes gesellten sich Schuld und Unschuld, Recht und Gerechtigkeit, Urteil und Strafe.

Alle Hin- und Hergerissenheit, die ich, seit ich von Novelles Geschichte wusste, in mir trug, mein Entsetzen, meine Wut und meine anfängliche Entschlossenheit, hier in Altötting wie Azrael Beistand zu leisten, aber auch die Erleichterung darüber, als Mimi beim Spaziergang zu mir sagte, dass wir es nicht tun würden, und wenn, dann nur, wenn es unbedingt sein musste – das alles war jetzt nicht mehr wichtig.

Ich hatte ein zärtliches Gefühl für die kleine Novelle, die drohte verloren zu gehen. Nun schienen die Dinge klar, und Mimi hatte recht behalten, als sie davon sprach, dass wir den Weg mit ihr zu Ende gehen müssten, was immer es hieße, und das tun müssten, was zu tun sei, da Novelle eines Tages tot oder für immer weggesperrt sein würde. Jetzt war ich also auf den letzten Metern dieses Weges, der genau hierhin geführt hatte, und ja – es musste sein.

Eine sonderbare Ruhe erfasste mich. Meine sonst so zerrissenen und flatternden Gedanken wurden klar und fest. Ich zitterte, so intensiv fühlte ich die Verpflichtung Novelle und auch mir selbst gegenüber. Jegliche Last fiel von mir ab. Ich würde mich nicht schuldig fühlen. Und auf die Moral der anderen ist geschissen, da hat jeder sowieso seine eigne, denn das Wesen der Moral ist egoistisch. Sollten doch ruhig alle über mich richten. Ich war mit mir im Reinen, ganz gleich, wer mein Handeln verurteilen würde.

Die Schuld konnte sich von mir aus Blutblasen vor der Türe meines Seelenheils laufen. Ich würde sie nicht zu mir hineinlassen. Die Sache war entschieden, denn wenn ich es nicht tun würde, ja dann – dann wäre mein Gewissen Novelle gegenüber haftpflichtig geworden und ich hätte der Schuld wie einem Gerichtsvollzieher Einlass gewähren müssen, damit sie mir die Sühne als Pfand auf mein Herz kleben würde, denn die schlimmste Schuld ist die, die man sich selbst bezahlt.

Ich würde den, der ihr das Leben versaut hatte, in sein verdammtes Jenseits befördern. Zu eindringlich waren Novelles Tränen in der Küche. Außerdem war die Ungerechtigkeit, dass er sein ganzes Leben einfach so durchkommen würde, bis ihn die Gnade des eigenes Vergessens von allem befreite, unerträglich für mich.

Bald machte ich mich auf. Es war nicht mehr weit. Während ich über den dunklen Asphalt ging und meine Gedanken davonflogen, dachte ich plötzlich an das Buch, das ich vor Kurzem gelesen hatte. Das von dem Franzosen, der sein verrückt gewordenes Mädchen umgebracht hat, um ihr das Leben zu geben, das sie verdient hatte – keines angeschnallt und mit Tabletten ruhig gestellt in einer Irrenanstalt, noch eine lange Strecke vor sich. Ich würde auch ein Kissen nehmen.

27. WAHRHEIT

Es roch leicht bitter nach Pisse und zu viel Chlor. Ich tat einen Schritt ins Zimmer und schloss leise die Tür. Da lag er. Schnarchend, unregelmäßig atmend. Während ich in der Dunkelheit auf dieses fremde Bett zutrat, spürte ich, wie sich der klare Moment der Wahrheit langsam näherte.

Wenn ich es tue, dann ist trotz aller Abwägung zwischen Schuld und Moral, dem, wie es jetzt ist, und dem, wie es danach wohl sein wird, der Weg zurück für immer versperrt. Egal wo ich hingehen würde, wen ich auch träfe und was ich auch täte: Für mich würde es nie wieder so sein wie früher. So wie es auch bei Mimi gewesen ist.

Der Alte schnarchte und ich tat einen Schritt auf ihn zu. Das grüne Licht eines Rufschalters leuchtete auf sein halbes Gesicht. Seine eingefallene Wange unrasiert. Die grauen Haare strähnig neben ihm. Die andere Seite war von Dunkelheit umhüllt. Er hatte die Demenz, oder hatte die Demenz schon ihn?

Ist dieses Löchrigwerden im Kopf nicht auch eine ganz furchtbare Strafe? Vielleicht sogar die Schlimmste? Wenn alles aus den Fugen gerät, bis die Grundfesten einstürzen und das, was gegolten hat und was man jemals gewesen ist, mit einer plötzlichen Sekunde unbestimmt, fremd und furchtbar ist. Wenn das, was einmal angebunden und verankert gewesen, nun fortgerissen ist und man nackt und mit der größten Angst, die einem jemals unter die Haut gekrochen ist, allein dasteht und nichts mehr weiß. Wenn man versucht, dem eigenen Versinken zu trotzen und sich zu erinnern, damit man die Welt um einen herum wieder zusammensetzen kann, sie aber in den Händen zerfließt. Es trotz der größten Anstrengung und in unermesslicher Panik nicht gelingen will. Wenn man ganz unmittelbar absolut verloren ist. Demenz ist, als würde man jeden Moment aus seinem Verlies mit einem Sack über dem Kopf auf ein Schafott zu Scheinerschießungen gezerrt. Wenn dann die Erinnerung zurückkommt, findet man sich gefangen in einem Kerker mit schwachem Licht und ohne Tür wieder. Bei vollem Bewusstsein in einem nie enden wollenden Albtraum. Demenz ist eine immerwährende, grausame Folter. Als würde man an jedem aller restlichen Tage von der Hölle lebendigen Leibes langsam gefressen werden. So jedenfalls stelle ich mir das vor. Vielleicht hatte er genau das verdient?

Ich hielt inne und alle meine zuvor aufgetürmte Abwägung stürzte über diesem Gedanken zusammen. Jetzt ging es nicht mehr um Recht und Moral oder um Wege zurück oder in ein neues Wohin. Weil Moral bedeutet, das zu tun, was richtig ist, egal was andere gesagt oder geregelt haben. Jetzt drehte sich alles um die Frage, wie grausam ich wem gegenüber sein würde. Zu mir selbst, Novelle und dem alten feigen Stück Fleisch, das da lag.

Ich nahm das Kissen und krallte meine Wut mit meinen Fingern hinein.

Wäre er doch nur ein bisschen so gewesen wie dieser Siebziger-Jahre-Playboy, der mit den offenen Hemden, der die französische Schauspielerin – die mit dem unglaublichen Mund – in Monaco oder in Sankt Moritz geheiratet hatte und Champagner mit Schwertern entkorkte. Als er wusste, dass er Alzheimer hat, nahm er seine Schrotflinte aus seinem vornehmen Waffenschrank und tat das, was zu tun war. Damals, während diese Nachricht durch die Zeitungen ging, verspürte ich größte Hochachtung vor diesem Mann. Er wusste, dass er eines Tages ein aus dem Mund tropfendes Stück Hackfleisch mit Apfelmus im Kopf sein würde, und beendete gerade deshalb die Sache noch früh genug. Aber an welchem noch klaren Tag, der sehr sicher nicht der letzte sein würde, tut man so etwas und zieht seine Linie selbst?

Wäre Novelles Vater doch nur ein Stück weit so wie dieser Typ, dann hätte das Schicksal heute früh vielleicht noch friedlich geschlafen. Aber so forderte es noch vor Sonnenaufgang Entscheidung und Tat.

Drückte ich ihm das Kissen ins Gesicht, hätte ich Novelle gerettet und mich selbst verbannt. Fort von ihr, von Rofu und vor allem von mir selbst, weil man danach nicht einfach wieder nach Hause gehen kann und so tun, als sei nichts gewesen. Denn dieses Handeln hätte alles verändert. Egal ob ich darüber schweigen würde oder nicht. Der Teufel zehrt von jeder unrechten Tat und er sorgt dafür, dass deine Welt danach nie wieder die gleiche wie vorher sein wird. Mein einziger Weg würde ein völlig neuer und ein vielleicht sehr einsamer sein. Zu oft bin ich auf solchen Straßen gegangen.

Ginge ich aber wieder zurück zu Novelles kleiner Pension und ließe ihren Vater in seinem dementen Fegefeuer zurück, was mir vor dem Gedanken einer höheren Gerechtigkeit als das Beste erschien, dann zerbräche Novelle. Ich glaubte nicht daran, dass sie die Kraft haben würde, ihren Peiniger zu pflegen. Welch ein Gott prüft so seine Geschöpfe? Aber ich, ich könnte zurückgehen. Ich würde frei sein. Endlich dort sein, wo ich gerne gebunden wäre. Ich überlegte und meine Hände pressten sich noch ein Stück weiter in das Kopfkissen, das ich vor meiner Brust ganz fest an mich gedrückt hielt.

Jetzt war sie da und stand ganz nah hinter mir. Ich fühlte

ihren Hauch in meinem Kragen. Die Wahrheit zeigt sich nur im nackten Moment der Gegenwart, entkleidet von Erinnerung und Wunsch.

Dann tat ich genau in der Sekunde das, was mir mein Herz befahl.

INHALT

www.septime-verlag.at